花街の用心棒 二
雪が宮廷の闇を照らす

深海 亮

富士見L文庫

目次

本作はカクヨムに掲載された「花街の用心棒【ひとひら舞うは、追憶の花】」を加筆修正したものです。

内容はフィクションであり、実在の人物や団体などとは関係ありません。

序章

窓を開ければ、今年もまた金木犀《きんもくせい》の香りが鼻をくすぐる。

あれは幾つの頃だっただろうか。温かい日差し、穏やかな風。金木犀の甘い匂い。

決して大きくはなく、自由も限られている箱庭だったけれどそれで十分、十二分に幸せだったあの頃。

『美桜《みおう》、凜《りん》！』

二人の名を呼び駆け寄ってくる小さな人影。

泣き虫で、そのくせ負けず嫌いで、決して引くことを知らない無鉄砲な男の子。強情さは妹に劣らないけれど、わたしたちの優しい王子様。

『父上がくれたんだっ、いっしょに食べようっ』

月餅《げっぺい》を手にして差し出す彼は、にこにこと微笑《ほほえ》んでいる。

『翔《しょう》さま、いいの？』

『凜は食いしん坊だからな』

『ありがとう』

『ほら、美桜も！』

『ふふ、ありがとうございます』

『――美桜！　お茶を淹《い》れるから手伝ってちょうだい』

『はーい！』

遠くで母が手を振っていて、その横では静かな妃様《ききさき》がにこやかな笑顔でこちらを見つめている。

小さな世界、普段通りの暮らし。そこには幸せが詰まっていた。

だけれど、幸せだった記憶の後には地獄が訪れる。暗闇がぱっくりと大きな口を開けて、今か今かと待ち構えている。わたしが落ちてくるのを、静かに待ち構えている。

そして、あの悪夢の夜が来た。

満月の夜だった。月が、異様に赤く輝いていたのを今でも覚えている。そう……。あれはまるで、血の色だった。

あの日、わたしたちの元に美しい悪鬼がやってきた。奴は妃様を殺して、母までも殺した。

そして、その次は――。

『――凛！　凛！　やめてぇえええええええ！』

逃げ場を失った、妹の小さな体が地に倒れた。背から噴き出す血飛沫《ちしぶき》と共に。守ろうと必死に手を伸ばしたけれど、指先は空を掻《か》いただけ。

絶望に立ち竦《すく》むわたしに迫りくる刃《やいば》。恐怖で慄《おのの》く足。後ずされば、かくん、と体が傾いた。

崖《がけ》から落ちたのだ。暗闇が大きな口を広げて待ち構えていて、吸い込まれるように真っ逆さまに落ちた。

赤い月がわたしを見下ろしていて、ああ、死ぬのだと漠然と悟った。地面に身体《からだ》が叩《たた》きつけられ、途切れる意識。

しかしわたしは生きていた。小さな診療所に運ばれて目を覚ました。

生き残ったといっても、右足と右腕の骨は折れ、全身は打撲、しばらくは満足に動けなかった。何より——喪心が原因か、声を失っていた。

なぜ、自分だけが助かったのか。妹は、彼は、皆は一体どうなったのか。

動かない身体で、薄汚い診療所の天井を毎日見つめていると、自分を引き取りたいという夫婦がやってきた。

優しい老夫婦だった。手厚い看病をしてくれ、引き取ってくれた後も医者に通わせてくれた。あの悪夢の出来事によって口を閉ざしてしまったわたしに、辛《つら》かったね、今は休みなさい、とにかく元気になるように、とひたすら励ましてくれた。

暗闇の中に落ちた心が、少しは報われた気がした。

次第に体調が回復して、自分で歩けるようになった頃には、あの悪夢からすでに半年が経《た》とうとしていた。けれども手足は動いても、声は失われたままだった。

そんな折、彼らはわたしの手を引いた。少し、外に出かけようかと。

奇《く》しくも、あの日と同じ満月の夜のことだった。

とある豪奢《ごうしゃ》な屋敷《やしき》に連れてこられたわたしを待ち受けていたのは、更なる地獄だった。

『さあ、美しい娘。わたしたちに恩返しをしておくれ』

そう言って、いつかと同じ様に笑った彼らの表情《かお》は、欲に塗《まみ》れた獣だった。薄汚い歯を覗《のぞ》かせて、にんまりと嗤《わら》っていた。

その時気付いた。彼らは、わたしを競りにかけるために助けたのだ。人買いに売るために。

手錠と首輪をかけられたわたしは、衣類の一切を剝《は》ぎ取られて、舞台の中央に放り投げられた。待ち構えていたのは、底光りする獣たちの視線。彼らは奇妙な仮面で顔を覆い、視線だけがわたしに向けられていた。

そう、わたしはただの商品だった。世界の闇は底なしだ。

下見と称して、奴らの手が体の上を這《は》っていく。数多《あまた》の蛇に体を這われ、首を絞め付けられる様で、胃がぐちゃぐちゃに掻き混ざって、胃液が逆流しそうな感覚がした。

気が狂いそうだった。

(気持ち悪い、怖い、助けて――！　お母さん、お父さん、凜……！)

叫べ、泣き叫べ！

だけど、わたしは泣けなかった。叫べなかった。

——だって、もう、誰もいない。

愕然《がくぜん》とした現実が、わたしをさらなる虚無へと突き落とす。

助けを求めた人たちは、この世に誰一人としていない。わたしを迎えてくれる人、守ってくれる人は、もう誰もいない。

どうしてわたしだけが残ったの。どうしてみんな、わたしを置いていったの？

ただただ歯を、唇を嚙《か》み締《し》めた。握りしめた拳《こぶし》から、血が滴っていた。爪が手のひらに食い込むほどに、握りしめていた。

頭上を飛び交う獣たちの声。わたしの値段が吊《つ》り上《あ》げられていく。

人でなくなっていく感覚。さらなる闇に落とされる——どこまでも、どこまでも。

もう、わたしはわたしでなかった。美桜という少女はもういない。そこにいたのは、名を持たない、ただの孤児で、人形だった。

そうしてわたしは、一人の男に競り落とされた。

『おまえに決めた。ああ、香鈴《こうりん》。わたしの香鈴。戻ってきてくれたのだね』

男はわたしを抱きしめ、そう言った。彼の目は、歓喜と狂気に満ちていた。そう、あの日の美しい悪鬼のように。

美桜という名は剝ぎ取られ、与えられた新しい名は香鈴。彼は死んだ娘の身代わりにわたしを買い取り、鎖に繫《つな》いだ上で監禁した。

後から知ったが、彼は亡き妻の代わりを娘に求め、その結果娘は追い詰められて自殺したようだ。だから、わたしを待つ末路など決まっていた。

わたしが一定の年齢になると、彼は待っていたかのようにわたしを陵辱した。自分の娘の名を呼びながら、おぞましいほどに、わたしを犯した。

彼は気にくわないことがあったり、わたしが少しでも抵抗すると、折檻《せっかん》の限りを尽くした。何度も打たれたし、鞭《むち》で嬲《なぶ》られることもあった。だけれどわたしは、血を流そうとも涙だけは流さなかった。心が壊れていた故か、或《ある》いは人としての最後の矜持《きょうじ》だったのかは、あの頃の朦朧《もうろう》としていた意識の中では分からない。

しかし男は、そんなわたしに時折恐怖を覚えることがあったようだ。

そう、あの日も――。あの寒い日も、彼は折檻した後、わたしの足元に跪《ひざまず》いて懺悔《ざんげ》していた。

『許してくれ、許してくれ、香鈴……』

涙を流していた。わたしには流れない涙を。

人ではないくせに、なぜおまえが涙を流す。おまえは獣、悪鬼、畜生以下だというのに。

可笑《おか》しかった。何を許し願うというのか。

乾いた笑いが零《こぼ》れ出た。男はわたしを、恐ろしげに見上げた。その時のわたしは、どんな表情をしていたのだろうか。

ただただ可笑しかった。

『ふっ……ハハ……』

今まで封じられていた音が、ふいに外に流れ出た。そう、あの時わたしは確かに笑ったのだ。

青白い顔をさせた男を見下ろして、わたしは呟《つぶや》いた。

『死んでよ』

男は固まった。もう一度、わたしは同じ言葉を告げた。

『死んでよ』

男は再び涙を流して、よろよろと部屋を出ていった。ああ、ついに殺されるなと思ったが、もうどうでもよかった。

ここにいれば、遅かれ早かれいずれ死ぬ。早く、この地獄から解放されるのならば、死をありがたく受け入れようではないか。

男は部屋に帰ってきた。その手には、刀が握られていた。

ああ、ついに一思いに死ねるのか。それとも、切り刻まれ、苦しまねばならないのか。

この男ならば、腕の一本や二本、切り落としそうだ。

するとは男はわたしの拘束の全てを解放すると、震える手で刀を差し出した。

『殺してくれ……』

わたしは何をすればよかったのだろう。どうすればよかったのだろう。

天女の様に慈愛をかければよかったのか。情けをかければよかったのだろうか。

わたしは、刃をそろりと彼の首に当てた。そして、一息に彼の首筋を切り裂いた。

噴き上がる血飛沫、悲鳴をあげる男。白い衣が真紅に染まっていく。視界も真っ赤に染まって、鉄の匂いが立ち込めた。

倒れ込んだ男の身体がヒクヒクと痙攣《けいれん》していた。眼球が飛び出そうなくらいに見開かれている。この男でも苦しいと思うのだろうか。

虚《うつ》ろな眼差《まなざ》しで男を見下ろしながら、ならば、と全体重をかけて彼の胸に刀を突き刺した。肉に沈んでいく刃に、男は小さな断末魔の声をあげて息絶えた。

ずるり、と血で滑る柄《つか》から手を離して、わたしは両手を床についた。べっとりと張り付く血の感覚。どくどくと煩《うるさ》い心臓の音。

気持ち、悪い。

自身の荒い息遣いが、やけに大きく響いた。

這うようにして、その部屋から出た。出たところでどうなるのかもわからないが、あの空間にはいたくなかった。

とりあえず、近くにあった部屋に入った。誰かの寝室のようで、火鉢がパチパチと音を立てていた。あの男の生活空間なのだろうか。

だが、寝台には誰かが横たわっていた。着物からして女のようだ。ああ、しまった、と思ったが、その人物は何も言わない。気づかない。

不審に思って近づいてみると、ああ、彼女だったのか、と理解した。

可哀想《かわいそう》な娘、不憫《ふびん》な、憐《あわ》れな娘。

骸《むくろ》になった香鈴が横たわっていた。美しい衣を身に纏《まと》って。

なぜかわたしにはそれが骸でなく、静かに眠る少女に見えた。

歩く気力もなくなり、わたしは彼女の部屋で座り込んだ。彼女の傍《そば》には冊子があり、なんとなしに手に取ってみると、それは彼女の手記だった。

誰かに気づいて欲しくて、でもできなくて。苦しい憎悪と狂気の中で必死に自我を保とうとしていた、一人の娘の叫びだ。

母親が亡くなってから父親が阿芙蓉《あふよう》で狂ったこと。夜な夜な抱かれ、監禁され、いたぶられたこと。彼の子を身ごもってしまい、娘自身も狂気に陥ったこと。そして死を選択するほかなかったこと。次第に乱れていく筆跡や、所々文字が滲《にじ》んだ形跡をみると、相当耐え難《がた》いものだったのだろう。

あの男は、本当に畜生以下だったのか。

冊子を床に置き、わたしもそろそろ死のうか、と考えた時――屋敷の中を歩く足音が聞こえてきた。

『香鈴、どこにいるの。いたら答えて』

声は一つ、足音も一つ。少女のようであった。

ああ、一息にわたしも死んでいればよかったな。これから連れ出され、むごい死刑に処されるくらいならば。しかしもう、逃げ出せるほどの力は残っていない。

『――あなた……』

わたしのいる部屋にたどり着いた彼女は、寝台に横たわる亡き香鈴の姿と、血まみれのわたしの姿を見て眉《まゆ》を顰《ひそ》めた。

『……わたしは、やはり間に合わなかったのね』

惨憺《さんたん》たる光景を目にしても、彼女は取り乱しはしなかった。

良家の子女なのだろう、身なりのよい格好をしているのに、彼女は怯《おび》えもせずにわたしと香鈴に近づいた。まるで予期していたように。

『あの男が死んでいた。あなたが？』

わたしは小さく頷《うなず》いた。彼女は『そう』と一言だけ答え、憐れな骸に近づいた。

『ごめんなさい、香鈴……。間に合わなくて。すぐに見つけ出せなくて、ごめんね、本当にごめん……』

彼女は骸に向かって、何度も懺悔の言葉を零していた。白い手で、香鈴の頭をそっと撫《な》でる。

『ねえ、あなた。なんとなく状況は分かっているつもりだけれど、あなたはこの子の身代わり？』

『……ええ』

『こんなことをあなたに言ったら怒るだろうけれど。でも、言わせて。――ありがとう。あの男を殺してくれて、ありがとう。本当なら、今日、わたしが殺すつもりだったの』

彼女は、懐に忍ばせた短刀をちらつかせた。赤珊瑚《さんご》の様な赤い唇は弧を描き、仄暗《ほのぐら》い目は真っすぐにわたしを見ていた。冗談などではなく、本気と感じ取れるほどの強い覚悟を感じ、背筋がぞくりとした。

彼女はわたしに語った。香鈴と彼女はいとこ同士で、幼い頃から仲が良く、互いの家を行き来していたと。けれども香鈴の母親が病死してから、父親の様子がおかしくなり香鈴が暴力を振るわれていたこと。家から簡単に出させてもらえなくなり、文でのやり取りしかできなくなったこと。そしてある日突然、香鈴たちが姿を消して、連絡が完全に途絶えたそうだ。

『心配で、ずっと捜し続けていたの……。でも、手遅れだった』

彼女は香鈴に向けていた視線をわたしに向けた。

『聞いてもいいかしら……あなたのこと。嫌なら話さなくて結構よ』

どうしようかと迷ったが、この世への置き土産に話すことにした。

家族が殺され、人買いに売られ、ここで香鈴の代わりをしていたこと。

彼女は真剣にわたしの話を聞いていた。聞き終わると、そう、そうなのと何かを考え込むように細い顎《あご》に指を当てた。

『この世は不条理なことばかり。人の欲には限りがないわね、どこにいても。──あなた、これから行くあてはあるの？』

わたしは頭《かぶり》を振った。死ぬつもりだと。

『そう……。ねえ、死ぬくらいならわたしと取り引きをしない？』

彼女はわたしの顔を覗《のぞ》き込んだ。

『あなたに香鈴という名前をあげる。その代わり、わたしの手足になってほしい。わたしが目的を果たすまででいい。それ以降は自由よ』

『……ばれるわ、そんなの』

『大丈夫じゃないかしら。香鈴はずっと外の世界と遮断されていたし、あなたとも姿形が似ているわ。それに──わたしの目的と、あなたと家族の仇《かたき》は、多分近いところにある』

『！』

『詳しくはまだ言えない。あなたにその覚悟があるのなら、いずれ教えるわ』

わたしは幾ばくか考え、再び香鈴の姿を見た。

憐れな骸、彼女の人生をわたしが生きる……？

この耐え難い悪夢の中を彷徨《さまよ》いながらも、わたしは今ここにいる。

もし、わたしに生かされた意味があるというのなら――。

力のない痩《や》せ細った棒のような脚で立ち上がると、火鉢に近づいた。

『何をするつもり？』

『名はもらう。なら、わたしはこの顔を消さないと。わたしには、わたしなりの覚悟がある』

火箸《ひばし》と共にあった熱い灰ならしを手に取った。

ごめんなさい、香鈴。あなたの人生をほんの少し貸してちょうだい。

わたしは、それを頰に躊躇《ちゅうちょ》なく押し当てた。

肉が焼ける、匂いがした。


あれからどれほどの月日が流れただろうか。

醜い頰を意味もなく指でなぞると、蝶《ちょう》と花の刺繡《ししゅう》が施された覆面をそっと被《かぶ》せた。

背後で部屋の扉が開かれ、現れたのはあの日以来共にいる、主人であり美しい共犯者。

「香鈴、お茶をちょうだい」

「はい」

彼女が予期した通り、わたしは再びここに戻ってきた。美しい記憶と、おぞましい記憶が混ざり合う後宮に、名と姿を変えて。

「ねえ香鈴」

「はい」

「わたしが憎いでしょう」

着替えるために、はらりと寝衣を床に落とし、生まれたての姿になった美しい女は、用意していた衣を手に取り身につけていく。

その肌には、幾つかの赤い跡。情事の名残が色濃く浮き出ていた。

「さあ……どうでしょうか」

後宮に戻ってからわかったこと。

——幼かった彼は生きていた。生きて、若くして一国の王になっていた。嬉《うれ》しく思う一方で、彼には近づくことを許されない事実に、悲しみと寂しさも覚えるけれど。

まあそれも当然だ。過去と現在は違う。望んではいけないのだ。わたしの全ては、心も身体《からだ》も全て、汚れてしまっているのだから。

たとえ彼が、妃《きさき》の閨《ねや》を訪れる姿であってもなんでもいい。一瞬でもその顔を垣間見《かいまみ》られるだけでも、すれ違うだけでも。心に苦しさを覚えても、それだけで良《い》いと思った。

大切な人が、一人でも生きている。その事実だけで十分だ。

「分かりませんね。わたしの心は、もう壊れていますので」

そう言うと、彼女は可笑《おか》しそうに笑って振り返った。

「そうね、わたしたちは既に壊れていたわね」

「ええ、邑璃《ゆうり》様」

わたしは窓を閉めて、茶の準備に取り掛かった。

◆◆◆ 一章 ◆◆◆

後宮に戻った雪花《せっか》を待ち構えていたのは、にやにや顔の蘭瑛妃《らんえいひ》と、彼女をじとりと横目で睨《にら》む明明《めいめい》、二人の背後でそわそわしている鈴音《すずね》であった。

「おかえり」

「ただいま戻りました」

なんとなく面倒な気配を察した雪花は、さっさと部屋に戻りたかったが、蘭瑛妃の有無を言わせない笑顔が目の前に立ちはだかった。身長は雪花とさほど変わらないのに、なぜこうも迫力があるのか。貫禄《かんろく》があるというか、何というか。

「里帰りは楽しかったかしら。わたしはちょーっと、楽しくなかったところ」

そう言いながら、彼女は指の腹を雪花に見せつけた。仕方なしにそれを見ると、彼女の指には小さな点がたくさんあった。

どうやら明明監視のもと、苦手な刺繍に励んでいたらしい。卓の上に、布の塊が乱雑に置かれている。それを摑《つか》んで広げた明明は、彼女に負けじと嫌味で対抗する。

「なぜこうも上達しないのでしょうか。ある意味才能ですね。なんです、これは」

「どこからみても綺麗《きれい》な蝶でしょ」

「どこからみても汚いゲジゲジです」

前から思っていたが、明明も蘭瑛妃に劣らずの毒舌家である。一国の妃自ら作製したものをゲジゲジ呼ばわりできるのは彼女くらいであろう。いつからの付き合いなのかは知らないが、なんだかんだ言いながら仲はよいと思う。……多分。

「陛下への贈り物、一体どうなさるおつもりですか」

「刺繍以外のものにするわ」

「………」

「なによ、別にいいじゃない。そんな目しないでくれる。ていうか雪花、逃げようとしないの！」

こっそりと逃げようとしたが、後ろ襟をがしっと摑まれた。

「わたしが一番楽しみにしていたのは、あなたの土産話よ」

蘭瑛妃の目が鋭く光る。

「土産話なんて、特に何もありませんが」

「嘘《うそ》おっしゃい。志輝《しき》とはどこまでいったの」

ぴくり、と鈴音の耳が動いたのが見えた。明明も珍しく、興味のありそうな視線を向けてくる。

「どこにもいってませんが」

「そんなボケはいらなくてよ」

本当のことを言っているのに、綺麗な微笑を浮かべて蘭瑛妃はぴしゃりと言い放った。

「妓楼《ぎろう》で一緒に泊まったんでしょう？　なにもないはずがないわ。さあ、洗いざらい吐きなさい」

「いや、吐けと言われても……」

蘭瑛妃はもちろんのこと、鈴音たちもじいっと雪花を凝視している。なぜこんな尋問にあわなければならないのだ。彼女たちが望むような桃色遊戯はないというのに。こういう話を聞きたがるのは、下町にいようが後宮にいようが関係ないのか。

（本当に何も吐くものはないんだが……）

大体あんな御仁の相手が自分なわけあるか。彼の相手ができるのは、彼と同列に並ぶことのできる美人か、二次元に生きる天女くらいなものだ。世界がひっくり返っても、こんな貧相な自分ではない。

雪花は嘆息し、事実だけを話すことにした。

「志輝様は、駿《しゅん》様と一緒にお休みになっていましたよ。駿様が放してくれなかった様でしたので。あと、しつこい駿様のおかげで壺《つぼ》が壊れたので、わたしの借金が増えました」

詰め寄られようが、何もないものはない。鈴音も耳を大きくさせているところ悪いが、何も話題《ネタ》はないのだ。分かってくれと、雪花はきっぱりと事実を告げただけであったのだが……。

蘭瑛妃は怪訝《けげん》そうな顔で首を傾《かし》げた。鈴音は顔を青白くさせなぜか泣きそうな顔になり、明明は片眉《かたまゆ》だけを吊《つ》り上げた。

「あいつら、出来てるの……？」

ぼそりと呟《つぶや》いた蘭瑛妃の言葉に、ついに耐えきれなくなった鈴音が涙を両目に浮かべてその場から立ち去ってしまう。

——あ、しまった。

事実を端折《はしょ》って説明してしまったため、いらぬ誤解を招いてしまったかもしれない。

一応彼らの名誉のために、経緯だけは蘭瑛妃に説明しておいた。

だが雪花は知らない。

噂《うわさ》というものは一度流れると恐ろしい速さで拡散され、もれなく尾ひれがついてしまうことを。

そして噂を耳にした一人の女性が、居ても立っても居られず北蘭宮《ほくらんきゅう》を訪れたのは、雪花が後宮に帰ってきてから二日後のこと。

それはちょうど雪花たちの休憩時間で、最近後宮内に出回っている恋愛小説について、話に花を咲かせているときだった。小説の内容といえば、美貌《びぼう》にも才能にも愛された皇子が、真実の愛を求めて様々な姫君たちの元を渡り歩くという、雪花に言わせればただの節操のない男の話である。

「あー、早く続きが読みたい。鈴音、新しい分はまだなの？」

「まだ回ってきてないよ」

「ここで終わる⁉　なんでこうなるわけ⁉」

「納得いかない」

いつもは雪花以上に口数も少なく、表情の変化に乏しい星煉《せいれん》だが、珍しく生き生きしているところをみると彼女も愛読者の一人らしい。結構読み込んでいるようで、細かい指摘と感想が入り込む。こういう類《たぐい》のものには興味がなさそうなのに意外である。

鈴音といえば、志輝と駿の件が誤解だったことを知ると、泣いて喜んでいた。声を上げて泣いていたところをみると、よほど嬉しかったのだろう。彼女は奴を男神《おがみ》の如《ごと》く崇拝しているようだ。

一水《いずみ》はほっとしながらも、「いや待てよ。志輝様ならどっちでもありかも」などと際どいことをぼやいて、鈴音の鉄拳《てっけん》を喰《く》らっていた。

確かにあの凶器のような美貌なら、性別など些細《ささい》な問題に思えてくるな、と声には出さないもののどこか納得する雪花である。

雪花は蜜柑《みかん》の皮を剝《む》きながら、そういえばと先日を振り返った。

（志輝様も蜜柑を大量にもらってたな）

あの二日酔い野郎はさすがに回復しただろう。きっと今頃、志輝に対して罪の意識に苛《さいな》まれているに違いないが、忘れないでもらいたい。奴のおかげで、わたしの借金が上乗せされたことを。

（駭様に請求してやろうか。あ、でもまてよ。奴は覚えてないしな……。それに請求先は結局は紅《こう》家なんだから、当主である志輝様に請求するのと同じになるのか……？）

あの男が素直に金を払ってくれるとは思わない。むしろ厄介な条件を押し付けられそうだ。

この間だって、嫌がらせをされたところではないか。なぜ自分なんかに構うんだ。他の女をあたってくれというのに、本当に趣味が悪い。美姫《びき》ならわんさか寄ってくるのだから、そちらで遊べばよいのに。

（大体奴は、そろそろ結婚しなくていいのか？）

雪花が言うのもなんだが、考えなくて良いのだろうか。もちろん皆の偶像《アイドル》でいてくれた方が平和なのかもしれないが、五家の当主なら尚更《なおさら》、早く身を固めるべきなのでは。

だが誰かが奴と結婚するとなると、その女性は、世の中の全ての女性を敵に回すことに……。ああ怖い怖い。

（あんな美人の側に立つなら、皆に文句を言わせないほどの同等の美人で、頭も賢くない

と無理だな）

蜜柑をぽいっと口に放り込みながら考えていると、小さな嵐はやってきた。

「雪花」

休憩室にやってきたのは明明である。彼女は雪花を見つけると、ちょいちょいと手招きした。

彼女の表情は珍しく困っているようで、どうしたのだろうと思いつつ席を立つ。

蘭瑛妃に振り回されているのなら、大抵は眉間《みけん》に皺《しわ》を寄せているからわかりやすいのだが。

「どうされましたか？　蘭瑛様の散歩でしょうか」

「違うわ。あなたにお客様よ。今、蘭瑛様がお相手しているのですが……」

「わたしにですか？」

「ええ」

「どちら様で？」

「……来たら分かります」

蘭瑛妃が相手をする客って、一体誰だ。そもそも後宮内に知り合いなど、北蘭宮以外にいない。

嫌な予感を覚えながら、歯切れの悪い明明の後を首を傾げながらついて行く。

「蘭瑛様、連れて参りました」

部屋にいたのは、この宮の主人である蘭瑛妃だ。振り向いた彼女は、明明と同じく困った顔をしていた。

「ああ、雪花。来てくれたのね」

蘭瑛妃の正面に座っているのは、いつぞやの宴《うたげ》で見た美少女——徳妃《とくひ》こと、麗梛妃《れいなひ》であった。彼女は愛くるしい両目の下に隈《くま》を作っており、今にも泣きそうな眼《め》で雪花を見てきた。

（え、お客様ってまさか——）

あの宴の後の雑談が蘇《よみがえ》る。

『徳妃様？』

『ああ、紅薔薇会《べにばらかい》の会長らしいわよ』

『気をつけなさいよー。明日の朝、寝首かかれないようにね』

麗梛妃の背後で控える侍女も、ものすごく何か言いたげに雪花を凝視している。

（これはもしや……）

紅薔薇会会長のお出ましだ。それも尋常じゃない空気である。

（ついに吊《つる》し上《あ》げか……？）

雪花はその場で、冷や汗を流しながら固まった。

蘭瑛妃と明明は席を外し、非常に居《い》た堪《たま》れない空気の中、雪花は客人二人——麗梛妃とその侍女と対峙《たいじ》していた。

麗椰妃に座るように促されたので、とりあえず椅子に腰掛けたが、怖いので部屋の隅に立っている方がよほどましである。

(ここから今すぐ出て行け、この害虫が！　とでも言われるのかな……)

雪花とて喜んで出て行きたいが、借金が足枷《あしかせ》になっているため、できることならここでの仕事が終わるまで待ってほしい。だからといって、吊し上げられて私刑《リンチ》されるのも遠慮したいが。

ああ、本当にあの男——紅志輝と関わるとろくなことがない。こんな可愛《かわい》らしい美少女ですら鬼に化けるのだ。

全てを諦《あきら》めて遠い目をしていると、麗椰妃が口を開いた。

「突然押しかけてごめんなさい」

艶《つや》やかな黒髪を二つに束ね、短く切《き》り揃《そろ》えられた前髪。小柄で華奢《きゃしゃ》で、透明感のある白い肌。さほど大きくはないが、けぶるような睫毛《まつげ》に象《かたど》られた、ぱっちりとした愛らしい瞳《ひとみ》。声までも、なんとも可愛らしい。

「わたし、紅麗椰と申します。この者は侍女頭の芙蓉《ふよう》。この度は雪花さんにお話があって参りました。お兄様——志輝様のことです。その、ご一緒に、は、花街に行かれたと……」

そんなところまで知られているのか。

(……そりゃわたし、呼び出し食らうよ)

雪花は諦めの境地で理解した。同時に、これはやばい、とも。

どうせその噂には、ろくでもない尾ひれがついているに違いない。どんなものかは想像したくはないが、どうせわたしが奴と懇ろになったとか言われているのだろう。

(ない、絶対にない)

考えただけでぞわっと鳥肌が立ち、気持ち悪さに足の裏がむずむずする。

小さく震えあがった雪花に気づかないまま、麗梛妃も血色のない唇を震わせて言葉を続ける。

「あなたに確認しないとわたしは……。わたしは、悍《おぞ》ましい事実を受け入れることなどできないのです……！」

ははは、悍ましいまで言われてる。本当にどんな噂が出回ってんだ。

可愛い美少女の目は今にも泣きだしそうに潤んでいて、顔も青白い。

「わたしは、侍女頭の芙蓉と申します。麗梛様は非常に衝撃を受けておられ、夜も眠れず……。事実を確認するために、今日こうしてやって参りました」

芙蓉と名乗った侍女頭は丸い眼鏡をかけていた。年は麗梛妃と同じくらいだろうか。彼女の肩を心配そうに摩《さす》っている。

「本当に、志輝様は――」

芙蓉という侍女に促され、ぷるぷると震えながら、麗梛妃は意を決したように勢いよく面《おもて》をあげた。

「我が兄──駿と寝床を共にしたというのは本当なのでしょうか……！！」

その瞬間、雪花は馬鹿丸出しで、口を大きく開けたまま固まった。

「……状況を整理させて下さい」

雪花が額を押さえて麗梛妃にそう申し出すのに、しばらくの時間を要した。

なんとなく事情は分かった。おそらく、誤解を招く噂《うわさ》が出回っているらしい。だがそれよりもだ。今、この妃様《きさき》は駿を兄と言わなかったか？

「ええと、まず。麗梛様が言うお兄様というのは……」

「え、あぁ、ごめんなさい！　混乱させてしまってっ。わたしの実の兄は紅駿です。志輝様とはいとこでして、幼い頃から志輝様のこともお兄様と呼んでいたものでして……」

「……麗梛様は、駿様の妹君」

「はい、そうです」

あの堅物生真面目男と、このほんわかした可愛らしい美少女が兄妹《きょうだい》……。

(知らなかった)

少しはこの柔らかい空気を分けてもらえばよいのに。そうすれば妓楼《ぎろう》でも、もう少しうまく立ち回れるはずだぞ、あいつ。

「兄は志輝様の元で仕えておりますが、その、さっき申し上げた信じがたい噂が……。その、装飾品が壊れるほど、は、は、激しかったとか～～！　それでわたし、居ても立ってもいられなくって!!」

自分で言いながら、恥ずかしさに両手で顔を覆ってしまう麗梛妃。耳まで赤く染まっている。

（……誰だ。このいかにも純情そうな妃相手に、下品な話を聞かせるなんて）

だがなるほど。噂というのは男色家のほうか。さしずめ、鈴音が人の話を最後まで聞かずに逃げ出し、誰かに泣きついて話したためだろう。装飾品が壊れたとか、事実が妙に巧《うま》いこと絡み合っているのがまた怖い。

雪花は大きく息をついた。どうやら自分が今すぐ私刑《リンチ》される訳ではないようだ。とりあえず、正しい事実を伝えることにした。

「結論から申し上げますと、その噂は事実ではありません。あなた様の兄君がひどく酔っ払ってしまい、志輝様は面倒を見るためにご一緒されていただけです。決してお二人はやっ……いえ。そのような事実は決してございませんでした」

それを聞いた麗梛妃と芙蓉は目を見合わせると、安堵《あんど》したのか、へなへなとその場に崩れ落ちた。

「よかったですねえ、麗梛様っ」

「本当に……！　兄が志輝様の近くにいすぎて、てっきり理性を失って志輝様を襲ってしまったのかとっ」

普通なら笑ってしまいたいところであるが、あの美貌《びぼう》を持つ志輝の場合、冗談にならない。養父がいい例である。あれはある意味〝歩く卑猥《ひわい》物〟だと、誰かが言っていたことを思い出す。

「よかった、本当によかったわ……！　志輝様にはやっと、運命の方が現れたというのに！」

「そうですよっ」

二人が手を取り合って喜んでいるのを見ると、こちらもよほど仲が良《い》いらしい。

二人はキラキラした目で、なぜか雪花を見つめている。

（ん？　運命の方……？）

「志輝様、ようやく婚約者でもお決めになったのですか」

ああなるほど。だから妓楼で楽しんでもらおうと画策したらあんなに怒ったのか。そういうことなら、早く言ってくれればよかったのに。

意外と律儀な男なのだなと改めて感心する。養父も見習って欲しいものだ。

「いえ、いずれそうなるかもしれませんが、まだそこまでは。けれども、普段は冷酷無比な氷の貴公子である志輝様がぞっこんなのです。今までどんな女性にも見向きすらしなかった志輝様がです!!」

「そ、それはめでたいですね」

上半身を前のめりに力説してくる麗梛妃とは逆に、雪花は身体《からだ》を後ろに反らせた。

冷酷無比……。確かにそうだが、見た目と違ってはっきりと物を言うお姫様である。

「もうわたしは感激でした。志輝様が腕輪を渡す姿を見た日から、わたしたち紅薔薇会は、ようやく志輝様に遅い春が訪れたのだと歓喜しました。そう、氷の心を溶かす春の君が現れたのだと！」

(腕輪……？)

目を輝かせる麗梛妃に、なんだか嫌な予感を覚える雪花である。

「わたしたちは、今まで孤高の志輝様を見守ってきましたが！　ようやく彼の運命の相手が現れたと知って、全力で祝福し、応援をすることにしましたの」

にっこりと二人に微笑《ほほえ》まれ、雪花は頬を引きつらせた。

もしかして、否《いや》、もしかしなくとも——。

いやいやいやいや、いやいやいやいや！　待て、誰か止めてくれこの暴走妃を！

「雪花さんが鶏《とり》が好きだとお聞きしたので、しっかり食べてもらって、もう少し、志輝様のために肉付きをよくしてもらおうとこっそり差し上げたのですが、お味はいかがでしたでしょうか」

「…………」

「それだけではありませんわ。お二人が赤い糸で結ばれるよう、巷《ちまた》で人気の藁《わら》人形にわたしたちの願いを込めたり。あっ。紅薔薇会の象徴である赤薔薇の冠は、ぜひ婚礼の際に身につけて下さいね。あと、帳面はお二人の愛の記録に残して頂きたいと思いまして」

「──お言葉ですが、勘違いで人違いです！　絶対に！」

雪花は待ってくれと、ついに声をあげて立ち上がった。

おかしい。この妃様はものすごい勘違いをしている。そう、色々と。

「まぁ、照れていらっしゃるのね」

必死に訴えているのに、両頬を赤く染めた麗梛妃は人の話を聞いていないようで、可愛らしいですわと微笑み返してくれた。

待ってくれと差し出した雪花の片手は、宙で置いてきぼりを食らう。

「志輝様が、女性に対してあのように砕けた態度をとられるのは、雪花さんくらいです」

「いえ、あれは砕けてるのではなく、嫌がらせ……」

「ああ！　好きな子ほど虐《いじ》めたくなるあれですか!!」

ああ、人の話を聞いてくれ。どうして興奮していくのだ。

「あの腕輪は紅家を象徴する紅玉が埋め込まれていたはず。あっ、わたし目はいいんですよ。木の陰に隠れながらもばっちり見ちゃいました！　あの紅玉が意味するのは、あなたは、志輝様の庇護《ひご》下にあるということ。あぁ、なんて素敵なのかしら。雪花さんにもお会いしてみたら、照れ屋で可愛らしいし。まったく、兄が要らぬ邪魔をしなかったら、今頃あなた方は……きゃーっ！」

「やーん、ですね！　麗梛様っ」

「ええ！　これですっきりしたし、筆が進みそう！　ついに運命の相手を見つけた皇子の行く手には、数々の試練が……ああ、妄想が膨らむわ！」

「あ、ここだけの話ですけど、麗梛様は今流行《はや》っている小説の作者なんですよ」

人の話を聞かずにきゃっきゃと盛り上がる二人に、雪花は完全に負けていた。

もはや、なにを言ってもいいように解釈されてしまう。それにだ。その恋愛小説の主人公の模範《モデル》はもしや——。

雪花は頭《かぶり》を振った。考えたくない、何も、考えたくない。

「誤解は解けたかしら」

どうやら扉の外で会話を聞いていた蘭瑛妃が、笑いを堪《こら》えながら姿を現した。

はい！　と元気よく答える麗梛妃であるが、とんでもない誤解をしていますと言える気力はもはや残っていない雪花であった。それに、蘭瑛妃に援護を頼んではいけない。きっと爆笑して楽しむだけだ。

疲れ果てた雪花はこれ以上何も言うまいと、茶菓子を運んできた明明と共に茶の準備に取り掛かったのであった。

麗椰妃は蘭瑛妃と世間話をひと時楽しむと、そろそろ帰りますと立ち上がった。蘭瑛妃に出口まで送っていくようにと命じられた雪花は、彼女たちと共に回廊を歩く。

「今日はお会いできてよかったです」

「はぁ……」

「あのね。わたしは本当に、あなたが志輝様のお側《そば》にいてくれたらいいなって、思うのです」

「いえ、それはどうかと……」

すると、先を歩く麗椰妃が振り返った。その表情はとても柔らかく、優しい眼差《まなざ》しだ。

「志輝様は、孤独だから。心を許せる方が一人でも側にいてくれたら、わたしは嬉《うれ》しいです」

「麗椰様に駿様もいらっしゃるではありませんか。そもそもわたしは貴族でも、名門の出でもありません」

彼女が何を望んでいるのかは知らないが、雪花が志輝とどうかなるだなんてあり得ない話だ。

志輝は貴族。それも名門五家の一つ、紅一族の当主。元々住む世界が違うのだ。この雇用契約が終了すれば、もう会うこともないだろう。

「そんなことありませんわ！　志輝様はむしろ紅家を――……いえ。これは、わたしが話していいことではありませんね……」

麗梛妃は何かを言いかけたが、首を振って言葉を濁した。そして「ここまでで良いですから」と、芙蓉と共に去っていく。

何が言いたかったのだろうかと首を傾《かし》げて後ろ姿を見送っていると、麗梛妃が再びくるりと振り向いた。可憐《かれん》な笑顔と共に、雪花に向かって大きく手を振る。

「今度、紅薔薇会のお茶会にお誘いしますから！　是非いらして下さいねー！」

……それは嫌だ。手を振り返しながら、雪花は口元を引きつらせた。

＊＊＊

朝議を終え、政務室に戻ってきた翔珂《しょうか》と側近二人――志輝と白哉《びゃくや》は、茶を啜《すす》り一息ついていた。

『――西、玻璃《はり》に動きあり。防衛線の強化に当たります』

朝議の終盤でもたらされた情報を思い返しながら、翔珂は横目で志輝を見た。

彼は疲れた顔一つせず、相変わらず涼しい顔で、休憩中だというのに茶を片手に書簡に目を通している。

その落ち着いた表情の下で、一体何を考えているのやら。

「ねえ志輝ー。こんな時くらい休みなよ。聞いたでしょ？　西が荒れたらどうすんのさ」

その一方で、長椅子にぐったりと体を預けてだらけきっているのは白哉だ。それも煎餅《せんべい》を齧《かじ》りながら。怠惰な態度に、後ろで編んでいる奴の三つ編みを力一杯引っ張ってやりたくなる。なぜ主人である自分より寛《くつろ》いでいるのだと視線で咎《とが》めるが、白哉は目を閉じて知らん顔である。

「まぁ、その時はその時でしょう」

「おー、余裕だねえ」

「縹州《ひょう》には畠氏がいらっしゃいますしね」

志輝は、口の端に微《かす》かな笑いを影のように浮かべた。

この国――澄《ちょう》国は王都がある虹《こう》州を除いて五つの州に分けられている。湖《こ》州・焔《えん》州・縹州・樹《き》州・蒔《じ》州の五つ。

その中で縹州は西の玻璃国と隣り合っており、国境の要《かなめ》を担っている。

現在の縹州牧は、後宮にいる四夫人の一人、畠《はく》巴璃の父親だ。彼は軍での経験もあり、万が一戦になった場合指揮をとることに長《た》けている。

「まあ、そうだけど。志輝さ、最近ちょっと根を詰めすぎじゃない？」

「そうですか？」

「そうだよ。ちょっとは休憩しないと、きれっきれの思考も鈍るよ？」

「そう言うあなたはだらけすぎです」

「休む時は徹底的に休むものさ。志輝だってこの間、花街で楽しんできたんだろー？」

その一言に、書簡を捲《めく》る志輝の手がぴたりと止まった。

白哉は気づきながらも、面白がって話を続ける。

「噂《うわさ》聞いたよー？　妓楼《ぎろう》に遊びに行って、なんで駿と噂が立つわけ？　また男から狙われたらどうするのさ」

「…………」

書簡を握りしめる志輝の手に力が入ったのを、翔珂は見逃さなかった。

（それ、禁句だろ……）

志輝は整いすぎた容姿から、女だけではなく男からも襲われた経緯がある。

まだ彼が幼かった頃の話で、あの悲劇を知っているのはここにいる三人と、幼馴染《おさななじ》みである蘭瑛、そして原因を作った志輝の姉――珠華《しゅか》だ。

中でも、その件を容易に持ち出すことができる命知らずな奴は、白哉と珠華だけ。

（俺なんかが言ったら、絶対に不眠不休で働かされる……）

翔珂は仮にも王であるが、この二人には――特に志輝には、下手なことは言えない。

色々と恐ろしすぎて。

翔珂は傍《はた》からみれば貫禄《かんろく》があるのかもしれないが、それは若さで周りになめられないよう、せめて外見だけでもと意識しているからだ。少しは功を奏し、実年齢よりも上に見られている。

だが翔珂をよく知る志輝と白哉には、末っ子扱いでいいように尻《しり》に敷かれているのが現状だ。

「で、実際あの侍女の子とは？　朝までちゃっかり？」

「……お茶、ぶっかけてあげましょうか」

「なんでそんなに不機嫌になるのさ！　進展あったんだろ⁉」

そして志輝にずけずけと切り込んでいける怖いもの知らずは、ここでは白哉くらいであろう。

（でも、俺もそれ気になってたんだよな……）

翔珂はちらりと志輝を窺《うかが》う。

今までどんな美女が迫ってこようが、彫刻のような美しい表情が変化することなんてなかったのに。あの平々凡々な侍女の何が、志輝の興味をそそるのだろうか。

少し毛並みが違うから？　確かに今まで、志輝の周りをうろうろしていた女たちは、綺《き》麗《れい》な女ばかりだったが……。

けれど何かが気になるのは、実は翔珂とて同じだったりする。

光の加減で、独特の金色に光る双眸《そうぼう》。そう、過去にもいたのだ。彼女と似た瞳《ひとみ》を持つ小さな幼子が翔珂の側に。

もし彼女が生きていたら、ちょうどあの侍女と近い年頃か。彼女だけではない。彼女の姉も――。

(何を馬鹿なことを)

翔珂は自嘲《じちょう》するよう、密《ひそ》かに小さく笑った。

「別に、何もありませんでしたけど」

「嘘《うそ》つけ!」

「本当ですよ。距離を詰めたかったのですが、駿の酔っ払いのせいで色々狂いまして」

疲れたように長いため息をついた志輝に、翔珂と白哉は顔を見合わせる。

「……え、志輝ってばまさか本気なの?」

「何かおかしいですか?」

志輝は至って真面目な表情なので、二人は再度互いの顔を見合った。

「いや、おかしいって。今まで志輝から動くなんてなかったよね」

「そうでしたっけ?」

「とぼけるなよー。にしても、どうしてあの平凡ちゃんがいいの? どうみても志輝を嫌がってそうじゃん! 寄ってくるな鬱陶《うっとう》しいって、でかでかと顔に書いてあるっていうか」

「分かってますよ。でも、それがまたゾクゾク来るというか、面白いというか」

薄《う》っすらと愉悦を滲《にじ》ませた志輝に、白哉と翔珂は衝撃を受け固まった。

（嫌がる女に興奮するなんて……！）

とある言葉が翔珂の頭に浮かんだが、口にしてしまうと本当に殺されそうなので、喉元《のどもと》でなんとか飲み込んだ――が。

「っそれ変態じゃん！　変態！」

いち早く気を取り直した白哉が立ち上がり、その言葉を高らかに連呼した。そして志輝の両肩を強く揺さぶる。

「その顔でそんな性癖やめなよ！　お願いだからやめて、変態に拍車がかかるから！」

彼を変態呼ばわりできるのは彼くらいだ。白哉にがくがくと揺さぶられながら、志輝は白哉を睨《にら》み上げる。

「……失礼ですね、変態呼ばわりするなんて。軽々しいあなたに言われたくありません」

「いやいや、軽いほうがマシでしょ。ねえ陛下」

「陛下、この人を黙らせて下さい」

「俺に振るなよ！」

どっちもどっちだよと内心で吐き捨てながら、翔珂は声をあげた。

「ふうん、志輝がそこまでとはねえ。次はいつ会うの？　俺も彼女と話してみたいなあ。この変態をどう思うか直接聞いてみたいね」

「……おまえ、本当に殺されるからな」

「陛下だって見てみたいでしょ？　あ、でもそうか。陛下は後宮でいつでも会えるからいいのか」

「馬鹿おまえ！　下手なこと言うなって——ひぃっ」

志輝に横目で鋭く睨まれて、翔珂は縮み上がった。

一方、この中で年長者である白哉は楽しそうに笑っていて、確信犯である。

「そうですよね……。陛下はいいですよねぇ」

お鉢がこっちに回ってきたと、翔珂は冷や汗を流す。後宮に出向くのは義務なのだから、仕方がないではないか。

「そうだよねー、手を出そうと思ったらいつでも出せるもんねぇ」

「そんな命知らずなこと、するわけがないだろ！　そ、それに、豊穣《ほうじょう》の儀で会えるじゃないか！」

豊穣の儀。穀物の豊かな実りを天に感謝し、狩りで得た獲物を供物として捧《ささ》げる、秋に行われる伝統の儀である。

遠い昔、国を興すために尽力した五家の代表者が集まり、それぞれが狩りを行うのだ。その場にはもちろん、王と四夫人も出席する。

「つまらない儀も、たまには役に立つものですね」

とりあえず黒い空気を引っ込めて、志輝は翔珂から視線を逸《そ》らした。この男に睨まれると命を削られるような感覚すら覚える。本当にやめて欲しいと願いながら、翔珂は胸を撫《な》で下《お》ろした。

「あれ。じゃあ今回は志輝が参加するの？」

「はい」

「へぇー！　楽しみだね。志輝にとっては、別の意味での狩りだろうけど」

獲物として狙われるのはあの娘か……。彼女には悪いが、世のため己のため、魔王の供物になってくれと、翔珂は密かに両手を合わせるのであった。

「っ!?」

一方雪花は、得体の知れない悪寒を感じて背筋を震わせた。

「どうしたの？　雪花」

「あ、いや、急に悪寒が……」

雪花と一水は、蘭瑛妃の衣装を選んでいた。というのも宮中行事の一つ、豊穣の儀が近々行われるからだ。一水は流行に敏感で感性が良《い》いので、衣装選びには適任だ。

「風邪？」

「いえ、違います」

「そう？　秋だし、冷え出したから気をつけなよ」

「はい」

風邪ではないはずだけど、なんだろう。この不気味な寒気は……。

「確かあの色の帯がそっちの簞笥《たんす》に……お、あったあった。あ、それとって雪花」

「あ、はい」

寒気に内心首を傾《かし》げつつも、一水に指示されるがまま、雪花は装飾品や衣装を引っ張り出していく。

衣装棚を次から次へと開けていくので、いつの間にか、部屋の中には匂袋の香りが立ち込める。いつも蘭瑛妃が身に纏《まと》っている、甘すぎない、爽《さわ》やかな香りだ。

「いい香りですね」

「うん。乳香と、他にもいろいろ混ぜて調合してもらってるんだ。腕のいい調香師を静姿《せいし》が知ってて……さ……」

一水は衣装を広げる手を止めて、寂しそうに笑った。

一水たちに、静姿の件ははっきりと伝えられていない。けれど皆、決して口にはしないが各々気づいている。彼女が裏切っていたことを。そしてもう、この世にいないことを。

「あいつ……馬鹿だよ……」

一水はしんみりした口調で呟《つぶや》いた。

「わたしさ、静姿とは同い年だったんだ。話も合うし、ちょっとお節介だったけど……好きだったよ。ほら、自分がこんな性格だから、女友達がなかなかできなくって……」

「……うん」

「だから……。相談くらい、してほしかったな……」

雪花は足元に視線を落とした。

雪花は、後宮に来て一番日が浅い。こんな自分でも、静姿の死は寂しいと思う。長年共に過ごしてきた一水たちの心の内を思えば、どれだけ辛《つら》く、悲しいものか。

何と言葉をかけて良いのか分からずにいると、一水は「ごめんごめん」と明るく雪花の背中を叩《たた》いた。

「落ち込んでる場合じゃないよな」

「……一水」

「そんな顔するなって、雪花。人の心配してるより、自分の心配してろよ」

「え？」

心配顔をする雪花に、一水はにやりと口元を歪《ゆが》めた。

「次の儀、志輝様も来るからな」

「………」

心配顔から一転、げっそりとした顔で固まった雪花に、一水は声を立てて笑った。

＊＊＊

晴天の秋空に響くのは、高らかな指笛。赤く色づき始めた林の中から、一羽《わ》の鳥が空高く舞い上がった。真っ白なそれは青空で優雅に羽を広げ旋回すると、指笛を吹いた主人の元へと一直線に降下していく。

主人の片腕に降り立ったのは鷹《たか》だ。主人に甘えるように、顔に似合わず愛らしい鳴き声を上げている。同時に、その光景に目を奪われていた女性陣からも、羨望《せんぼう》と感嘆のため息が零《こぼ》れ出ていた。

(もてもてなことで)

鷹の主人――紅志輝を天幕から遠目に眺めながら、雪花は蘭瑛妃の傍らに控えていた。

本日は年に一度行われる五穀豊穣《ごこくほうじょう》の儀。四夫人も王に同行しなければならないため、必然的に侍女たちも強制参加である。

さて。豊穣の儀についてであるが、簡単に言ってしまえば、狩りで仕留めた獲物を供物として神に捧げ、実りある生活に感謝することだ。その供物である動物を、今から五家の者たちが狩りで仕留める。一方雪花たちは見学しているだけ。つまるところ退屈なのである。

だが、仕事は仕事だ。気を抜くわけにはいかない。それに今回は、あの淑妃《しゅくひ》も参加しているのだ。雪花は気を引き締めなおした。

静姿の事件以降、貴妃《きひ》である蘭瑛妃を狙う動きは鳴りを潜めている。しかし、いつどこで脅威に晒《さら》されるか分からない。

ただ、当の蘭瑛妃は淑妃を疑ってはいないようだ。

『違う……。彼女じゃないわ。彼女が、するわけない』

どうしてあの様に言い切ったのか、雪花には全く分からない。ちらりと蘭瑛妃を窺《うかが》いみると、話題になっている男を皆と一緒に眺め——笑顔で毒づいていた。

「相変わらず人気ねえ。あんな根暗な奴の何がいいのかしら。疾風《はやて》もあんな奴が主人で嫌にならないのかしらねえ」

根暗か分からないが、性格は悪いと思う。

「そういう蘭瑛様も、似たような性格をしていらっしゃいますよ」

「あら明明、志輝よりかはマシよ」

「どうでしょうか。団栗《どんぐり》の背比べでは」

辛辣《しんらつ》な返しをするのは、勿論《もちろん》明明である。

「あら、可愛《かわい》い犬ねえ。癒《い》やされるわあ」

「話、思い切り逸らしましたね」

明明とのやり取りに飽きたのか、蘭瑛妃が次に興味を示したのは、他者が連れている猟犬であった。志輝のように鳥を用いる者もあれば、犬を連れている者もいる。

「はぁ、志輝様なんて美しいのっ」

蘭瑛妃と明明がやり合っている背後で、ほわんと心を志輝に奪われているのは、乙女思考の鈴音である。

「あれは反則だね。鳥を片手に従えるなんて、もはや神の化身だよ」

一水も頬をほんのり赤く染めている。

(あれは神どころか変態魔王だよ)

蘭瑛妃の杯に水を注ぎながら、密《ひそ》かに訂正する雪花である。すると雪花の心中を読んだかの様に、志輝が似非《えせ》笑顔を浮かべてこちらに向かってきた。

「貴妃様、お久しぶりです」

「ええ。あなたのその無駄で迷惑な美貌《びぼう》は相変わらず健在ね」

「あなた様の口と性格の悪さも相変わらずですね。お元気そうでなにより」

「あら。あなたには全然及ばないけれど？」

「何を仰《おっしゃ》いますか。後宮を生き抜く図太さの持ち主たる所以《ゆえん》でしょう」

「あなたこそ、昔は女の子に間違えられるほど可愛かったのに、いつからそんな陰険……こほん、性悪になってしまったのかしら」

(今の、言い直した意味はあったのか……？　絶対にわざと言ってるな、蘭瑛様)

両者、笑顔のままバチバチと火花を散らせている。そういえば、二人は昔馴染《むかしなじ》みと言っていたな。だが顔を合わせればこのやり合い、一体どういう関係なんだか。

明明をちらりと見れば、放っておいて良しと視線で返してくれるので、おそらくいつもの光景なのだろう。

「その口も絶好調ね。――で、例のものはちゃんと用意してくれたんでしょうね」

「それは勿論」

目を鋭く光らせた蘭瑛妃に、志輝は悠然と笑んで、懐から一冊の本を取り出した。

「姉が、江瑠紗《エルシャ》から取り寄せてくれましたよ」

江瑠紗というのは隣国、玻璃からさらに西――海を隔てた先にある大国のことだ。

志輝が蘭瑛妃の目の前に差し出せば、彼女は嬉《うれ》しそうに目を輝かせた。

「ありがとう、志輝」

蘭瑛妃は喜んで本を受け取ろうとした――が。彼女が手にする寸前で、ひょいと上に掲げられた。

摑《つか》めなかった蘭瑛妃の手が宙で止まった。底意地の悪い目を、蘭瑛妃はじとりと睨《にら》み上げる。

「……わたしへの見返りは？　物々交換のお約束ですよね」

にっこりと微笑《ほほえ》み首を傾げる志輝に、蘭瑛妃は小さく舌打ちした。明明が視線で咎《とが》めるが、蘭瑛妃は知らないふりだ。

この男にしろ蘭瑛妃にしろ、本当に良い性格をしていらっしゃる。

巻き込まれたくない雪花は、水の補充でもしてこようと水差しを抱えて彼らに背を向ける。

「分かってるわよ。要望通り貸し出すわよ」

何を貸し出すのやらと他人事《ひとごと》のように思っていると、蘭瑛妃が「星煉！」と声をあげた。

すると星煉が、雪花の行く手を阻んで水差しを取り上げるではないか。

一瞬にして、嫌な予感が雪花を襲う。

「雪花。悪いんだけどね、今から志輝に同行して狩りを手伝ってあげて」

蘭瑛妃の台詞《せりふ》に雪花の動きが固まった。振り向かない雪花に、志輝がわざとらしく説明しだす。

「実は、今回同行するはずだった駿が仕事で来れなくなってしまいまして」

申し訳なさそうな口調であるが、絶対奴の目は笑ってる。振り向かなくても分かる。あと、仕事はわざと押し付けてきたに違いない。

「あなたなら、狩りに手慣れてそうなのでお願いします」

雪花は助けを求めるように蘭瑛妃を見たが、彼女は本を固く抱きしめて、諦《あきら》めろと首を横に振った。

いやいや、あなた様がその本を諦めて下さい。

口には出せないので、目で必死に訴える。

「護衛はね、近衛《このえ》があちこちに配置されてるから大丈夫よ。陛下にも許可を頂いてるし」

「いえ、わたしが大丈夫じゃ――」

「ごめんね雪花。これを取り寄せてもらう条件だったの。だから、はい。いってらっしゃい」

にっこり笑って手を振られてしまった。それを合図に、鈴音と一水によって志輝の前に放り出される。

「嫌です、他当たってくださいってば！」

雪花は必死に天幕にしがみついて抵抗した。これ以上この麗人と関わったら、どこから命を狙われるか分かったもんじゃない。

「往生際が悪いですよ」

「なら諦めてください」

「嫌です」

「粘着質な男は嫌われますよっ」

「粘り強いと言って下さい」

「前向きですか！　都合よく言葉をすり替えないで下さい！」

「さっさとその手を離さないと、帯を解《ほど》きますよ」

「何言ってんですかこのど変態！」

思いのほか諦めの悪い雪花の帯を、志輝は笑顔を張り付けつつ、若干いらつきながら引っ張っていた。そんな二人の攻防戦を、蘭瑛妃は扇子の陰で声を出さずに笑って見ている。目尻《めじり》に涙を溜《た》めながら。

「ああもう、分かりました」

そう言って手を離した志輝に、安堵《あんど》してしまった雪花はまだまだ甘い。

「疾風」

「えっ、な――いたっ、痛い痛い痛い！」

志輝が空いた手で指笛を吹いた。すると志輝の片腕に乗っていた鷹が、鋭い嘴《くちばし》で雪花の髪の毛を咥《くわ》えて引っ張り出したのだ。

「何すんだ、禿《は》げるって！　このっ――ぎゃぁあああっ」

追い払おうと天幕から手を離してしまえば、あとは清々《すがすが》しく笑う志輝に腰を攫《さら》われて、荷物のように肩に担がれた。

「では貸して頂きますね」

同時に沸くのは、女子たちの黄色い歓声だ。

「一緒の馬に乗りましょうか」

「絶対に嫌です。離してください、下ろしてください、帰してください」

担がれながらも必死に抵抗して降りようとすれば、志輝はいっそう腕に力を込めて押さえこんでくる。その綺麗《きれい》な頬を引っ掻《ひか》いてやろうかと思う雪花であるが、そんなことをすれば、間違い無く紅薔薇会だかなんだかに暗殺される。

「選んでください。一、暴れなければ別々の馬。二、暴れるなら一緒の馬。どっちがいいですか」

こいつ、真顔で何言ってるんだ。馬鹿なのか。一周回って馬鹿だろ絶対に。

「じゃあ三で。暴れないので狩りには不参加で」

「……分かりました、二ですね」

「嘘《うそ》です嘘！　一でお願いしますっ！」

これ以上怒らせると後が怖いので、大人しく荷物よろしく運ばれることにした雪花であった。もうどうにでもなれと思いながら。

銅鑼《どら》が大きく鳴り響いた。狩りの始まりを知らせる音だ。それを合図にして参加者たちは森の中へ入り、それぞれ散っていく。

本来ならば見送る立場であったのに……。なぜ、こいつの横で馬を走らせているのだ。弓矢を背に担いだ雪花は真正面を睨み、彼と極力視線を合わせないように努めていた。

こいつのおかげで悪目立ちした。いや、こいつだけでない。上空で優雅に飛んでいる志輝の連れも許すまじ。今度悪さをしたら焼き鳥にして食ってやる。

おかげで無様な姿を他の妃《きさき》や陛下にもばっちり見られてしまった。恥ずかしい限りだ。ただし麗梛妃に限っては頬を紅潮させ、目を輝かせていたから、無様と思われているなんて心配は無用だろうが。

「乗馬、お上手ですね」

そんなことを考えていると、にこやかに志輝が話しかけてきた。生憎《あいにく》こちとら、にこやかにはなれない。むくれたまま答えた。

「馬くらい乗れないと、あちこち移動できないので」

「ずっと旅を？」

「あの妓楼《ぎろう》に売られるまでは」

そう、ずっと旅をしていた。用心棒として、養父と共に各地を転々とする流浪の旅。決して楽ではなかったけれど、今となっては思い出深い日々であった……と、少しは思わなくもない。

多種多様な文化、そこで生きる人々と出会って学んだことは多い。ずっとそうやって生きていくと思っていたが、妓楼に引き取られ、まさか後宮に出戻りすることになろうとは。

人生、何が起こるか分かったもんじゃない。今まで避けてきた処《ところ》に、流れとはいえ飛び込んでしまったのだから。

(風牙《ふうが》、怒ってるだろうなあ)

いい加減で飄々《ひょうひょう》としていて、全く以《もっ》て掴み所のない養父であるが、彼は何もかも捨てて、幼い自分を助けて育ててくれた。そして鬼門である後宮から、雪花を極力遠ざけてたというのに、のこのこと戻ってくる羽目になろうとは。

言葉を切って黙り込んだ雪花の横顔を、志輝はしばらく見つめていた。

もの言いたげな視線に気づいていた雪花は、なんですか、と渋々振り向いた。

志輝は、意外にも真剣な表情でこちらを見ていた。

「……嫌でなければ、あなたの話を聞かせてくれませんか」

「は？」

「風牙殿と出会う前のこと、出会ってからのこと、なんでもいいですから」

藪《やぶ》から棒に何を言いだすんだ、この男は。

「わたしの話なんて、ちっとも面白くないですよ」

「わたしはあなたを知りたいんです」

「…………」

いつもの食えない不遜《ふそん》な態度は鳴りを潜め、形の良い唇《い》は固く結ばれている。目は真っすぐ雪花に向けられていて、彼の言葉に偽りはないことが分かる。

（前は、感情のなさそうな硝子《ガラス》玉みたいな目をしてた癖に）

紅志輝という人間は、他者に興味など抱かない性悪冷酷人間かと思っていた。しかし最近ではふとした瞬間に、こういった人間臭い表情を見せる。……いつもの彼なら、適当に言い逃げできるのに。

雪花は瞼《まぶた》を僅《わず》かに伏せると、口を開いた。どこまで話すべきか、慎重に言葉を選びながら。

「……本当に、つまらない話です」

乾いた風が頬を撫《な》でる。秋が終われば、全てを凍《い》てつかせる冬が来る。清らかな白を染め上げる赤い記憶。思い出せば、背中に走る傷が今でも疼《うず》く。

「わたしには、両親と姉がいました。そして一緒に育った、乳兄弟と彼の優しい母君」

わたしの家は、ごく普通だった。父は医師で、母は乳母をしていた。というのも、母の友人であり父の患者だった女性が先王に見初められ、妃となり男児を産んだからだ。

だが妃は病で体が弱く、満足に乳飲み子を育てることができなかった。そこで、同じ年にわたしを生んだ母が、乳母として後宮に上がったのだ。

「前に言っていた好きだった人、というのは、いわば乳兄弟のことです」

わたしたちは兄妹《きょうだい》のように育った。遊ぶときは姉とわたし、彼の三人で。彼とは、大好きな姉を取り合って度々喧嘩《けんか》した。喧嘩をすれば大抵わたしが勝って、彼はよく泣いていた。そして彼が泣く度に、わたしは怒られ、さらに彼と喧嘩するという悪循環。だから か、いつからか姉は常にわたしたちの真ん中にいた。

「彼らと笑って慎《つつ》ましやかに過ごす。それが、わたしの日常でした」

そんな平穏な日常も、一瞬にして悪夢に変わる。あの赤い満月の夜、悪鬼がやってきた。全てを惑わしてしまうような、先王によく似た美しい悪鬼が。

「けれどとある晩、何者かによって屋敷《やしき》が襲撃を受けました」

真っ赤に染まっていく視界と、赤を際立たせる美しい白雪。

「大人は自分たちが犠牲となり、わたしたち子どもを辛《から》うじて外へ逃がしました。ですが乳兄弟とは途中で離れてしまい、わたしと姉は途中追っ手に捕まりました。そして――」

――やめて、その子を離して！　いや、いやぁあああああ！

姉の悲痛な叫び、背中に走る凄《すさ》まじい痛み、次第に遠のいていく意識。

何度も自分の名を呼ぶ姉に、震える手を伸ばした。ぼやける視界の先で、追い込まれた姉の姿が、突如ふっと消えた。――崖《がけ》から落ちたのだ。そこでわたしの意識も、ぷつりと途切れた。

「わたしは背後から斬られ、姉は崖から落とされました。わたしは確実に死を意識しましたが、風牙によって救われ、運よく生き延びました。……悪運が強いというか、なんというか。それから彼の養子となって、各地を転々と……って！　なんですか、危ないじゃないですか！」

志輝は突然馬をぴたりと横につけると、雪花の左手をとって握りしめてきた。

「すみません、辛《つら》いことを……」

「いや、勝手に話したのはわたしですし、ていうか手を離し……」

手を離して下さいよ、そう言おうとして志輝を睨《にら》みあげたが、彼の表情に言葉を飲み込んだ。そして、気まずそうに視線を逸《そ》らす。

（……なんで、あんたがそんな顔するんだよ）

今にも泣きそうな、痛みを必死に堪《こら》えるような目。握られた左手が熱い。

「話してくれて、ありがとうございます」

「……辛気臭い話ですみません。まあそんなこんなで、今に至るって訳でして」

「――いつか」

「？」

「いつか、わたしもあなたに話したい」

吐息交じりの震える声。懇願か、はたまた決意か。しかし、何かに怯《おび》えているようにも感じる声色だった。

「志輝様……？」

いつもと違う志輝を怪訝《けげん》に思い、首を傾《かし》げる雪花。雪花の手を、彼はじっと見つめると恭しく持ち上げた。取られた手の甲に触れるのは、ふわりとした柔らかな感触。

羽のように軽い口付けが、そっと落とされる。まるで、西国の騎士が示す敬愛の証《あか》しのように。

あまりに洗練された動きに一瞬思考停止した雪花であったが、すぐに気を取り直すと、じとりと目を据わらせて手を振り払った。そして速やかに距離を取る。

「どさくさに紛れて何してんですか」

眉間《みけん》に皺《しわ》を寄せてきつく睨み上げると、彼はいつものようにくつくつと笑い出した。

(なんだ、いつも通りじゃないか)

一瞬、彼が弱々しく見えたのは気のせいか。なら、心配して損をした。左手の甲に残る熱を腹立たしく思いながら、馬の歩みを速めて先を行く。

「雪花」

「はい?」

「今から、名前で呼んでもいいですか?」

「は? 勝手にして下さい。どうせ嫌だと言っても聞いてくれないくせに」

不機嫌顔で答えたのに、雪花の後ろにいる志輝は、なぜだか嬉《うれ》しそうに微笑《ほほえ》んだ。

(やっぱり変な奴……)

それから二人は、他愛ない会話をしながら森の奥へと進んでいく。

「──あ、居ましたね」

志輝は馬の歩みを止めて、前方を指差した。

視線の先には、一頭の鹿が水辺で水を飲んでいた。泉があるこの場所は、木々が少なく比較的広い空間が広がっている。どうやらここで仕留めるようだ。

上空では、今か今かと疾風が合図を待って旋回している。

主人が賢ければ、愛玩《あいがん》動物も賢いというわけか。感心しながら雪花は馬を下りて、手綱をそこらの木の幹に引っ掛けた。そして弓矢を手に、草むらに身を潜める。志輝は弓矢に加え佩刀《はいとう》しているが、これは神への生贄《いけにえ》だ。できるだけ傷つけないのが理想であるから、おそらく矢だけで仕留めるつもりだろう。

「疾風が先に急襲します。……自信はおありですか？」

「それなりには」

雪花の答えに志輝は頷《うなず》くと、指笛を吹いた。びくりと辺りを見渡し警戒する鹿。その一瞬の隙に、空から恐ろしいほどの速さで疾風が一直線に飛び込んでくる。鹿は逃げようと身を翻すが、疾風は鉤爪《かぎづめ》でその顔面を押さえこんだ。鹿は必死に暴れ、地面を疾風と共に何度も転げまわる。

（まだ狙えない）

雪花は弓矢を構えて好機を窺《うかが》う。

すると疾風が一瞬離れた。その隙に逃げようとする鹿であったが、疾風は大きな鉤爪を使って鹿の体を宙に持ち上げた。そして、宙から容赦なく叩《たた》き落《お》とす。

「――今です」

志輝の合図と共に、雪花は落とされた鹿の頸《くび》めがけて矢を放った。一直線に飛んだ矢が、肉を突き刺して鹿の体が小さく揺れる。さらに志輝がもう一本、止《とど》めに矢を引き放った。鹿はついに動かなくなった。

雪花は息を吐き出し、弓を背におさめた。久しぶりに弓矢を構えたが、体に染み付いた感覚は生きているらしい。

キィキィと鳴きながら、疾風が志輝の元へと飛んでくる。彼を片腕で受け止め、志輝は褒めるようにその背を撫でた。

「弓の扱いもお上手ですね」

「最初に風牙から教わりましたから」

雪花は鹿の元へ駆け寄り、矢を引き抜く。

「それにしても、鷹狩《たかが》りなんて初めて見ましたが大迫力ですね。鹿を持ち上げるなんて」

さすが図体《ずうたい》がでかいだけある。よく見たら、鉤爪はどんな肉でも引き裂いてしまえるほど鋭いし、目は猛禽類《もうきんるい》特有の獰猛《どうもう》さを孕《はら》んでいる。

「兎《うさぎ》や狐《きつね》なんかは、そのまま攫《さら》っていきますよ」

「へぇ……」

感心しながら手際よく鹿を麻袋に詰めると、それを馬の背に志輝が固定してくれた。

「わたしは歩きますので、あなたは馬に乗ってください」

「いいです。逆ですから」

「女性を歩かせるなんて真似《まね》、教えてもらってないので。それとも二人一緒に乗りますか」

「じゃあ遠慮なく！」

素早い身のこなしで馬に跨《また》がる雪花に、志輝は可笑《おか》しそうに笑った。

（普段の人形みたいな微笑はやめて、こうやって柔らかく笑ってればいいのに）

その方が近寄りがたい空気は息を顰《ひそ》める。それになんとなく、彼が幼く見えるから不思議だ。

「あの」

「はい」

「志輝様って、歳《とし》はおいくつなんですか」

「今年で二十になりますが」

雪花は驚きに固まった。

え、てことは十九？　嘘《うそ》だろ、いやいや何の冗談。自分とそんなに変わらないってことじゃないか。こんな百戦錬磨な雰囲気醸し出しといて？

「なんですか、その反応」

「いやいや、冗談ですよね？」

「……どういう意味ですか」

「だって！　色々と食えないから二十半ばか、後半くらいかと……」

「……へぇ」

柔らかな笑みが、淀《よど》んだ笑みへと変化していくのに気づいた雪花は対応が早かった。

さ、戻りましょうと元気よく馬の腹を蹴《け》って進み出す。

「そんなに老けていますか、わたしは」

「いや、そのですね、そう、言葉の文《あや》ですよ。大人っぽいというか、妙に落ち着いていると言いますか……」

ねちっこい視線を背中に受けつつ、雪花はしどろもどろに言い訳した。

よく考えれば、蘭瑛妃とは昔馴染《むかしなじ》みだと言っていたのだから、年齢はさほど離れているはずがないのに。どうして馬鹿な質問をしてしまったんだ。

「ほう……」

「ですから、決して悪気はなくってですね」

背後から真っ黒な靄《もや》を感じる。馬も怯《おび》えているのか、なぜか早足になっていくし。

ああもう勘弁してくれ、と思ったその時。

（……？）

微《かす》かに聞こえた何かの音に、雪花は馬の歩みを止めた。

「どうしました？」

すると上空を飛んでいた疾風も、志輝の腕に戻ってきて辺りをキョロキョロと忙《せわ》しなく見渡している。

雪花は馬から飛び降り、屈《かが》むと地面に片耳を押し当てた。そして耳を済ます。

（……足音。それも複数。この速さは獣か？）

志輝は疾風の背を撫《な》でて宥《なだ》めながらも、視線を尖《とが》らせ辺りを警戒する。

「……獣ですね。近いです」

雪花が弓矢を構えると、それはすぐに姿を現した。突然、森の茂みから犬の群れが現れたのだ。

「犬⁉」

だが彼らは、雪花たちには見向きもせずに森の出口へ向かって走り抜けていく。

「今のは野良犬ですか？」

「さぁ……。今のは野良というより、猟犬の類《たぐい》であったような」

「猟犬……。五家の方々の？」

「いえ、使役する動物は一匹だけです」

犬の種類など知ったことではないが、野良ではなく、調教された猟犬だったとしたら。

『乳香と、他にもいろいろ混ぜて調合してもらってるんだ。腕のいい調香師を静姿が知ってて……さ……』

ふと、蘭瑛妃の衣装を選んでいた時の、一水の言葉が蘇《よみがえ》る。

貴人たちが纏《まと》う香は、深みを出すために複数の原料を調合させていて、それぞれに特徴がある。

もし蘭瑛妃が使用している香を、静姿が他に流していたとしたら——。

猟犬たちは、訓練次第でどんな獲物でも襲う。足跡や匂いを辿《たど》って。たとえそれが、人間であっても。

「っすみません！　先に戻ります！」

「雪花⁉　待ちなさい……！」

雪花は馬に飛び乗ると、志輝の制止を振り切って走り出す。呑気《のんき》に説明している暇はない。思い違いならいい。ただの、思い過ごしなら。

(でもこの嫌な感覚……！　くそっ！)

舌打ちし、馬を走らせ風を切る。馬は雪花の逸《はや》る気持ちが分かるのか、おとなしく合わせてくれている。はじめて出会った馬なのに、聞き分けのよい賢いやつだ。

無心で走り続けていると、出口の向こうに祭事の狼煙《のろし》が見えてきた。それと共に、女たちの悲鳴も。

「いい子だから頼む！」

雪花は馬に声をかけると、手綱から手を離して馬上で弓矢を構えた。木々の間を潜《くぐ》り抜《ぬ》ければ、妃《きさき》たちの天幕が見えた。なかでもその中央――蘭瑛妃たちの天幕を、先ほどの犬たちが襲い掛かろうとしていた。

武官たちがすぐさま壁となり応戦するが、犬たちは今にも彼らの隙を潜り抜けて蘭瑛妃たちに飛びつきそうだ。

蘭瑛妃たちの前では、いつか見た三つ編みの男が刀を振るって応戦している。護衛官というだけあってさすがというべきか、表情を変えずに次々と斬り倒していく。しかし彼の横で、陛下も共に刀を振るっている状況というのは、さすがに不味《まず》いんじゃないか。

雪花は立て続けに矢を放つ。彼らは激しく動き回るから、思ったように致命傷を与えられない。勢いは一瞬弱まるも逃げることはせず、射られてもなお向かっていく。

（おかしい……。えらく興奮しているのか？　興奮剤でも嗅《か》がされたか）

矢筒に手を伸ばすも空になってしまい、雪花は舌打ちしてひらりと地に舞い降りた。負傷した兵から刀を奪い、犬の群れへと駆けていく。

雪花に気づいた犬が牙《きば》を剝《む》き、突進してくる。雪花は目を眇《すが》め、飛びかかってきた犬の顔面を叩き切った。顔面がずるりと割れて崩れ落ちる姿に、雪花は小さく詫《わ》びる。

「脚を狙え！」

三つ編み男が皆に指示を出した。

なるほど、脚か。確かにそうすれば、向かってくることはなくなる。

雪花は蘭瑛妃の元へ駆けつけようとして、途中で目を見開いた。陛下が真正面から飛びかかってきた一匹を斬り捨てている間に、横から他の犬が飛び込んできたのだ。それに気づいた蘭瑛妃が、彼を庇《かば》おうと明明の制止を振り切り体を間に滑り込ませる。

「――蘭瑛様、いけない！」

雪花は地面を蹴った。左手を伸ばして、蘭瑛妃を明明たちの元へ突き飛ばす。

「雪花!?」

それと同時に右腕に走る痛み。刀を持った右腕に、犬の鋭い牙がぎちぎちと食い込んだ。

雪花は舌打ちすると刀を左に持ち替え、犬の胴体に刀を突き刺そうとした。

しかしその必要はなかった。

突如空から現れた白鷹《しらたか》――疾風が、犬の胴体に爪を食い込ませたのだ。犬は雪花から離れ、疾風と揉《も》み合《あ》った末に押さえ込まれる。

「おまえ……」

雪花は果敢な疾風を褒めるように笑うと、刀を握り直して立ち上がる。

「雪花！」

疾風の主人、志輝が息を切らせて駆けつけてきた。どうやら志輝が斬ったのが、最後だったらしい。雪花はよかったと、安堵《あんど》の息をついた。なんとか間に合った。

（にしても、志輝様でも息を切らすことがあるんだな）

珍しいものを見るように志輝を見上げていると、彼は雪花の腕に視線を留めた。

「怪我《けが》を……!?」

「あー、ちょっと嚙《か》まれただけですよ」

袖《そで》を被《かぶ》せて隠すと、志輝の柳眉《りゅうび》がぴくりと動いた。

「見せてください」

「はぁ!?」

腕を無理やり奪われ、袖を勢いよく捲《めく》られる。肉はさほど持って行かれなかったものの、牙が強く食い込んだ箇所から血が流れていた。

「大丈夫ですよ、このくらい」

雪花はあっけらかんと答えた。

「雪花！」

蘭瑛妃が駆けつけてきて、志輝と共に傷を覗《のぞ》き込む。

「わたしを庇ったばっかりに……！」

「いえ、これがわたしの本来の仕事ですからお気になさらず」

「わたしの侍女よ！　気にして当たり前でしょう！」

なぜか蘭瑛妃に怒鳴られてしまい、雪花は面食らった。蘭瑛妃が怒鳴る姿など初めて見たからだ。雪花は口を噤《つぐ》んだ。

「志輝、綺麗《きれい》な水で洗ってあげて。わたしはその間に、持ってきている薬草を準備するから」

「分かりました」

志輝は頷《うなず》くと、雪花の脚を攫って横抱きにすると歩き出した。

「ちょっ、なにすんですか、この——」

抗議しようと声をあげたが、こちらを見下ろす志輝の顔を目にして、止めた。秀麗な顔は、苦痛を耐えるように暗く顰《しか》められていたからだ。

「どうして、人の話を聞かずに駆けて行ったんですか」

「……すみません、嫌な予感がして」

「わたしは側にいたのに。そんなに頼りになりませんか?」

なんで捨てられた子犬のような表情をするのだ。雪花は気まずくなって、視線を泳がせながら、ええと、と言葉を探した。

「頼りになるとかそういう問題ではなくて……。わたしは、蘭瑛様の護衛です。体を張って、守るのが仕事です。それに雇用主であるあなたを危険な目に遭わせるわけにもいきません」

「……雇用主」

「はい、これは任務の上での負傷です。なので、志輝様が気に病む必要などどこにもないんです」

とにかく気にするなと伝えたかっただけなのに、なぜか志輝の目がさらに仄暗《ほのぐら》くなった。

言い知れぬ怒りが沸々と湧き上がってきているのが、手にとって分かった。

なぜ、怒りの度合いが上がる……？

人の感情に対する機敏さが、もともと人並み以下の雪花だ。なんとなく空気は感じ取れても、その理由まで分かるわけがない。

ただこれ以上言葉を発すれば、火に油を注ぎそうな事態であることだけは本能で分かったので、雪花は黙って大人しく運ばれた。

無言のまま二人は井戸の側にやってくると、志輝はようやく雪花を腕から降ろす。

「腕、出してください」

言われるがまま、借りてきた猫よろしく雪花は従った。志輝は井戸水を汲《く》み上《あ》げると、雪花の腕をとって洗い流していく。

「……あなたにとって、わたしはただの雇用主だとしたら」

志輝はようやく口を開いた。どうやら先ほどの話の続きらしい。冷たい水の感触が傷に染みるのを我慢しながら、雪花は耳を傾けていた。

「雇用主も、雇用者を守る義務があります」

「はぁ……」

しつこいほどに洗い流した傷口を、志輝は手触りのよい上等な手巾《しゅきん》で覆っていく。

「ですがわたしは。一人の人間として、あなたに傷ついて欲しくない」

「?」

「あなたに護衛を頼んでおきながら、矛盾しているのは分かっています。後悔すら、している」

最後に手巾の端をぐっと締めると、乱れた雪花の横髪を、その小さな耳にかける。

「あなたが傷つくところを見たくない」

露《あら》わになる首筋を、男にしては綺麗すぎる指がなぞっていく。

ぞくりとする感触に雪花は逃げ腰になるが、志輝の片方の腕がしっかりと雪花の腰を摑《つか》んで許さない。

「あなたを傷つけるのは、わたしだけでありたいと。そんな風にさえ、思ってしまう──」

仄暗い炎が、黒曜石の双眸《そうぼう》に見え隠れする。

食われるのではないか。先ほどの犬ではないが、腹をすかせた獣に、食われてしまいそうな。そんな感じがして、雪花は固まった。逃げ出せと本能が告げるけれど、その強い視線に縫い付けられるようで体がうまく動かせない。

「だから、お願いですから。わたしが愚かな獣にならないよう、傷つかないでください……」

そういって彼は長い睫毛《まつげ》を伏せると、雪花の頸《くび》に唇を寄せた。舌でなぞり、強く肌を吸い上げる。嚙みつくように。

（ちょっ……！）

それは一瞬。名残惜しそうに唇を離した志輝は、硬直した雪花を見下ろし、美しく笑う。

「わたしを獣にしないでください……。何をするか、わかりません」

呼吸さえ詰まるような、冷酷で仄暗い微笑。その背後には真昼の月が浮かんでいる。

『隠し事は、よくないよね』

蘇《よみがえ》る、あの時の悪夢が。美しい残酷な悪鬼の表情《かお》と、赤い満月が。

なぜか今、ぴたりと重なり合った。

「……っ⁉」

ひゅっと喉奥《のどおく》が窄《すぼ》まり、雪花は激しく咳《せ》き込んだ。

「大丈夫ですか⁉　すみません、度がすぎました……」

咽《む》せる雪花の背を摩《さす》る彼は、本当に申し訳なさそうに焦っている。雪花が知るいつもの彼だ。

（今のは、何だ……？）

過去を語った反動なのか。どうして、あの悪鬼を思い出したのだろう。

雪花は差し出された井戸水を手で掬《すく》うと、一気に口に流し込んだ。あの美しく、悍《おぞ》ましい鬼の残像をかき消す様に。

二章

再び天幕へと戻ってきたら、蘭瑛妃《らんえいひ》が得体の知れない深緑色の液体を持って待ち構えていた。薬草の汁らしい。どろりとしていて、匂いもなかなか強烈である。それを彼女は自ら、雪花《せつか》の傷口に塗ってくれた。炎症止めの効果があるそうだ。

だが犬に噛まれたからには、しばらく腫《は》れあがるのは避けられないだろう。包帯を巻かれた腕を見下ろして、雪花は一息ついた。

「ありがとうございます」

「わたしの方こそありがとう。怪我、させてしまったわ」

蘭瑛妃は笑みを浮かべながらも、その表情はいまいち冴《さ》えない。襲われた後だ、仕方がないか。一時は騒然とした場であったが、今は神殿へと向かうために各々準備をしている。

志輝《しき》も五家の代表者たちと共に、先に神殿に向かって行ったし。

「怪我は大丈夫だろうか」

天幕の中へ入ってきたのは陛下であった。雪花は急いで頭《こうべ》を垂れる。

「命に別状はありませんわ」

蘭瑛妃が器具を片付けながら、雪花の代わりに答える。

「そうか。……それにしても助かった。礼を言うぞ」

「いえ、当然のことをしたまでです」

「当然のことが中々できぬものだ。面《おもて》をあげてくれ。畏《かしこ》まる必要などない」

雪花は一瞬躊躇《ためら》ったが、ゆっくりと顔をあげた。そして彼の顔を真っ直《ます》ぐに見つめる。

彼は相変わらず厳《いか》つい顔つきをしていて、正直おっかない。眼光も鋭いし、他者を中々寄せ付けないというか。記憶の中にいる弱虫王子とは、中々一致しない。

(だが滅多に話す機会などない)

よい機会かと思い、雪花はなるべく会話が続くよう努めることにした。

「剣の扱いが上手《うま》いな。どこで習った」

「養父が教えてくれました」

「そうか。さぞ、剣術に長《た》けているのだろうな。わたしも指南願いたいものだ」

「陛下にはご不要でしょうに」

「そうでもないわよ。志輝と白哉《びゃくや》にはいつも尻《しり》に敷かれているから」

「……おまえな、そういうことを人前で言うなっていつも言ってるだろう」

割り込んできた蘭瑛妃に、陛下は口元を引きつらせた。

「陛下はね、外見だけはそこそこ怖いけど、実際はそうでもないのよ」

「っ蘭瑛、おまえなあ！」

ふふん、と鼻で笑う蘭瑛妃。一方陛下は押し黙ると口をへの字に曲げて、右手で首筋をかいていた。

「おーい陛下。準備できたみたいだから、そろそろ行くよーって。何拗《す》ねてんですか、貴《き》妃《ひ》様に虐《いじ》められました？」

「違う！」

「失礼ね、白哉」

陛下を呼びにきたのは、あの三つ編み男だ。誰にも好かれそうな穏やかな空気を感じさせるのは、垂れ目がちの優しげで大きな目と、人懐っこそうな笑顔のせいか。先ほどの雰囲気とはえらく違って見える。

彼はおや、と雪花の存在を見つけると、雪花の両肩を掴んで顔を覗き込んできた。

「君が噂《うわさ》の雪花ちゃんだよね!?」

「はぁ……」

噂の、ってなんだ。どうせろくな噂じゃないはずだ。

「話してみたかったんだよねー、いやー、噂通りの感情のなさだね！　その無愛想な目！　うん、いいよ！」

花咲くような笑顔で親指を立てられたが、果たしてどう反応するのが正解なのか。その前に、褒めるのか貶《けな》そうとしているのか、どっちか尋ねたいところだ。とりあえず、どうもありがとうございます、とだけ返しておいた。

「ありゃ、雪花ちゃん。君って目つきは悪いけど、不思議な目の色をしてるね」

「……どこにでもあると思いますが」

やはり一言多い男である。

「ねえ、陛下。陛下も見てみなよ、ほら」

「知ってる。初めて会った時に気づいた」

そう言いながら、陛下は白哉の手を雪花から退《ど》けさせてくれた。

(ああ、そういえば)

陛下と初めて会った日のことを思い出す。彼は不思議そうに自分の目をじっと見ていたか。

「琥珀《こはく》色、というやつだな。わたしの知り合いも、そんな目をしていた」

白哉を押しやって、彼は雪花の瞳《ひとみ》を見下ろした。そしてくしゃりと雪花の髪を撫《な》でて、小さく笑う。

(――え……)

雪花は目を瞠《みは》った。ふと細められる目は、まるで何かを手繰り寄せるように、懐かしむ

「………」

ように温かく、そして切ない。

『……泣きやめよ、バカ』

髪をくしゃくしゃと撫でる大きな手。また、景色が過去と重なる。

怒られた時、悲しかった時、慰めてくれた温かな手。

——同じだ。同じなんだ。手の大きさが違っても、その温かさが。どれだけ姿形が大人びても、笑うと、眉尻《まゆじり》が下がる優しい眼差《まなざ》しが。

一体何なんだ。今日はおかしい。なぜこうも、昔を思い出すのだ。

雪花は震えそうになる唇で、そっと呟《つぶや》く。

「……う……さま……？」

彼の目が、大きく見開かれた。息を止めたのが分かった。二人の目の中に、互いの姿が映し出される。そこには今の自分たちでなく——過去の、幼かった自分たちが映し出されていた。

（ああ、やはり——）

彼の唇が戦慄《わなな》いた。そして、かつての自分の名を掠《かす》れた声で呟いた。ぽつりと、雫《しずく》が落ちるように小さく。雪花の目が、極限まで見開かれた。

言葉が出なかった。何て言えばいい。何を言えばいい。分からない。

二人は互いに手を伸ばしかけたが——。

「あー、陛下ってばやーらしー。奥さんの前で堂々と浮気ですかー？」

いつの間にか、白哉のにやにやした顔がすぐそこにあった。

二人は弾《はじ》かれたように距離を取る。

「っいや！　い、今のは……！」

「あらぁ、わたしは捨てられるのかしら。困ったわねえ」

「貴妃様、お可哀《かわい》そうに……」

「ちょ、おまえら！」

「大体さぁ、陛下の知り合いでそんな目をした人、俺は見たことないよー？」

「それは‼……もういい、行くぞっ」

「あれー、怒ってるの？」

「うるさい！」

陛下は怒鳴ると、白哉を引きずって先に外へと放り出す。

「……では、またな」

出ていく際に顔を伏せている雪花を流し見て、彼は天幕を後にした。

（……しまったな）

彼が出て行った後も、雪花は視線を地に向けたまま動かずにいた。

間違いない、彼だ。——鳳翔珂《ほうしょうか》。雪花が一緒に育った、乳兄弟。

自分が彼の名を呼んだように、彼も自分の名を呼んだ。──凛《りん》、と。

（気づかれた……よな）

今日は本当に、色々と疲れる日だ。

思考が鈍っているからなのか。どうして名前を呼んでしまったんだ。

『凛、よく聞くんだ。今のおまえは、謀反人の娘だ。見つかれば粛清される。気づかれるわけにはいかない。名を捨てなければ』

傷を負って、意識を取り戻した時。風牙《ふうが》は幼いわたしを抱きしめて、そう告げた。

わたしの視界が、怒りで赤く染まった。

──何が謀反人だ。わたしの両親は守ろうとしたのだ。あの悪鬼から、妃《きさき》と王子を。それがなぜ、罪を負わされることになるのだ。

わたしは家族を殺された遺族で、被害者だ。なぜ、在りもしない罪で全てを奪われなければならない。両親がくれた名さえ、わたしから奪うのか。わたしにはもう、それしか残っていないのに。わたしの存在すら、なかったことにするのか。

神を恨み、憎んだ。地獄に落とした奴を、あの悪鬼を殺してやりたい。許せない。ずたずたに引き裂いてやりたいとさえ願った。

それが『凛』という過去の自分が消えて、今の『雪花』が生まれた日のことだ。

雪花は自身を腕で抱きしめた。

凛という少女はもういない。それなのにどうして今更、自ら過去に触れる真似《まね》をしたんだ。もう、交わることのない道だったはずなのに。

雪花はギリ、と奥歯を嚙《か》みしめた。

「雪花、どうしたの。傷が痛む?」

動かない雪花を不審に思った蘭瑛妃が、雪花の肩に手を置く。

「……いいえ。陛下相手に緊張してしまっただけです」

「そう?」

「はい」

雪花は呼吸を整え、普段通りの表情を浮かべて面を上げた。

「なら、わたしたちもそろそろ神殿に行かないと」

「お供します」

明明《めいめい》たちが天幕の裾《すそ》を持ち上げて待っている。蘭瑛妃が外に出ると、星煉《せいれん》が天蓋《てんがい》を持って蘭瑛妃の横に並んだ。

雪花は最後尾に並んで歩いていると、同じく天幕から出てきた淑妃《しゅくひ》の集団とかち合った。

(……げ)

ことあるごとに喧嘩腰《けんかごし》の妃と、その取り巻きたちだ。妃に至っては、雪花が注視している人物でもある。

蘭瑛妃の傍《そば》にいる明明も、面倒臭そうな目つきに変わったのが手に取るように分かる。

「これはこれは。ご無事でなによりね」

「おかげさまで」

集団の中心から出てきたのは、今日も濃い化粧を施した淑妃である。きつい性格が滲《にじ》み出《で》ているのか、目力が半端じゃない女性だ。

「汚らわしい獣に狙われるなんて、やっぱりあの噂は本当なのかしら」

高圧的な態度で蘭瑛妃の前に出た彼女は、くすりと微笑《ほほえ》む。

「姫家の凶華」

彼女の言葉に、蘭瑛妃の表情が強張《こわば》る。明明もいつも以上に眉を顰《ひそ》め、空気がより一層張り詰めた。鈴音《すずね》たちもそうだ。目つきが一瞬にして鋭いものに変わった。

「神聖な儀だというのに、その場を血で汚すなんてやめて下さらない？」

淑妃——桂林妃《けいりんひ》は、扇の先を蘭瑛妃の鼻先に向かって突きつけた。

そして笑みを掻《か》き消《け》して、叩《たた》きつけるように言い放つ。

「陛下の命まで危険に晒《さら》すくらいなら、後宮で大人しくしていなさいよ！　迷惑なのよ！」

黙って言い返さない蘭瑛妃を苛立《いらだ》たし気に睨《にら》みつけると、彼女はくるりと背を向けて去っていく。

（まさに烈女だな）

凄《すさ》まじい迫力に圧倒されながら、雪花は怖い怖いと頬を引きつらせた。

「……蘭瑛様、参りましょう」

明明に促された蘭瑛妃は一瞬俯《うつむ》いて頭《かぶり》を振ると、面を上げた。そして無言のまま歩き出す。

（……凶華って、何なんだろ）

きっと、雪花以外の皆はその意味を知っている。けれども、安易に触れてはいけないのだろう。今のやり取りで十分に伝わった。

雪花は気づかぬ振りをして、皆の後をついていくのであった。

一方、蘭瑛妃の天幕を後にした翔珂は、逸《はや》る鼓動を抑えながら歩いていた。

（そんな、馬鹿な……）

彼女が小さく、消え入りそうな声で呟いたあの音は。

聞き間違いではない。確かに彼女は、自分の名を呼んだのだ。他者が安易には知りえない、自身の名を。

そして、あの色の瞳に誘われるかのように、無意識に動いた自身の手。

遠い昔。琥珀色の瞳を持つ少女が泣くたびに、彼女の髪をくしゃくしゃと撫でていた癖だ。

それに、思わず口にしてしまった彼女の名――。彼女は、翔珂の呟きに反応を示した。

(……間違いない。彼女は凛だ。死んだはずの、少女)

生きていた。彼女は、生きていたのか。

今、もし、この場に誰もいなければ。彼女と話をしたい。謝りたい、彼女の全てを奪ってしまったことを。

(でも、まだ……。まだ駄目だ。すぐに嵐が来る)

できるならば、嵐が過ぎ去ってから再会したかった。今から起こることで、彼女を巻き込むわけにはいかない。

それに何より、気になるのはもう一つ。志輝のことだ。

(なぜ、よりによって凛なんだ)

傍《はた》から見ていてわかる。志輝は彼女に惹《ひ》かれている。

志輝は用心深い人間だ。おそらく彼女のことも一通り調べているに違いないが、あの様子だと、彼女の生い立ちまで辿《たど》り着《つ》いていないだろう。

今まで凛が生き抜いていたことを考えると、頭の切れる誰かが、周囲を欺き彼女を守ってきたに違いない。でなければ、志輝の情報網を掻い潜《くぐ》れるわけがない。

『養父が……』

そうか、養父か。翔珂はなるほどと思った。

だとすれば、そうまでして守ってきた凛が、なぜこの場所に居ることを許したのだ。ここは、彼女の全てが失われた場所だ。

（……情報が少なすぎて分からない）

分からないが、何しろまずい。このまま互いが真実を知ってしまえば。凛が、志輝が、二人ともきっと傷つく。なんの因果で彼らは出会ったのか。

なぜ、凛の存在に気づかなかった。こんなにも近くにいたというのに。初めて出会った時、違和感を覚えていたのに。

いや、今更後悔しても遅い。重要なのはこれからだ。

あの二人が——互いの真実を知る前に引き離さないと。知ってしまえば、二人がどんな行動に出るのか予想できない。

もちろん凛には事件の真相を知る権利がある。しかし、全てを話すのは状況が落ち着いてからだ。それまで彼女を遠ざけたいが……。

不自然な真似をすれば、間違いなく志輝に怪しまれる。そうなれば、彼は先に真実に辿り着くだろう。彼は誰よりも頭が切れ、勘がよい。

翔珂は爪を噛んだ。

ならば、自然な流れで彼女を遠ざけるために、志輝の本心を上手《うま》く突くしかないか——。

「白哉」

「んー？」

翔珂は横を歩く男の名を呼んだ。

今この場に志輝がいないだけでも、幸いと思って。

「内密に、頼みたいことがある」

真剣な表情の翔珂に、白哉はわざとらしくわなわなと震えてみせた。

「え……。なに。もしかして雪花ちゃん、志輝から奪うの？　無理だよ、俺殺されちゃうって」

「違うわ！」

いや、違わないけれど、似たようなことになるのか……。

「彼女の養父という人物を、探し出してくれ」

「！」

その言葉に、白哉が軽い雰囲気を消し去って翔珂を見る目を細める。

「志輝に隠れて？」

「ああ」

「なんで。俺、嫌だよ。志輝のこと案外気に入ってるのに、裏切るような真似はしたくないね」

「今は時間がないんだ。この場で話すのは無理だ。後で必ず話すから、了承してくれ。これは、志輝を守るためだ」

白哉は翔珂を探るように見据えると、両肩を竦《すく》めた。

「ちゃんと理由は話してよね。……でも、志輝に気づかれずにできるかな、ははは」

「……気づかれた時は、俺が話す」

「うん。その時は骨くらい拾ってあげるよ」

怒った志輝が、骨を残しておいてくれるならよいが。

翔珂は重い足取りで、彼が待つ神殿へと歩むのであった。

＊＊＊

「桂林殿は、相変わらず気性の激しいお方ね」

賢妃《けんぴ》――邑璃《ゆうり》妃は、卓の上に書簡を広げながら、背後に向かって呟《つぶや》いた。彼女のすぐ後ろには、侍女頭である香鈴《こうりん》が、彼女の髪を丁寧に梳《す》いている。

「蘭瑛殿が相手だから……かしら。あの二人、聞けば元は顔見知りらしいわね」

何かと思えば、主人は昼間見かけた一件のことを言っているらしい。

「そうなのですか」

「あくまで噂《うわさ》で聞いただけよ。もしそれが本当で、同じ妃《きさき》の座にいるのだとしたら。一体どんな気持ちなのかしらね」

「さあ……」

両者、顔を合わせれば嫌味の応酬を繰り広げている現場を幾度も見てきた人間としては、根本的に相性が合わないように見えるが。あそこまで険悪な仲は、探しても早々見つからないだろう。どうみても、仲が良かったようには考えにくい。

邑璃妃は届いていた書簡に目を通し終えると小さくまとめ、卓の上に転がった小さな笛を手に取って弄《もてあそ》ぶ。それは特殊な笛で、犬笛と呼ばれる代物だ。犬を躾《しつ》けるために使われるもので、笛を吹けば、訓練された犬が人には聞こえぬ音に反応して動き出す。

なぜそんなものが彼女の手元にあるのか。答えは明白だ。彼女がそれを使用したからだ。

「もうちょっとで、邪魔な蘭瑛殿を少しは大人しくできたかもしれないのに……。さすが凶華と言われるだけあって、悪運の強いこと」

「……凶華。災いをもたらす姫《き》家の毒華、ですか」

「彼女も可哀想《かわいそう》な人ね。生まれ落ちた瞬間に、その運命を既に背負わされていたのだから。毒なんて、誰もが孕《はら》んでいるというのにね？」

邑璃妃は犬笛を暖炉に向かって投げ入れると、彼女が好む葡萄酒《ぶどうしゅ》を一口飲む。

「それにしても彼女の侍女、なかなか面白いわね。あの身のこなし……。あれだけの力量があるなら、軍でも十分にやっていけるでしょうね」

血のように赤い唇を人差し指でなぞって、酒杯を揺らす。

「志輝様が興味を持つのも分かる気がするわ……」

「……邑璃様？」

赤い水面が揺れるのを眺める目には、残忍な光が宿っている。

「でも、邪魔ねぇ……。こんな大事な時に」

冴《さ》え冴《ざ》えした目つきで、邑璃妃は囁《ささや》いた。

香鈴は何も言わなかった。ただ髪を梳く手を止めて、パチパチと音を立てて爆《は》ぜる薪《まき》の音を聞く。

（……あの侍女。確か、雪花と呼ばれていた）

おそらく以前に浴室で出くわした、背中に大きな傷を背負う少女だろう。

あの傷を目にして、一瞬だけ、亡くなった小さな妹を思い出したから覚えている。

彼女が生きているわけがないというのに、思わず引き留めようとした。

「……消しますか？」

香鈴は短く尋ねた。邑璃妃は何を、とは聞かなかった。ただ嗤《わら》って、小さく首を横に振っただけ。彼女は立ち上がると、書簡を手に取りそれも暖炉へ投げ入れてしまう。

「ねえ香鈴」

「はい」

「……引き返すなら今よ。今なら、あなたを逃がしてあげられる」

暖炉の火を背に、邑璃妃は振り返った。白雪のような肌が、赤い火に照らされる。

立つ姿は、まるで白百合《しらゆり》だ。何人《なんぴと》にも、踏みにじられることを許さない透き通る矜持《きょうじ》を纏《まと》い、ただ前だけを見ている。

「わたしは――」

香鈴は鼈甲《べっこう》の櫛《くし》を握りしめ、彼女の視線を真っ向から受け止める。

「わたしは、行きます。覚悟はあの時と何も変わりません」

彼女の名で生きると決めた時の決意は、今もこの胸にある。

「……本当に頑固ね」

邑璃妃は長い睫毛《まつげ》を伏せると、表情を崩して笑んだ。

「香鈴も一杯どうかしら」

「わたしは仕事がございますので」

「いいじゃないの。わたしが許すわ。今日は一日外にいて疲れたし、慰労会をしましょうよ」

「……どこでそんなことを覚えてくるんですか。大体、非常事態を起こして長引かせたのはあなた様ですよ」

「侍女たちが教えてくれたのよ。それに、それは言わない、触れないお約束でしょう？」

「……一杯だけもらいます」

「ふふ」

邑璃妃は自ら酒杯を用意して、なみなみと葡萄酒を注いで香鈴に渡す。

「はい、お疲れ様」

「ありがとうございます」

差し出された酒杯を素直に受け取り、椅子に腰かけて飲んでいると、書簡の下敷きになっていた作業途中の刺繍《ししゅう》に目がいった。

「陛下への贈り物ですか？」

朱色の生地に浮かぶのは、いくつもの華やかな幾何学的な模様。見ているだけで肩が凝りそうな緻密《ちみつ》さだ。

邑璃妃は昔から手先が器用で、刺繍や裁縫は玄人《プロ》並みだ。彼女の右に出るものは、この後宮ではいないだろう。ちなみに香鈴の覆面は、そのほとんどを邑璃妃自ら手掛けている。彼女なりの配慮なのか、次々に作っては香鈴に渡すため、今ではたんまりと溜《た》まって困るほどだ。

「これはただの暇つぶし」

暇つぶしで、よくもこんな細かい作業ができるものだ。正直、疲労がたまりそうだ。

「それに陛下への贈り物は、もう用意しているから大丈夫」

もうすぐ冬が来れば、陛下の生誕祭。毎年妃たちは、それぞれ祝いの品を彼に献上する。

「……ただし。陛下が無事にその日を迎えられたら、ね」

そう言うと邑璃妃は酒杯をおいて、刺繍の続きに取り掛かった。香鈴は甘い芳醇《ほうじゅん》を味わいながら、ふと窓の外を眺める。静かな夜だなと、香鈴は思った。

耳を澄ませば、松虫や蟋蟀《こおろぎ》たちの奏でる音。星が少ない夜空には、秋特有の大きな月。月明かりに照らされる木々の葉は赤く、美しい風景を見せてくれる。

けれど、それもすぐに終わる。

虫たちの鳴き声が消え、美しかった紅《あか》い葉は枯れ落ちて。優しく見えた月は冷え冷えと輝いて。全てを凍り付かせんとする季節が来る。

——終わりと始まりを告げたあの季節が。

＊＊＊

「あの、志輝様。何かあったんですか？」

屋敷《やしき》で湯を浴び、濡《ぬ》れたままの長い髪をそのままにして長椅子に寝転がっている志輝に、書簡を取りに来た駿《しゅん》は躊躇《ためら》いながらも思い切って声をかけた。

書簡は分かりやすいように籠《かご》に入れられてあったが、いつもと違う主人の様子に、黙って立ち去るわけにもいかなかった。

志輝は他人の前では決して隙を見せたりはしない。立ち振る舞いはいつも完璧《かんぺき》、私生活に関しても乱れている姿など拝んだことがない。

いわば駿にとっての絶対的模範である彼が、ぼんやりと天井を見上げてはため息をついている。

何かを憂いているのか、悩んでいるのか。心配しないほうが無理な話である。

「……ああ。少し、考え事をしていただけですよ」

「調子が優れないということは」

「大丈夫です」

「それにしてはため息ばかりついてます。あの、俺で良ければ話くらい聞きますよ」

今日の狩りには、あの気に食わない女が同行したはず。彼女がまた、彼の頭を悩ますような真似《まね》をしたのではないか。そうとしか思えない駿である。

「あの花街の女が、何かしでかしたんですか」

ぴくりと、志輝が反応を示した。やはりそうだ。ムッと、駿は眉根《まゆね》を寄せた。

しかし、返ってきた答えは意外なものだった。

「……いえ。何かしたのは、わたしの方です」

「え？」

ばつが悪そうに、浮かない顔で志輝は再び深いため息をついた。

「何かって、一体何を――」

「あらあら。そんな姿でいると風邪を召されますよ」

開いた扉から顔を覗《のぞ》かせたのは、世話人の杏樹《あんじゅ》である。彼女が手にする盆の上には、湯気《ゆ》が薄っすら立ち上る茶器がある。

「さあさあ、お二人とも。温かいお茶でも飲んで。志輝様、さっさと起きてください」

笑顔でやんわりと物を言う彼女だが、相変わらず有無を言わせない厳しさがある。志輝は素直に言うことを聞きながら、気だるげに体を起こして茶を受け取る。

「どうかなさったので？」

杏樹は浮かない顔をした志輝の顔を覗き込む。

「……怖がらせてしまいました」

「誰を？」

「あの娘です」

あの娘というだけで、杏樹はすぐにピンと来たらしい。

「理由をお聞きしても？」

「……今日、儀の途中で騒ぎがあって……。彼女が人を庇《かば》って傷つきました」

「まあ。雪花は大丈夫なんですか？」

「命に別状はありません。ですが、仕事と割り切って自ら傷つくことを厭《いと》わない彼女に、苛立《いらだ》ちました」

俯《うつむ》く志輝は、ぎり、と歯を噛《か》んだ。

「……矛盾しているのは分かっているんです。わたしが護衛の仕事を持ちかけたのに、こんなことを言うなんて」

それきり押し黙った志輝に、杏樹はふわりと微笑《ほほえ》んだ。温かく優しく、我が子を見つめるように。

「珍しく興味を持っていると思ったらいつの間に……。志輝様にも、ついに大切な方ができましたか」

志輝は言葉にしなかったが、小さく頷《うなず》いてみせた。そんな彼に、彼女は嬉《うれ》しそうな表情を浮かべる。駿といえば、筆舌に尽くしがたい表情になっていた。

「志輝様。大切な人を守りたい、危険から遠ざけたいというのは分かります。でもね、女は思っているほど弱くないんですよ？　わたしに矜持があるように、あの娘にも娘なりの矜持がある。ましてや、武を生業《なりわい》としてきたのなら尚更《なおさら》でしょう」

「！」

「なら、彼女が傷つかないように見守ってあげなさい。もし傷ついたならば、癒《い》やしてあげなさい。泣いているなら、寄り添ってあげなさい。……これは、年寄りからの助言ですよ」

杏樹はお茶目に片目を閉じてみせると、志輝は敵《かな》わないといったように、肩を竦《すく》ませて小さく笑んだ。この杏樹という女性には、志輝ですら頭が上がらない。母親代わりであったのだから当然だろうが、一人の人間としても彼女は懐が深く、人の機微に通じている。

「それにしても雪花が怖がるなんて……。そんなにも怒り散らしたのですか」

あの娘は、根性があるというか図太そうに思えましたけど、と杏樹は首を捻《ひね》る。駿も、内心激しく同意する。

怖がる、などという言葉は、あの女と結びつかない。

すると志輝は気まずそうに、まぁそんなところです、と言葉を濁した。

いまいち歯切れが悪かった。

杏樹と駿は顔を見合わせた。そして何かに思い至ったのか、杏樹は目の奥を鋭く光らせる。

「まさか、無粋な真似をなさった……とかでは、ないでしょうね？」

志輝は体を硬直させた。

「志輝様？」

柔らかな、けれどもドスの利いた声が部屋に響く。

「……噛み付きました」

「は？」

「頸《くび》に、噛み付きました」

手で顔を覆いながら落とされた問題発言に、駿は思わず茶杯を落としそうになった。杏樹も一瞬呆気《あっけ》に取られたが、すぐに目尻《めじり》を吊《つ》り上げる。

「それは怯《おび》えられるに決まっているでしょう！　全く、どうしてあなたがた姉弟《きょうだい》は踏むべき手順をすっ飛ばしてそう襲いかかるのですか！」

「……自分でも呆《あき》れています」

「ええそうでしょうね。そういうところは珠華《しゅか》様そっくりですよ」

珠華とは、遠方にいる志輝の姉を指す。

彼女はなんというか、簡単に言ってしまえば猪《いのしし》のような性格である。こう、と思ったら一直線に走り抜けて行って、立ちはだかる壁があろうが壊せば問題ない、と笑ってばんばん素手で破壊していくような。

「まったく……。昔は、あなたがた姉弟は何か訴えがあると噛みつく癖がありましたが……。どうして今になっても、そう変わらないのですか。ちなみにですが、この台詞《せりふ》、嫁がれる前の珠華様にも言いましたよ」

「……そうですか」

「そうですよ。とにかく、早いうちに謝ったほうが良《い》いと思いますよ」

「……分かってます」

「なら、よろしいです」

うな垂れた志輝に、人生の大先輩はやれやれと息をついて、寝支度を急《せ》かすのであった。

＊＊＊

豊穣《ほうじょう》の儀を終えた後。案の定腫《は》れ上がった腕を見下ろしながら、雪花は自室の寝台に腰かけてぼんやりとしていた。

腫れが治まるまで、休みを取るよう蘭瑛妃より言いつけられてしまったのだ。彼女の処置が良かったのだろう、幸い熱はないし、腕が腫れぼったいだけで特にどうってことはないのに重病人扱い。

（暇だ……。何すればいいんだ）

花街であったら、朝の今頃は風呂《ふろ》に入って睡眠中のはず。昼夜逆転しているのが普通であった生活が、いつの間にか元に戻っていることに、今更ながらに気がついた。

春先から後宮にいることを考えると、半年はゆうに過ぎてしまっているのか。鉱石の首飾りを弄《いじ》りながら、雪花は息をつく。

そもそも諸悪の根源は養父――風牙である。彼がたんまりこさえてきた借金が不幸の始まりだが、いつになったらこの仕事に終わりは見えるのか。蘭瑛妃の身辺が落ち着くまでという……が。

（静姿《せいし》の背後にいたのは誰なのか）

蘭瑛妃が死んで、もしくは失脚して喜ぶのは誰なのか。姫家出身だというから、政敵か。はたまた蘭瑛妃に対する個人的な恨みなのか。

そういった事情に疎い雪花には、政治的構図も人間関係もまったく見えない。

静姿を殺した凶手は淑妃と言い残したが、彼女が仮に黒幕なのだとしたら、あまりにも敵意を剝《む》き出《だ》しにしすぎだ。

（……そういや、〝姫家の凶華〟と言われていたことも関係するのかな）

一体どういう意味なのか、分からずじまいである。良い意味でないことだけは分かるが。考えても分からないことだらけなので、このままお言葉に甘えてもう一眠りでもするかな、と大きく伸び上がった時。扉の向こうから忙《せわ》しない足音が聞こえてきた。それも、ものすごい速さでどんどん近づいてくる。

どうしたのだろうと扉に手をかけ、雪花が外を覗こうとしたその時。

「――雪花！」

扉が勢いよく押し開かれた。唐突すぎて反応が出遅れた雪花は、綺麗《きれい》なほど、顔面に扉を食らって後ろへぶっ飛んだ。

「あぁっ！　ごめん！」

鼻と額に走る激痛。涙を浮かべて雪花はその場に蹲《うずくま》った。扉を食らわしたのは、走ってきて息を切らした鈴音である。

「一体何事……」

「大変だよ！」

もう大変だ、と言いたい。

「志輝様が、お見舞いで面会室まで会いにきてるんだって！」

「…………」

一瞬目を石化させた雪花は、無言のままいそいそと寝台へと戻った。そして、布団を頭まで被《かぶ》ってくの字に丸まり、鈴音に背を向ける。

「申し訳ないですが、顔面と腕が痛すぎて会えませんと、代わりに伝えておいて下さい」

「雪花っ！」

何度呼ばれようが嫌なものは嫌である。せっかく休息を言い渡されたのに、このままでは疲労が溜《た》まるだけだ。

「面会謝絶でお願いします。むしろ、あの人と会うくらいなら仕事します」

「せーつーかーっ！」

あの時噛まれた跡は、実はまだうっすら残っている。髪で誤魔化《ごまか》してはいるが、一体いつになったら消えてくれるのか。また彼と会えばどんな嫌がらせをされるやら分かったもんじゃない。

いや……、違う。いつもの嫌がらせならよかったのだ。簡単に水に流せてしまえる程のものであれば。だがあれは、そんなものではないことくらい雪花にも分かっていた。

あの時の彼は、いつもの似非《えせ》紳士の外面を消し去った。そこからちらりと覗かせたのは、牙《きば》を剝き、本能のままに何かを求める獣の一片。

その意味に気付きたくない。触れたくない。というわけで、考えない様にしていたのに。

「何だかよくわからないけど、志輝様が謝りたいんだって！」

「…………」

「雪花ってば、謝りにきた人に顔を合わさないつもり!?」

鈴音が布団をぐいぐいと引っ張るのに必死に抵抗していたが、思いの外鈴音の力が強く、布団を剝《は》ぎ取られてしまった。

「雪花！　ほらいくよっ。早く支度整えてっ」

所詮《しょせん》、下々の庶民に拒否権はない。

雪花は大きなため息をついて、嫌々ながらも身支度を整えるのであった。

そして約一刻後。

なぜか雪花は、人の往来が激しく行き交う城下街にいた。一般人が知り得ぬ高級料理屋の一室にて、卓を挟んで志輝と一対一で向き合っている。

（……なぜこうなった）

とりあえず、回想してみることにする。

嫌々向かった面会室には、覆面をした御仁がいて。両者顔を合わせるも沈黙。非常に気まずい雰囲気の中、彼は突然「ここではなんですから、少し外に出かけませんか」と言い出した。手続きは済ませていますので、と。

え？ と疑問を浮かべる間も無く面会室から連れ出され、後宮の外へ。馬車でほんの少しの間揺られて、こんな所へ来てしまった。

もしや蘭瑛妃、こうなることを事前に知っていたのではないだろうか。そうでなくては、休みだなんて大げさなこと言い出さないだろうし。

「今からお料理をお出し致しますので、まずは一杯どうぞ」

上品な老女が酒を持って来て、二人に酒杯を渡すと去って行く。

「とりあえず、飲みましょう」

「え、いいんですか」

「そのためにお連れしましたから」

志輝が何を考えているのかさっぱり分からない雪花だが、飲んで良しと言うので、半分やけになって飲むことにした。

いつかの座敷《ざしき》と同じで、飲まずにはやっていられない。とりあえず、前回みたいに襲ってくるわけではなさそうだし。口当たりの良いまろやかな味に舌舐《したな》めずりすると、水を呷《あお》る様に雪花はぐびぐび飲んだ。

「お口に合いますか？」

「はい」

ならよかった、と志輝は肩の力を抜いた。

そして再び落ちる重い沈黙。非常に居《い》た堪《たま》れない。どうしたものかと、雪花は仕方がなしに口を開くことにしたのだが。

「……この間はす」

「……あの」

「お待たせ致しました」

三者の台詞が、悲しくもばっちりもろ被りした。

「あらあら、お邪魔してしまったかしら」

流れる空気を機敏に感じ取った女は、にこやかな表情で雪花たちに料理を差し出す。

白菜の甘酢漬けに、鱶鰭《ふかひれ》の羹《あつもの》、鶏肉《とりにく》の炙《あぶ》り焼《や》き、肉饅頭《にくまんじゅう》。どれもこれも食欲をそそる匂いがしている。雪花は目を輝かせた。

「志輝様がこんな可愛《かわい》らしいお嬢さんを連れてくるなんて。ふふふ、あなた様でも緊張なさっているのかしら」

「……玉環《ぎょくかん》。相変わらず一言多いですね」

「それは御免あそばせ。こんな珍しいことはないからつい、ですわ」

志輝相手に虜《とりこ》になることなく、にこにこと笑顔で相手ができるとは年の功というやつなのか。

「妹は元気にやっていますか」

「ええ。杏樹はいつも元気ですよ。あなたに劣らず、いつも目を光らせていますしね」

「まあ、失礼ねえ」

「玉環は、杏樹の姉君なんです」

「！」

紅《こう》家に仕える、志輝さえ黙らせてしまう熟練感満載の杏樹。あの怖い笑顔の元で扱《しご》かれたことを思い出し、雪花は思わず身震いした。

なるほど。だからこの男相手に免疫があるのか。

「では邪魔者は退散致しますね。ご用がありましたら、何なりとお申し付けくださいませ」

玉環はそう言うと、静かに部屋を出て行った。

「……どうぞ召し上がって下さい」

「あ、はい」

再び戻ってきたぎこちない空気の中。とりあえず食事をしようと箸《はし》を手に持ったが、志輝は押し黙ったままで動こうともしない。

貴人よりも先に箸をつけていいものか一瞬迷ったが、まあいいかと割と簡単に割り切って、まずはさっぱりしていそうな白菜に手をつけた。シャキシャキとした歯触りの快さ。味付けも上品だ。食事に専念していると、ようやく志輝が面を上げた。

「この間のことですが」

「はい」

「……怖がらせてしまいすみませんでした」

志輝は頭を下げた。その顔は心底悔いているようで、まるで親に怒られ、シュン……と項垂《うなだ》れている大きな子供の様だ。

薄々気づいていたが……。紅志輝という男について、皆は美麗すぎる外見と彼の纏《まと》う空気に騙《だま》され、彼の本質を見誤っているのではないか。

雪花はじっと志輝の顔を眺め、コツ、と箸をおいた。

「もう怒っていませんので、気になさらないで下さい」

怖かったのは噛《か》みつかれたからではない。いや、それも勿論《もちろん》あるのだが、表情の無い彼の背後に、あの悪鬼を見たからだ。身を竦《すく》ませる程の。

顔を俯《うつむ》かせたままの志輝に、雪花はあー、と必死に言葉を探した。

「それにほら。犬だって蛇だって理由なく噛むことあるじゃないですか。あれと同じというか」

「……犬……蛇……理由なく……」

「きっと欲求不満だったんですよ。養父も以前そんなことを言ってました。もしムラムラ溜まってるなら今度こそ紫水楼《しすいろう》でぜひ──」

「もういい、もういいです。分かりました」

顔を上げた志輝は、いつも通り胡散臭《うさんくさ》い笑顔を貼り付けて怒っていた。

雪花はハハハと乾いた笑みを浮かべ、内心安堵《あんど》の息を吐く。

（今はまだ、これでいい。この距離でいい）

志輝が見せた獣の一面。その意味に、まだ気づかないふりをしていたい。この仕事が終わるまで、このままで。自分には必要のないものだ。

「……何を考えていますか」

「え？」

ふと目を伏せた雪花に、志輝は目を細めて問いかけた。しかしすぐに頭《かぶり》を振って、志輝も料理に手を付け始めた。

「……いえ、なんでもありません。腕のお加減はいかがですか」

「腫《は》れてはいますが、熱もないですし大丈夫です。蘭瑛様が薬を下さったので」

「なら良かった……。彼女を守ってくれてありがとうございます」

「当然のことをしたまでですよ」

そこで雪花は、気になっていた疑問を尋ねてみることにした。

「あの、一つお聞きしても？」

「はい、何なりと」

「蘭瑛様は、どうしてあそこまで薬に詳しいのですか？」

「ああ……そのことですか」

志輝は羹を啜《すす》ると匙《さじ》を置き、口元を懐紙で拭《ぬぐ》った。

「彼女の噂《うわさ》を聞いたことはありますか」

「あ……はい。凶華と言われているのを、この間……」

あの烈女、桂林妃が言っていたことを思い出す。

「意味はそのままですね。彼女は生まれた時、占者に予言されたんですよ。〝姫家に災いをもたらす凶《わざわい》の華〟と」

「！」

この国では赤子が生まれた際、占者を呼びその子の将来を視てもらうことがある。何の根拠もない迷信といえば迷信であるが、重視する人々がいるのも確かだ。

「詳しいことは、他人であるわたしの口からは言えませんが……。色々訳あって、彼女は母親から常に命を狙われていたんです。後宮入りするまでずっと」

「それは、血の繋《つな》がった親から……ですか？」

「ええそうです。毒を盛られることは日常茶飯事。折檻《せっかん》も頻繁にされていました」

「……そんな」

　雪花は言葉を失った。

「殺さず、生かさず。そんな環境で彼女は育ったので、毒や薬に関する知識は医官をも凌《しの》ぎます。自分自身で身を守るしかありませんでしたから。ですから彼女は、陛下の毒見役兼任で後宮入りしたんですよ」

　口の中に苦みを覚え、雪花は眉根《まゆね》を寄せた。

「今では、そんな風には見えないでしょう」

「はい」

「昔はまあ……。なんというか、感情のない人形のような……。そう、幼いながらに冷めた子供でしたね」

　志輝は顎《あご》を撫《な》で、昔を思い出しているようだった。

「今ではよく笑いますけどね。……とまあ、わたしの口から言えるのはこの辺りまでです。これは黙っておいてくださいね」

「勿論です」

　雪花はしっかりと頷《うなず》いた。まさか、蘭瑛妃にそんな過去があったとは。

帰蝶《きちょう》がよく言っていた口癖を思い出す。人には人の、知られたくない過去もあると。

冷めてしまう前に羹を頂こうと匙に手を伸ばしたが、腫れぼったい指先のせいで、うまく摑《つか》めずに匙を床に落としてしまった。

「あっ、すみません」

拾おうと身を屈《かが》めたら、志輝が先に取ってくれた。

礼を告げて匙を受け取ろうとしたら、志輝は雪花の胸元に視線を向けていた。

「……それ」

「はい？」

「そんな首飾り、していましたっけ」

志輝の視線の先には、いつもは服の下に隠れていた鉱石の首飾りがあった。

「ああ、これですか？」

身体《からだ》を起こして、雪花は目の前に掲げる。そういえば、今日は手で弄《もてあそ》んでいたから表に出したままであった。

「いつもしてますよ。大抵は服の下に隠していますが」

「……誰かからの頂き物ですか」

「風牙からもらいました。お守りだそうです。絶対になくすなと言われたので、いつも首からかけてます」

「……わたしからの腕輪は？」

「へ？」

じとりと志輝の目が据わる。

「わたしもあげた筈《はず》ですが」

「あ、あー……。あれですか。いや、さすがに高価そうでしたので、大事に保管しています」

良く言えば保管。悪く言えば、机の抽斗《ひきだし》に放置したままだ。時と場合によっては質屋に持ち込もうと目論《もくろ》んでいる。

「大事に取っておいてもらうために、差し上げた訳ではありません」

「いやー、でも失《な》くしたりしたら、ねえ……」

「失くしたら、指輪なり髪飾りなり差し上げますよ」

「……いや、それもちょっと」

「なので、せめて身に着けて下さい」

（強引……）

よく見てるなあと、ねちっこい執念に辟易《へきえき》しつつ、分かりましたと雪花はひとまず答えておいた。

出された料理はどれも舌鼓を打ちたくなるほどおいしく、珍しく点心までしっかりと頂いてしまった雪花である。酒もたんまり飲ませてもらい、思いのほか満足だ。

ただ食事を共にする志輝と何を話せば良いのか、社交性にいまいち欠ける雪花は初めこそ戸惑ったが、意外にも志輝が気を配ってくれた。なので淡々としながらも会話は成り立っていたとは思う。ほぼ当たり障りのない世間話ではあったが、当初の気まずい雰囲気は、一旦《いったん》鳴りを潜めているし。

器を下げに来た玉環は、全て平らげられているのを見て嬉《うれ》しそうに顔を綻《ほころ》ばせると、最後に香りのよい花茶を持ってきてくれた。

「お口に合いましたでしょうか」

「ええ。相変わらず文句の付けどころが無いです」

そう言った志輝に同調し、雪花も強く頷いた。

「それはよろしゅうございました。もし良ければこちらでお茶をお飲みください。自慢の庭園なんですよ」

玉環は雪花たちを手招きすると、縁側に続く扉を開け放った。眼前に飛び込んできた絶景に、雪花は感嘆のため息をつく。

まさに秋ならではの美しい空間が、雪花の視界いっぱいに広がっていた。

水浅葱《みずあさぎ》の空の下には赤く染まった楓《かえで》の木々。その姿が、手前にある池の水面《みなも》にくっきりと映し出されている。まるで鏡のように。流れる雲まで水面に映し出されて、なんとも風流な眺めである。

「……綺麗《きれい》」

「鏡池と呼ばれていますが、現《うつつ》と夢が隣り合う、境界の池などとも言われています」

玉環は案内を終えると、茶器を置いて部屋を後にした。

「ここの庭園も有名なんですよ」

「そうでしょうね……。とても、美しい」

「今は紅葉ですが、春にはほら……。あれが見えますか。桜の花が咲くんですよ」

楓の木に隠れるようにしてひっそりと立つ木を、志輝は指差した。葉も花もない、今はまだ寂しげな木。

「また、春に来ませんか」

「……それまで後宮《あそこ》にいれば、考えておきます」

僅《わず》かな間を置いてから答え、雪花は自身のつま先に視線を落とした。

先のことなど分からない。花街に戻っているかもしれないし、はたまた、借金の具合では用心棒として各地を渡り歩くかもしれない。

それに——桜を見れば辛《つら》いのだ。桜の名を持つ姉を、美桜《みおう》をどうしても思い出してしまうから。

現と夢というのなら、映し出される水面にきっと過去の幻影を探してしまう——家族、温かな人たち、懐かしい風景、今となっては存在しないものばかりを。

雪花は薄く笑った。

「志輝様が気を遣ってくれるのは有り難いのですが、本当にもう十分です。美味《おい》しい食事もたらふく頂けましたし。ですから今度は、いついなくなるか分からないわたしではなく、他の女性《ひと》を連れて来てあげてください」

至極真面目にそう告げれば、志輝は眉根を寄せて凄《すご》んだ。

「それは……。ここでの仕事が終われば、もう会う気はないと？」

「元々出会うこともない縁だったのです。身分も違えば住む環境も違います」

「……それで？」

「いえ、ですから」

それで、って何だ。当たり前のことを言っているはずなのに、なんでそんな責めるような目を向けられなければならないのだ。

「花街に戻ることになると思います。それに養父を、そろそろ捜さないといけませんし、もしかしたらまた各地を回ることになるかもしれません」

「そうですか、残念です——……なんて、わたしが言うと思いましたか？」

「は？」

すると今度は、志輝が薄く笑った。彼は茶杯を盆の上に置くと、横に座る雪花の顔を上から覗《のぞ》き込む。

「今日のところは大人しくしていようと思っていました。けれど、やはり見逃すわけにはいかない」

渇きを抑え込んでいるような、あの獣じみた目がすぐ側にあった。黒曜石の瞳《ひとみ》の中には、馬鹿みたいに呆《ほう》けている自分がいる。

逃げろと本能がそう警告しているのに、先日と同じで、体がその目に縫いとめられて動かない。

「えっと……。わたしとしては、大人しくしておいてもらえる方が、助かるかな……と」

「それは無理です」

志輝は艶《つや》のある声で囁《ささや》いた。片頬に添えられる手。けれども明らかに雪花よりも大きく、間違いなく異性を意識させるものだ。

「こうでもはっきりと言わなければ、あなたはわたしのことなど気にも留めないのでしょう？　先ほどの様に気づかないふりをして、終《しま》いには去っていく。そんなのは御免です」

指がつつ……と耳裏を辿《たど》り、先日齧《かじ》り付《つ》かれた跡にたどり着く。

「口説くとか、そんな軽々しいものではないんですよ」

触れられた箇所が熱を帯び、思わず逃げ腰を打つが反対の手で腰を引き寄せられる。ふわりと香る、白檀《びゃくだん》の匂いが鼻をくすぐった。

冗談はやめてくれ。そう言って逃げてしまいたいが、真っすぐ注がれる視線が許さない。

「……なんで」

辛《かろ》うじて絞り出した言葉は疑問だった。

「さあ……。はっきりとした理由なんてわたしにも分かりませんよ」

頬に睫毛《まつげ》の影を落とし、志輝は唇を僅かに引き歪《ゆが》めた。

「ただ、心があなたを欲している」

ざぁっと風が吹き抜けた。風に攫《さら》われ青空に舞う赤紅葉《あかもみじ》の葉。

はらはらと舞って、雪花の頭上に一枚舞い落ちる。

「幻にしないでください。これは、現で本物です。少しでいいんです。少しでいいですから、わたしのことを考えてくれませんか」

志輝は切なげに微笑《ほほえ》み、舞い落ちた葉をそっと摘まんだ。

厠《かわや》を後にした雪花は、廊下で呆然《ぼうぜん》と佇《たたず》んでいた。

上手《うま》く逃げていたつもりだったのに。けれども敏感に察知していた彼は、顔を背けることを許してはくれなかった。それどころか切り込んで、とんでもない砲弾を落としてくれた。

ああ、戻りたくない、逃げたい、考えたくない。

雪花は両手で顔を覆ってため息をついた。けれども、いつまでもここにいるわけにもいかない。奴のことだ。きっと様子を見にくる。

「あらあら。ご気分が優れませんか？」

玉環が通りかかり、俯《うつむ》いていた雪花を心配そうに覗き込んだ。

「あ、いや、体調は全然大丈夫……です」

「そう？　なら、頭を悩ましているのは志輝様のことでかしら」

「！」

全てお見通しといったような年長者の鋭い指摘に、雪花は目を見開いた。

「やっぱりそうなのね。志輝様に何か言われた？」

言葉に詰まる雪花に、にっこりと彼女は微笑んだ。

「志輝様はいつも、お一人かご友人の方とおいでになるのだけれど。志輝様にお願いしていたことがあるの」

「？」

「素敵な女性が出来たなら、連れていらっしゃいと。会話が弾む、美味しい料理を出して差し上げますからってね。でも全然連れてきて下さらないから、寂しく思っていたのだけれど。……ふふ。それが突然、あなたを紹介したいと言うから驚いちゃって。あなたが初めてなのよ？　志輝様が、ここにお連れになった女性は」

（……なんだそれは）

ますます戻りたくなる雪花である。小っ恥《こっぱ》ずかしくて、耳が熱を帯びる。

「でもまぁ見たところ、今のところは、志輝様の片思いといった感じね」

「……毛色が珍しいからです、きっと」

「そんなことないわ。あんなにも彼が落ち着かなそうにしている姿は、正直初めて見たもの。思わず、その場で笑っちゃいそうになるくらい！」

思い返すも、そんな風には見えなかったが。そりゃ少しは気まずい空気は流れていたけれど。

「恋をしていらっしゃるのだと、すぐにわかったわ」

玉環は温かな笑みを口元に浮かべて雪花に視線をやった。一方の雪花は、恥ずかしさやら気まずさで視線を横に逸《そ》らす。

「そ、それはどうですかね……」

「あの方は孤独な方よ。それ故に冷たいと思われがちだけれど、その奥には抑え込んでいたいくつもの感情がある。あなたなら、それを引き出せるのかもしれないわね」

「？」

「わたしの勝手な願いだけれど、答えを急がないで。まず、志輝様を知ってほしいわ」

「あの、それは一体どういう意味――」

雪花は問い返そうとしたが、中々もどってこない雪花を心配して、廊下の向こうから志輝が姿を現したので言葉を引っ込めた。

うっ、と及び腰になる雪花に玉環は目配せると、雪花の背中を優しく押し出した。


――一方、そのころ紫水楼の玄関先では。

帰蝶は塩が入った壺《つぼ》を脇に抱えていた。片手を壺の中に突っ込んで、今にも振りかけようとしている。

楊任《ようにん》はそんな彼女を後ろから抱え込み、必死に取り押さえている。

そして塩を食らいそうになっているのにも拘《かか》わらず、呑気《のんき》に蜜柑《みかん》を頬張っているのは、眼鏡をかけた初老の男である。

「離しな楊任！」

「そりゃ塩ぶっかけてやりたいのは分かるけど、掃除する手間考えたらやめておこうよ！　ね!?　塩だって高いんだからさっ」

「あんたは相変わらず理性的だね！　こいつの顔を見たらぶん殴りたくなるんだよ！　この糞爺《くそじじい》！　よくものこのこやってこられたもんだね！」

「既に一発蹴《け》られたがな。それにのこのこやなくて、ど突かれる気合いは入れてきたでなあ」

「よくも抜かしたね！　ならもう一発ど突いてやる！」

「わーっ！　帰蝶！」

「いだだ！」

帰蝶は自由な足で、男の腹めがけて足蹴りを繰り出した。男は蜜柑を手に持ったまま、後ろへと引っくり返る。

「帰蝶！　こんなろくでなしで人の風上にもおけない糞爺だけど、仮にも三公《さんこう》なんだから！」

「……楊任。相変わらずおまえさんも毒舌やな」

「あなたにだけは死んでも言われたくないですね」

「そりゃすまんの」

「で、何の用です。さっさと要件言って帰りやがってください糞爺」

丁寧なのか不遜《ふそん》なのか。楊任は笑いながら冷ややかな空気を前面に押し出していた。

「そうするわ。ここに長居しとったら、私刑《リンチ》されて殺されてまうわ」

蹴られた衝撃でズレた眼鏡をなおしながら、男は体を起こす。

「単刀直入に聞くで。あの娘――雪花が後宮におるんは、偶然なんか。それとも図ったのかどっちや」

硝子《ガラス》越しに、男の目が冷たく光る。

「あぁ？　んなもん好きで行かせるわけないだろ！　紅家の餓鬼が貸せと言ったから貸してやっただけだよ！　それに、それがあの子の避けては通れない道だと思ったからさ。それとも何か。あんたの汚い過去が知られるのが嫌っていうのかい!?」

帰蝶は血反吐《ちへど》を吐き捨てるかのように叫んだ。楊任も口にはしないものの、険しい目つきで彼を睨《にら》みつける。

帰蝶は声を低めて、周囲には聞き取れないように男へと感情をぶつけた。

「あんたはあの事件の後、あんな王家の威信を守るために、死んだ人間に無実の罪を擦《なす》りつけた。死者への冒瀆《ぼうとく》だ！　それだけじゃない。雪花を盾に風牙までいい様に扱いやがって!!　あんたのせいで、雪花と風牙は家族を奪われた！　自身の名さえも！」

帰蝶は肩をいからせ、くそっと毒づいた。

「……そうか。ならええ」

男は眼鏡をくいっと押し上げると、よいこらせと腰を上げて立ち上がった。

「愛紗《あいしゃ》、おまえさんは相変わらず優しいやっちゃのう」

「ああん!?　その名前で呼ぶな！」

「あの科挙が懐かしいわ。疾風《はやて》の如《ごと》く、おまえさんら嵐の三魁《さんかい》が現れた。うん、懐かしい」

「今更そんな話、知ったことじゃないね！　さっさと帰りやがれ！」

「おお怖い怖いって！　ほんまに塩まくんかい！」

「あ、こら帰蝶！」

帰蝶は楊任の拘束が緩んだのを見計らい、塩を投げつけた。男は、追われる様にして妓《ぎ》楼《ろう》を後にする。

（……あの娘が事実を知るのは別にどうってことはない。それでわしを殺すなら構わん）

昼間の静かな花街を男は歩きながら、幼い頃一度見たきりの少女のことを考えていた。

（だが、もし……。もし、万が一王家に近づく様なことになれば——）

玄《げん》雪花か……。あの女め。まったく、うまいこと名をつけたものだ。

男は密《ひそ》かに嘲笑《ちょうしょう》すると、足早に帰路についたのであった。

妓楼から出てきた姿を、一人の男に見られていたことに気づかずに。


後宮に雪花を送り届けた志輝は、再び馬車に乗り込みある場所へと向かっていた。窓枠に肘《ひじ》をかけて頬杖《ほおづえ》を突き、流れる景色を眺めながら雪花との別れ際を思い出す。

『今日あなたに言ったこと、忘れないで下さい。返事は必要ありません』

彼女は何も答えなかった。困惑の色がありありと浮かんでいたが、顔は背けなかった。

幾ばくか志輝の顔を見つめ、今日は御馳走様《ごちそうさま》でしたと一礼すると、くるりと踵《きびす》を返《かえ》して後宮へと消えていった。

小さな背中が見えなくなってもしばらくその場に佇んでいたが、残されたもう一つの予定があったため、志輝も再び馬車へと戻った。

（……結局、何をやっているんだか）

志輝は一人、せせら笑った。今日は本当に、先日の一件を謝罪するために雪花を招いたというのに。なぜ、こうも簡単に理性の箍《たが》が外れるのだ。結局また、怖がらせただけか。

杏樹が知れば、怒りを通り越してあきれ果てる姿が容易に想像できる。

けれど雪花がこの先、自分から離れていくことを当たり前と思っていることに、自分との間に、明確な一線を引こうとしていることを知って、悲しみと同時に怒りを覚えた。

自分と向き合うこともせずに、背を向ける？——そんなことは許さない。

志輝はあの時、確かに仄暗《ほのぐら》い感情を抱いて嗤《わら》ったのだ。

細い項《うなじ》に咲いた赤い華が消えていないことにほくそ笑み、どうしてやろうかと、小柄な存在を引き寄せながら邪《よこしま》な想《おも》いが頭をもたげた。

一瞬でも愚かな考えを抱いた自分に戦慄《せんりつ》した。そんなことをすれば、彼女は本当にもう自分を見てくれない。彼女は自分の存在など、いとも簡単に消し去ってしまうのだろう。

それだけは嫌だ。

胸を掻《か》き毟《むし》りたいほど苦しく、腹立たしく、憎らしいほどに愛《いと》おしい。まさか女一人に心を乱されるだなんて、少し前の自分だったら考えられないだろう。

誰か一人を欲するなんて、一生ないと思っていた。そんな資格は自分にはないと。

けれどももし。こんな自分でも、誰かを想うことが許されるならと願ってしまった。

手を伸ばすことが許されるのなら、と。

……けれど、一瞬でも短絡的で獣じみた思考に陥った自分には、やはり無理なのかもしれない。

憎悪に塗《まみ》れた血は、全てを放棄しない限り消え去ることはないのだから。

そのために、彼の手を取ったが——。

（全てを終わらせたら、あの娘に告げることができるのだろうか……）

情けないことに、考えただけで足が竦《すく》みそうになる。受け入れてくれるだなんて希望は持たない。

幼い頃に向けられた母の眼差《まなざ》しが忘れられない。苦悩に満ちた、ひどく怯《おび》えた眼差し。

振り払われた手。轟《とどろ》く雷鳴。堪《こら》えきれずに溢《あふ》れ出《で》た血涙。

忘れたわけではない。忘れるはずがない。今でもあの痛みを、悲しみを覚えている。

けれども、雪花には全て曝《さら》け出《だ》したうえで挑みたい。真っ向から、隠すことなく向き合いたい。姉がそうしたように。

姉——珠華は先に一歩を踏み出した。逃げずに、全てを曝け出した。それがどんなに勇気のいることか。今なら分かる。

『志輝、わたしは先に行くよ』

常に一緒にいた片割れは、いつの間にか一人、先に駆け出した。自らしがらみを断ち切って、真っすぐ前へと。

自分も走り出せるのだろうか、前へと。

気がつけば、窓の外は街の喧騒《けんそう》を離れて青い海の景色が広がっていた。

＊＊＊

「へーいかー、ただいま戻りましたよー」

白哉は明るい声で、入室の許可を伺うことなく政務室へとずかずかと入ってきた。翔珂は御璽を押しながら視線で咎《とが》めてみるが、気にする様子は全くない。

「はい、お土産ー。行列が出来てたから気になって買っちゃったよ。ほっぺたが落ちる饅頭《まんじゅう》なんだってさ。本当に落ちちゃったらどうしよう？」

「……おまえは何やってんだよ。俺は饅頭買ってこいって頼んだか!?」

「やだなあ。政務でお疲れの陛下に差し入れなのに。俺ってば、超優しいでしょ？」

「おまえが食べたかっただけだろ！」

「そんなに怒らないでよ。疲れた時には甘いものが一番ってね」

ごそごそと黒い皮の饅頭を取り出すと、白哉は差し出した。

「はい」

「……見て分からないか？　俺は今仕事ちゅ——もがっ」

「休憩休憩」

饅頭を半分に割って、翔珂の口に無理やり押し込んで白哉は笑った。

「おまえなぁっ！」

「そんなに根を詰めるとしんどいよ。あ、毒見はもうしてるからね」

「そりゃどうも！」

翔珂は残りの饅頭を奪うと、御璽を卓の上に叩《たた》き置いた。

「あーあー、大事にしなきゃ」

「なら怒らすなよ！」

「せっかく面白い情報持って帰ってきたのにいいんですかねー？」

「何だ！」

「雪花ちゃんとこの妓楼に、太保《たいほ》がいたよ」

「は……!?」

口に入れた饅頭が、ぼとりと卓の上に落ちた。せっかくの饅頭大事にしてよと白哉が唇を尖《とが》らせる。

「なんで太保がいる！」

「知らないよ、そこまで調べてないし。言っておくけど下手に探ったら、痛い目見るのはこっちだよ。あんな食えない爺《じい》さん相手に渡り合えるの、志輝でも無理だよ」

勢いよく立ち上がった翔珂に、白哉は肩を竦めた。

太保とは三公（太師《たいし》・太傅《たいふ》・太保の総称）のうちの一つであり、官吏の最高位に位置する官職である。簡単に言ってしまえば、高いところから国を見守るご意見番だ。今でこそ前線から遠のいているが、彼らは先々王の黄金期の礎を築いた伝説の老骨たちである。

中でも現在の太保は、三人の中で一番、色んな意味で読めない自由気ままな変人であり鬼才。独特の方言で喋《しゃべ》るのが特徴で砕けた印象を他者に与えるが、その眼鏡の奥には鋭い眼光が見え隠れしている狸爺《たぬきじじい》である。

そんな彼が、なぜ雪花の周りをうろついているのだ。

「それに雪花ちゃんの養父――玄風牙って言うらしいんだけど。放浪癖があるみたいで所在が摑《つか》めない。素性も調べさせたけど、これがまた不可解で。色々とハチャメチャなのに、雪花ちゃんを引き取る前までのことは一切分からない。まるで、故意に情報を消しさったかのようにね」

「！」

「もう少し調べてみるけど、あまり期待はしない方がいいよ。きっと志輝も調べているだろうけど、ここ止まりだと思う」

水筒を持参していた白哉は、口の中に残る饅頭を水で流し込んで一息ついた。

翔珂はギリ、と奥歯を嚙《か》みしめ拳《こぶし》を握る。

「……でさ、そろそろ教えてくれない？　陛下にそんな表情をさせる雪花ちゃんは、一体何者なわけ？」

白哉は、翔珂に視線を走らせ尋ねた。

「……乳兄弟《ちきょうだい》だ」

翔珂はそういうと、自身を落ち着かせるように椅子に座りなおして、深く吐息を吐き出した。

「え……!?　でも皆、亡くなったって——」

「ああそうだ。俺も最近までそう思っていた。だがあの不思議な瞳《ひとみ》。それに彼女自身、俺に気づいた。間違いない、彼女は俺の名を呼んだんだ……！」

あの時、翔珂だけに届いた小さな消え入りそうな声。

『……しょ……う……さま……？』

かつて、小さな彼女が自分をそう呼んでいたように。彼女も——雪花も同じように呼んだのだ。

大きく見開かれた琥珀《こはく》色の目が翔珂の視線と交わり。その瞬間、記憶の中の凛とぴったりと重なった。おそらく彼女も。

鼓動と息が、同時に止まったような衝撃はまだ体に残っている。

困惑と焦りがごちゃ混ぜになって乱れた翔珂の声色に、白哉は固唾《かたず》を呑《の》む。

「ちょ、ちょっと待ってよ。生きていたっていうの？　なんで！」

「分からない……！　だが玄雪花は凛だ、間違いない」

翔珂は整えられた髪を、くしゃりを掻《か》き乱《みだ》した。

「あの事件で彼女たちは皆殺しにされたって、言ってたよね？」

「ああ。俺はそう報告を受けていた。だが俺が自身の目で確かめたのは、凛の両親と母上の死だけだ。凛とその姉、美桜は分からない」

「！」

「彼女たちは俺を逃がすために、自ら囮《おとり》になったから」

あの時、血の匂いが立ち込める混乱のさなか。呆然《ぼうぜん》と何もできない翔珂に、美桜は最後、微笑《ほほえ》んだのだ。

『さあ行って下さい。絶対に振り返ってはいけませんよ。生きて……、必ず生き延びて下さい。また会えますから、絶対に』

そう言って、彼女は自身の父親に翔珂を託した。しかしその先で、彼女の父親は翔珂を庇《かば》って犠牲となった。

一人闇の中に放り出された翔珂は、必死に走った。どこへ向かえばいいのかは分からなかったが、とにかく走った。深々と降り注ぐ雪の中、闇雲にひたすらに。何度転ぼうが走り続けた。

彼女の言葉を灯《ともしび》にして。

結局、愚かで何もできなかった自分は無様にも生き残った。そして後から、彼女たち姉妹も、追っ手の手にかかり命を落としたと聞かされた。

愕然《がくぜん》とした。自分は、彼女たちを犠牲にして生き残ってしまったのだと。

さらに彼女たち一家は被害者であるにも拘《かか》わらず、世間では死してなお、濡《ぬ》れ衣《ぎぬ》を着せられ罪人とされていた。

そんな馬鹿な話があるか。何度も訴えた。彼らは無実だと。けれど、何も現状は変わらなかった。自分に、何の力もなかったからだ。

話を聞いていた白哉も狼狽《ろうばい》の色を隠しきれず、呆然と翔珂の顔を見ている。

「——美桜は……。風牙の養女は雪花だけか？　それか雪花の周りには……」

「……残念だけど、彼女だけだよ。他に懇意にしている人もいない」

「そうか……」

美桜は、助からなかったのか……。

翔珂は強く瞼《まぶた》を閉じた。

「……陛下が危惧《きぐ》するわけだ」

白哉はぽつりと呟《つぶや》いた。そして色とりどりの花々が描かれた天井を見上げて、深い息をつく。

「俺は志輝の凄《すさ》まじい苦悩を知っている。彼もまた被害者だ」

「……うん」

「だが凛は知らない」

あの赤い満月の夜。全てを赤く染め上げた、恐ろしく、美しい狂い鬼は。

「志輝が、仇《かたき》の子であるということを」

ひたすらに憎悪と悲しみの連鎖をもたらして、今もなお、生きる者を苦しめていることに。

◆◆◆ 閑話 ◆◆◆

一隻の船に、一人の若い女が乗っていた。船酔いに嘔吐《えず》く人々とは正反対に、彼女はどこまでも続く青い海を楽しそうに眺めている。彼女はどんなに嵐で波が荒れようとも、今まで船酔いなど一切したことがない。また大の酒好きで、この間見つけた美味《うま》い葡萄酒《ぶどうしゅ》を片手に持って呷《あお》っていた。

「兄ちゃんは気分悪くないのか？」

ほとんどの乗客が撃沈している中、一人の少年が不思議そうに彼女に話しかけた。

「ああ、大丈夫だよ」

「げ、酒飲んでるとか超元気じゃん！」

「まーね」

「うちの父ちゃんってばさ、ゲロばっか吐いてんだぜ」

「ふうん。なら、これを飲ませてあげな。酔い止めだ。少しは楽になるかも。連れも今、それで少しは治ってるみたいだし」

「いいの!?」

彼女は懐紙に包まれた丸薬を取り出して子供に手渡した。

「ああいいよ」

「ありがとう、綺麗《きれい》な兄ちゃん！」

「……兄ちゃんじゃないんだけどな」

だがまあ仕方がないかと、女――珠華《しゅか》は自身の格好を見下ろして苦笑した。

動きやすい胡服《こふく》を身に着け、その上からは鬱陶《うっとう》しい顔を隠すために灰色の外套《がいとう》を頭からすっぽりと被《かぶ》っている。髪は頭上で無造作に一つに結んで、紅の一つも塗っていない。それに女性にしては背も高く、声も低い。普段から、女であることを理由に周りになめられない様に、口調も男寄りになっているし。

(杏樹《あんじゅ》が知ったら卒倒しそうだな。会うときは気をつけないといけないわね)

国に戻るのはいつ以来のことか。文でのやり取りはしているが、我が弟は元気にしているだろうか。弟の周りの人々も。

久しぶりに戻る故郷に想《おも》いを馳《は》せながら、珠華は再び海を見つめた。

珠華は紅《こう》家の長女としてこの世に生を受けた。弟である志輝《しき》と共に。

わたしたちは性別こそ違えど、生まれた瞬間から瓜二《うりふた》つの双子だったそうだ。

生まれた当時は、紅家待望の跡取りの誕生に、周囲は祝福の空気に浸っていた。しかし両親だけは、二人の誕生を素直に喜ぶことができなかった。今思えばむしろ、憎悪と行き場のない怒り、そして恐怖さえ覚えたに違いない。

わたしたちは彼らにとって望まれない子であったのだから。

母は産後の経過が思わしくなく、わたしたちは乳母である杏樹によって育てられた。母は時々、わたしたちの存在を思い出したかの様にふらりと現れ、その胸に抱き上げてぎこちなくあやしてくれた。しかし部屋を去る際には必ず、言葉には出さないものの、苦悩するかのように顔を歪《ゆが》めていたのを覚えている。深く思いつめるように、眉間《みけん》に険しい皺《しわ》を刻んで。

それがなぜなのか。幼いわたしたちは知る由もなかったし、知ったとしても理解することなど不可能。だが、母はわたしたちを通して何かを見ていたのは確かだった。

そして母は、次第に成長していくわたしたちへの恐怖と憎悪を隠しきれなくなっていく。

あからさまに形となって現れたのは、とある晩のことだった。

その日は季節外れの嵐がやってきて、雷鳴が鳴り響いていた。中々寝付けなかった志輝とわたしは、手を繫《つな》いで母親たちの寝室を訪れた。たまたまその日は杏樹がいなかったからだ。

部屋の扉をそろりと押し開けて中を確かめると、薄暗い部屋に一人、寝台に腰掛けていた母を見つけた。

わたしたちはほっとして、緊張を解いて彼女に駆け寄った。

『ははうえっ』

しかし伸ばした二つの小さな手は、無残にも振り払われた。

あの乾いた音を、今でも珠華は覚えている。あれは、母が初めてみせた完全な〝拒絶〟だった。呆然と立ち尽くすわたしたちに、彼女はわなわなと体を震わせて呻《うめ》く様に叫んだ。

『来ないで……！　わたしに触らないで！』

まるで子供の様に大粒の涙を零《こぼ》して、母はわたしたちに怯《おび》えていた。彼女は身を守るかのように、震える自分を己の手で抱きしめていた。

『わたしは鬼を生んだの？　なんでその目で、その顔で、わたしを見るの……！　わたしが何をしたっていうの！』

轟《とどろ》く雷鳴。母の裂くような悲鳴。風に打たれ震える格子の音。

志輝とわたしは、繋いだ手をさらに強く握りしめ、その場から動けなかった。

『違う違う違う……！　わたしは、鬼の子なんて生んでない、わたしは……！』

『ははうえ？　わたしたち、おにじゃないよ。しゅかとしきだよ？』

『なぜ、あの人には似なかったの。どうしてなの。どうして、あなたたちはそんなにも似ているの!?　鬼なのよ、あなたたちは！　やっぱり産まなければよかった……！　あなたたちなんか！』

産まなければよかった――その言葉が、深くわたしたちの心に突き刺さった。凍った刃《やいば》で胸を貫かれたような感覚。ぽっかりと、心に穴が開いた。

声を失《な》くして、ただ立ち尽くした。部屋から逃げ出すことも、母に駆け寄ることもできなかった。頭が真っ白になった。両頰を流れていく涙を拭《ぬぐ》うことすらもできなくて、呆然とその場に立ち尽くすしかなかった。

「消えて……消えて！　消えろ！」

彼女は卓の上に置いてあった茶器や鏡を、衝動的に振り払っていく。

終《しま》いには目の前に茶杯が飛んできて、志輝が手を引いてくれなかったら、顔面に直撃していただろう。

異常な事態にすぐさま気づいた侍女と父が、部屋に飛び込んできてわたしたちを母から引き離した。父は母を宥《なだ》め、侍女に連れ出されたわたしたちは、顔を青白くさせたままひたすら涙した。

母の悲痛な叫びが耳の奥にこびりついて離れなかった。

今までどこかで感じていた歪《いびつ》な愛情。悲し気に笑う瞳《ひとみ》の奥に見え隠れしていたのは、間違いなく憎悪の翳《かげ》りだ。悲しかった。何より怖かった。わたしたちは、彼女に愛されていないということ。彼女に、疎まれているという事実を突きつけられたことが。

『……二人に話がある』

その翌日、父はわたしたちの元に現れた。目を真っ赤に腫《は》らしたわたしたちを見て、父は唇を噛《か》んで抱き寄せた。

『ちちうえ。ぼくたち、わるいこなの……？』

『いいこになるから、きらいにならないで……！』

あれだけ泣いたのに、それでも流れ続ける涙はどこから溢《あふ》れてくるのだろうか。

わんわん泣いて縋《すが》りつく二人に、父は力強くわたしたちを抱きしめ返した。

『違う、違うんだ……。おまえたちは悪くない。母さんは心の病気なんだ。だから、しばらく母さんには会えない』

『びょうき……？』

『そうだ。心が疲れているんだ』

『どうしたらなおるの⁉』

『……そっと静かにしてあげよう。元気になったら、会えるから。だからそれまで、淋《さみ》しいかもしれないが、母さんとは離れて暮らそう』

――すまない。

父はわたしたちに謝罪の言葉をかけ続けた。

その後、母は離れに移り住み、自分たちとは隔離された。

わたしたちは父の言いつけに従い、彼女に会いに行かなかった。ただ、元気になりますようにと、毎日二人で庭に咲いている花を一輪ずつ摘んでは、離れの窓枠に置いていった。母からの返事はまったくなかったが、それでもやめなかった。

そして彼女と離れて半年が経《た》ったころ。

その日、花を届けに二人が向かえば、鮮やかな真っ赤な鳳仙花《ほうせんか》が窓枠に置かれていた。母が置いてくれたのだと、わたしたちには分かった。嬉《うれ》しくて、離れに籠《こ》もったままの母に聞こえるように、二人そろってありがとうと叫んだ。

返事はなかったが、二人はそれを大事に抱えて離れを後にした。

きっと母は元気になる。また会える。自分たちの思いは、母に届いているのだと信じて疑わなかった。

だが、二人の願いは叶《かな》うことなく、すぐに散り去ることになる。

――鳳仙花が贈られたその日の夜。彼女は突然、自ら命を絶った。天井から首を吊《つ》ったのだ。残された遺書にはたった一言。

『弱い自分を許してください』

そして後に知った、鳳仙花が持つ意味は。

〝わたしに触れないで〟

母は最初から最後まで、わたしたち二人に振り向いてくれることはなく、近づくことも許さなかった。

母が死んでも、時は無情に過ぎていく。

志輝とわたしは、母親の死について口に出すことはしなかったが、自分たちが望まれなかった子であることくらいは十分理解していた。理由は分からないが、おそらく母は父以外の男との関係を余儀なくされ、運悪く当たってしまったのだろう——その結果がわたしたち二人だ。

何しろ、成長するにつれはっきりしてくる、恐ろしいほど綺麗すぎる顔立ちは、父親とは似ても似つかず。ましてや母親にさえあまり似ていない。

〝鬼〟と彼女が詰《なじ》っていたところをみると、ろくでもない男の血を引いているのは明確だ。父親は何も言わずにわたしたちに接していたが、母を失ってからというもの、どこか老け込んで見えた。

母親の命を奪ったのは、紛れもなくわたしたち。精神的に追い詰めてしまったのに。いっそのこと父に憎まれた方が楽だったが、彼はあくまで優しく、母親の分まで愛情を注ごうとしてくれていた。だが、わたしたちは怖かった。いつかまた、母のように拒絶されるのではないかと。ただでさえ望まれなかった存在だ。わたしたちは傷つくことを恐れた。

心に空いた空洞はこの先塞《ふさ》がらない。むしろこの先大きく抉《えぐ》られるかもしれない。わたしたちは自己防衛のため、父に対して心を閉ざしてしまった。

自分の存在を否定されたくなかったから。

だからせめて、これ以上嫌われることのないように。紅家の一員として認められなくとも、せめて役に立つように。わたしたちは紅家にとって恥じない存在でいることが、母の命を奪った償いであり存在理由だと信じた。

わたしたちは必死に勉学に励んだ。教養や武術も学び、決して周りに引けを取らないよう日々努力し、完璧《かんぺき》さを身に着けていった。

そしてわたしたちは、ある日突然、父から出生の秘密を知らされることになる。

父が突然、病で倒れたのだ。咳《せ》き込んだ際に血を吐いて意識を失った。すぐに医師を呼びよせ診てもらったが、医師は良《い》い顔をしなかった。

父の意識はすぐに戻ったが、病床にある彼の顔色は青白く、よくみるとかなりやせ細っていた。どうやら食事もあまり摂《と》れていなかったようだ。

足は見るからに浮腫《むく》んでいて、今まで彼は普段通りにしていたが、こんな足では歩くのもやっとであったに違いない。

わたしたちは何も知らなかった。いや、知ろうとしなかった。わたしたちは母を失ってから、父とも距離を置き続けていたから。

二人揃《そろ》ってどうすれば良いのか分からず、父の傍《そば》でただ立《た》ち竦《すく》んでいた。

『……おまえたち、座ったらどうだ。そんな悲愴《ひそう》な顔をするな。すぐには死んだりはせんよ』

彼は杏樹に椅子を持ってこさせ、二人を椅子に座らせた。

『おまえたちには、そんな顔をさせてばかりだな……』

父は力なく笑ってわたしたちの顔を見た。

……年老いた。こんなにも頬はこけていただろうか。目尻《めじり》の皺《しわ》、黒髪に交じる白髪。

わたしたちは、今まで何も見えていなかった。

『さて……。言うべきか迷っていたが。賢いおまえたちは、もう気づいているだろうから言っておこう。今後のおまえたちのためにも。大切な話だ』

彼が何を言わんとしているのか、すぐに分かった。自分たちの出生のことだ。

『おまえたちが思っている通りだ……。おそらく、わたしとおまえたちは血が繋がっていない』

あっさりと告げられた言葉に、志輝とわたしは、いつかのように互いに手を握りしめていた。覚悟していたつもりだったのに、父の言葉に互いの手は震えていた。

『母さんは……不幸なことに、別の男に関係を強いられた』

『！』

『五家よりも力を持つ者……。この意味は、分かるな』

わたしたちは表情を一瞬で強張《こわば》らせた。五家の上に立つものなど、一つしかない。王家しかない。

ならば、自分たちは——。

頭のてっぺんからつま先まで一気に戦慄《せんりつ》が走った。顔から血の気が引いたのが分かった。

『……その顔だと、そこまでは知らなかったか』

『……はい』

『そうだ。おまえたちは、王家の血を引いてる。いいか、絶対に知られるな。知られれば王家の諍《いさか》いに巻き込まれることになる』

父はわたしたちの震える手を握りしめ、強く言った。

『今から話すことは他言無用。おまえたちの胸の内だけに留《とど》めておきなさい。本当は言わないでおくべきかと迷ったが……。おまえたちは真実を知る権利がある。全てを伝える——それがわたしのできる、最初で最後の償いだ』

父はわたしたちの目を見つめながら語りだした。

『表向き、陛下に兄弟はいないことになっているが、実は隠された双子の弟君がいた。……それが、おまえたちの父親だ』

『!?』

『詳細はわたしにも分からない。わたしたちはそれしか知らされなかった。母さんは年に一度、後宮に入った友人を訪ねていたのだ。そこで彼に……』

父は一度、言葉を切った。乱れかけた呼吸を落ち着かせようと瞳を閉じ、深く息を吐き出す。

重なった彼の掌《てのひら》から、言い知れぬ怒りが痛い程ひしひしと伝わっていた。

母が言った鬼は、まさか、王家の人間だったのか。

『……その友人は、母さんを巻き込んだことに耐えきれず、母さんの目の前で自ら命を投げ出し亡くなったそうだ』

『そんな……』

『そして彼女は身ごもった。わたしの子か、彼の子か。どちらかわからなかった。おまえたちには酷《ひど》い話だが、わたしはいっそのこと流しても良いと思った。だが彼女は産むと決めた。彼女がそう決めたなら、わたしはどちらに転ぼうとも、おまえたちを愛そう、そう決めたのだよ。母さんが産む子であれば尚更《なおさら》のこと、大事にしようと』

三人で握りしめた手に、ぽつり、ぽつりと滴が落ちた。横を見れば、志輝が唇をかみしめて泣いていた。

わたしも気がつけば泣いていた。頬を伝う生温《なまぬる》い涙。鼻をぐずらせ、必死に嗚咽《おえつ》を抑え込む。

父はわたしたちの涙を指先で拭《ぬぐ》いながら、泣くな、と笑んだ。

『そしておまえたちが生まれた。……皮肉なことに、双子でな。おまえたちは生まれたばかりだというのに、可愛《かわい》らしく、そして美しかったよ。成長していくに連れ……──陛下と似ていた。特に目元はそっくりだ』

『……だから母上は、わたしたちを見るたびに、あんなにも辛《つら》そうにしていたのですか……』

『どうか、彼女を責めてやらないでくれ。彼女は必死に戦っていたが……。おまえたちを見れば蘇《よみがえ》るのだろう。友人を目の前で亡くしたこと。身を奪われ辱められたこと。おまえたちを愛そうとしても、素直に愛することのできない自分への怒り、悲しみ、遣る瀬《やせ》無さ。次第に彼女の心は壊れた。わたしは、彼女の支えになれなかった。母さんが死んだのは、おまえたちのせいじゃない。わたしが支えきれなかったせいでもあるんだ。だから自分を思いつめるのはもうやめなさい。おまえたちが背負うことは何一つないよ。それにわたしも、おまえたちとの距離を測り損ねていてすまなかった。もっと早く、伝えればよかったな』

全てを包み込むような温かな笑みに、必死に堪《こら》えていたものが溢れ出した。とめどなく溢れ出す涙。身を震わせて慟哭《どうこく》した。母に拒絶されたあの日の様に。

声を上げて泣くわたしたちを、父は以前と変わらず優しく抱きしめてくれた。

ああ、どうしてわたしたちは彼の愛情に気づかなかったのだろう。信じなかったのだろう。

彼は幼いころからずっと、こうして抱きしめてくれていたのに、なぜ忘れてしまったのだろう。

父はわたしたちが泣《な》き止《や》むまで抱きしめてくれた。

そして二人が落ち着いたのを見計らい、もう一つだけ言っておかなければならないことがあるといった。

『おまえたちを通わせている塾に、陛下が隠されている御子《みこ》が一人通っていらっしゃる。おまえたちと一緒にいる〝翔《しょう》〟と名乗っている少年だ』

『……え』

脳裏に、塾で親しくなった少年の顔が浮かぶ。

『彼に会わせるためにも、あそこをおまえたちに勧めた。いずれぶつかる問題だ。殿下はいとこにあたる。そして――』

父は、言いにくそうに。けれども意を決し、続ける。

『おそらく、殿下とおまえたちは互いに仇《かたき》の子同士……。王弟はどういう経緯か分からないが、殿下の母親を殺《あや》めたと聞いた。そのため王弟は、陛下に処刑されたそうだ。……無論、情報は操作されて公にはなっていないが』

目を見張った。

わたしたちが、翔の家族を殺した王弟の血を引いている――？

そしてその王弟は、翔の父親、つまりは陛下に殺された――？

『おまえたちに罪はない……。けれど、憎しみはどこかで断ち切らねばならない。だから、おまえたちには酷だが、外に出したのだよ』

志輝とわたしは呆然《ぼうぜん》とただ立ち竦んだ。

わたしたちは実父だという王弟の顔など知らない。母を狂わせ、翔の母親をも手にかけた奴だ。そんな奴が死んだところで、自分たちが翔や陛下を恨むなんてことはない。

ただ、初めてできた友達が、わたしたちを恨んでいるかもしれないという事実。心が軋《きし》み、言葉を無くした。

どうすればよいのか、わたしたちは答えを探したが、簡単に見つかるものでもない。

ただ、顔を見られそうになかった。……見られない。彼が、どう思っているのかが怖かった。人に憎まれるという辛さは、誰よりも痛いほどに分かっていたから。

＊＊＊

(はは……。感傷的になっちゃった)

いつの間にか空になった葡萄酒《ぶどうしゅ》を脇に抱え、珠華は苦笑した。

「おい、おまえ……。なんで船酔いもせず酒なんて飲めるんだ……！」

船室からよろよろと出てきて恨みがましい目を向けるのは、故郷に戻る珠華に、無理やりついてきた青年だ。白金色の髪が、太陽の光を受けてきらきらと輝いている。

普通ならおいそれと自由に行き来できないご身分だというのに、旅行気分でついてきたとんでもない奴。いや、一応大義名分はあるのだが。

「だからやめておけばって、言ったじゃないですか」

「あーうるせえ……。陸路で行けばいいものを、なんで船なんだっ」

「海が好きだから？　それが一番、色々運ぶのに効率的だから？」

「俺は嫌いだ！」

「ああそうですか。では、今から泳いで帰ればいかがでしょうか」

「ふざけんなっ、おま……おえぇぇえええええ」

海に向かってえずいている男を見下ろしながら、怒るか吐くかどっちかにしろよと思う珠華である。酔い止めをあげてから、少しは落ち着いていたと思ったのに。あの少年にあげた丸薬、あまり効かないかもしれないな。

「他の人間に任せれば良いのに」

「っるせー……。他国に入るんだ、王族がいないと示しがつかないだろ。こっちの事情も絡む問題だし」

男は海と同じ色をした双眸《そうぼう》で珠華を睨《にら》むが、吐き気で荒い息が整っておらず、悲しいことに威力はまったくない。

「それに、目的はそれだけじゃない。むしろ今回のことはついでだよ」

「?」

「会いたい奴がいるんだ。探さないといけないが」

「澄《ちょう》に知り合いが?」

「ああ」

青年は、口元を拭いながら笑った。

「女を探してんだ。じゃじゃ馬のな」

三章

薄暗い部屋の一室にて、四人の男が向き合っていた。

「――では。決行は予定通りでよろしいですか」

その一人――晶賢正《はくけんせい》は、卓を挟んで目の前にいる人物に尋ねた。

「異論ない。貴殿らが玉座を奪還した後、同じように、わたしに力添えをしてくれるならば」

金色の短髪を後ろに撫《な》でつけた青年は、三日月のように目を細めて鷹揚《おうよう》に頷《うなず》いた。彼の横では、従者が緊張した面持ちで立っている。

「勿論《もちろん》。それでよろしいですな、殿下」

次に、賢正は自身の横に座る青年に問いかけた。顔を覆面で覆い隠し、杏仁《あんにん》形の涼しげな瞳《ひとみ》だけを露《あら》わにしている麗人だ。

彼は賢正にとって唯一の主人であり、この国の真の後継者であった。

彼は、静かに首を縦に振って答えた。

「……しかし賢正殿。あなたこそ、本当によろしいので？」

逆に、主人に問い返された賢正は力強く頷いてみせた。

「わたしに迷いなどありませんよ」

賢正の真っすぐな言葉に、彼が覆面の下で笑みを零《こぼ》したことが空気で伝わった。

主人である男二人は、広げられた紙の上で血判を交わす。

「では、前祝いといきましょう」

そして彼らは、静かに酒杯を掲げた。

――あと少しで、長年抱えてきた願いが成就する。

賢正は酒杯に口をつけながら、遠き過去を想《おも》った。


冷えた夜風が、庭に咲く柊《ひいらぎ》の甘い香りを運んでくる。

翔珂《しょうか》は白哉《びゃくや》を連れて、紅《こう》家の屋敷《やしき》へやってきた。前触れもなく、紅家を訪れるのは今に始まったことではない。

突然来訪した翔珂たちを出迎えたのは、志輝《しき》でなく杏樹《あんじゅ》だった。

「あらまあ。お久しぶりですこと」

幼い頃から翔珂たちを知っている杏樹は、表情を綻《ほころ》ばせて深々と頭を下げた。

「夜分遅くにすまない」

「志輝様はまだ、お戻りになられていませんわ」

「……そうか。なら、待たせてもらっても構わないか」

「もちろんどうぞ」

杏樹は機嫌よく二人を客間へ通すと、すぐに茶の準備を始めた。

「杏樹は元気そうだな」

翔珂たちは椅子に腰かけた。昔と変わらずてきぱきと仕事をこなす杏樹を眺めながら、感心するように呟《つぶや》く。

「ええ。今でも、あなたがたをお説教する元気くらいありますよ」

「えぇー、今になっても説教されるのはちょっとなぁ。杏樹の拳骨《げんこつ》は痛いし」

子供のように唇を尖《とが》らせる白哉に、杏樹の目尻《めじり》に笑い皺《じわ》が浮かんだ。

「皆様が塾に通われていた頃が懐かしいですわ。蘭瑛《らんえい》様も今では立派な淑女になられて」

「……それは、どうだろう」

「うーん……」

淑女かどうか、いまいち判断しかねる翔珂と白哉はそれぞれ曖昧《あいまい》な答えを返した。

翔珂、志輝と珠華《しゅか》、白哉、蘭瑛の五人は、同じ学び舎《まなや》で育った腐れ縁だ。それぞれの人となりは、昔から嫌というほど知っている。皆、外見こそ変われど、中身はちっとも変わっていないと思う。

「ふふ、蘭瑛様も相変わらずですか。まあ、志輝様も相変わらずですけどね。この間もお説教したところですし」

「説教？」

「ええ」

杏樹は茶葉を茶壺《ちゃつぼ》に入れながら頷いた。

一体何をやらかしたのだろうかと、翔珂と白哉は顔を見合わせる。

「人の恋路にとやかく口を挟むつもりはありませんが、珠華様といい志輝様といい、どうにもお二方は極端なんですよね。程よい中間を取らないといいますか」

「もしかして、玄雪花《げんせっか》のことか？」

「あら、ご存じでしたか」

「まあ、うん……」

翔珂は首筋を指で掻《か》いた。今日は、その件でやってきたのだ。

「今まで女性には、それはもう、腹が立つくらい器用に立ち振る舞ってこられたのに……。いえ……だからこそ、その器用さが仇《あだ》となっているのですかねえ」

困ったようにため息を零す杏樹に、白哉が面白そうにきらりと目を光らせた。

「志輝、雪花ちゃんに何かしたの？」

すると、杏樹の手がぴたりと止まった。幾ばくか間を置いて、杏樹はちらりと翔珂たちに視線を向ける。怒りどころか呆《あき》れさえも通り越した、虚無的な目で。

「……色々あった結果、噛《か》みついたそうです」

「⁉」

翔珂は目をひん剝《む》き、白哉はぶっと噴き出した。

「本当ならば、主人のことを軽々しく話すわけにはいきません。……ですが誰かが注意していないと、紅家から変質者を出してしまいそうなので、あなた方にはお伝えしておきます」

翔珂は額を押さえて俯《うつむ》き、白哉は目尻に涙を浮かべて肩を小刻みに震わせた。

「あいつ……」

「っふはは……。いや、もう十分変質者だってっ」

「冗談じゃありませんよ、全く」

杏樹は眉《まゆ》を顰《ひそ》めながら、二人に茶を差し出した。

「まぁあの娘なら、いざとなれば急所をついてでも撃退してくれるでしょうけど」

「ははっ、確かに！」

「…………」

これは本当に、色んな意味で二人を離したほうが良さそうだと考える翔珂である。

すると扉が開かれ、外套《がいとう》を羽織った志輝が姿を現した。

噂《うわさ》をすれば何とやら、だ。

「賑《にぎ》やかな声がすると思えば、いらしていたのですか」

志輝は、翔珂たちをみとめると片眉を吊《つ》り上《あ》げた。そんな志輝に、白哉は片手を挙げて出迎えた。

「やっ、志輝。お邪魔してるよー」

「見ればわかりますよ。杏樹、わたしにもお茶を淹《い》れてもらえますか」

「ええ」

志輝は気だるそうに外套を脱いだ。疲れているのか、端整な顔に翳《かげ》りが見える。

杏樹は志輝に茶を差し出し、彼から外套を受け取った。

「あら、お酒の匂い。飲んで来られたのですか？」

志輝から漂う仄《ほの》かな酒の匂いを感じ取った杏樹は、首を傾《かし》げた。

「ええ。付き合いで少しだけ」

「そうでしたか」

志輝は椅子に腰かけ一息つくと、改めて翔珂たちに向き合った。

「それで、突然どうなさったので？」

空気を読んだ杏樹は、志輝に目配せすると部屋から退出する。

相変わらず気が利く女性だ。

扉が閉まるのを確認してから、翔珂は口を開いた。

「随分と帰りが遅かったな」

志輝は茶杯を手にして、薄《う》っすらといつもの微笑を浮かべる。

「わたしにも、それなりの付き合いがありますので」

「…………」

翔珂は目を糸のように細めた。

「おまえ、――すぎてないだろうな」

真意を推し量るような翔珂の言葉に、茶杯を口に運ぶ志輝の手が一瞬止まる。

開いた窓から、寒風が入り込んで燭台《しょくだい》の火を擽《くすぐ》った。三人の影も、共に揺らめく。

志輝は茶を一口飲み込むと、笑みを歪《ゆが》んだものへと変化させた。

「……まさか、わたしを疑っているのですか」

志輝が静かに目を吊り上げるので、翔珂は慌てて首を振った。

「違う、心配してるんだ。おまえはなんでもかんでも黙って背負うじゃないか」

「物は言いようですね」

「……なんだと」

嘲《あざけ》るように言葉を吐き捨てた志輝に、さすがの翔珂も顔を顰《しか》めた。

無言で睨みあう二人に、白哉はわざと大きなため息をついて間に割って入った。

「ちょっと二人とも、その辺りで止めなよ。翔、喧嘩《けんか》しにきたわけじゃないでしょ」

白哉の言葉に、志輝と翔珂は各々視線を逸《そ》らした。

「まったく……。志輝も君らしくないよ、怖い顔してる。悪酒、飲みすぎたんじゃないの？……言っておくけど、その時は斬っちゃうからね」

白哉は目を眇《すが》めて釘《くぎ》を刺す様に言った。いつもの軽い口調だが、彼の目は鋭く光っている。獲物を逃さない、猟犬を思わせるような剣呑《けんのん》な目つきだ。

「……分かってますよ」

志輝は頬にかかる髪を掻き上げて嘆息した。

「なら、いいんだけどさ。……あ、お代わり頂戴《ちょうだい》」

緊迫した空気を一旦《いったん》ほぐすように、白哉は空になった茶杯を志輝に差し出した。

「それで、話はそれだけですか？」

茶壺に残っている茶をそれぞれの茶杯に注ぐと、志輝は席へと戻り首を傾げた。

「いや……。実は、蘭瑛の護衛の件だ」

ここからが本題だと、翔珂は気を取り直して志輝を見遣《みや》った。

「雪花のことですか？」

意外そうな表情を浮かべる志輝に、翔珂は頷いた。

「ああ。……初めと違って、彼女、おまえの中で大事な存在になってるだろ」

「それは——」

予想した通り、志輝は言葉に詰まった。そんな彼を見つめながら、翔珂はあらかじめ用意していた言葉を続ける。

「このまま蘭瑛の傍《そば》に置いていたら、今まで以上に巻き込まれる可能性がある。……それでも志輝はいいのか？　そもそもは俺が頼んだことだけど……。志輝が嫌なら、彼女の代わりを今から見つけさせる」

志輝は眉を曇らせ、幾ばくか黙り込んだ。手元にある茶杯を揺らして、ひとり言のように呟く。

「……勿論《もちろん》、本当はそうしたいですよ。実際、少し前に彼女に言いました。務めを辞退しても良いと」

「それで、彼女は？」

翔珂は僅《わず》かに目を見開いて、言葉の先を促した。

すると志輝は面を上げて、困ったように苦笑いを浮かべた。

「もの凄《すご》く怒りましてね。――荷が重いとか言うな。馬鹿にするなと」

「！」

「為《な》すべきことを為す、ただそれだけ……。最後までやり抜いてから、後宮を去ると決めていると、それはもう強い口調で」

翔珂は息を呑《の》んだ。

志輝を通してあの琥珀《こはく》色の目が、真っ向から翔珂を射貫《いぬ》いているようだ。後には引かない強い眼差《まなざ》しで。

（……凜《りん》、おまえ――）

挑もうというのか。過去に、自分自身に。

翔珂は拳《こぶし》を握った。そして思い出す。本来の彼女の姿を。

ああ、そうだ……。彼女は、そういう奴だった。どうして忘れていたのだろう。

負けず嫌いで、頑固で、驚くほど感情に素直で、なんだかんだお人好《ひとよ》しで。

彼女は、いつだって真っすぐに突き進むんだ。自分の決めた道を。

「翔……？」

固まったまま動かない翔珂の顔を、志輝は訝《いぶか》し気に覗《のぞ》き込んだ。

「あ……。いや、すまない」

翔珂は頭《かぶり》を振った。

「……しっかりした奴だ、と驚いたんだ」

翔珂はそう言って、視線を自身の膝《ひざ》に落とした。

凜が逃げないというのなら、志輝も彼女を手放さないというのなら――二人は、近いうちに互いを知るだろう。

真実を知って、二人がどう出るか分からないが――。

（……そうだ。結局、どうするかを決めるのは二人だ。俺じゃない）

翔珂は己の軽率さを恥じた。

本当は、二人に傷ついて欲しくない。でも、それは翔珂自身の勝手な思いだ。凛にしろ志輝にしろ、彼らは自分の目で判断する人間だ。傷ついたとしても、それぞれが答えを導き出すだろう。

彼らのためと翔珂が気を回したところで、要らぬ世話どころか、事態を拗《こじ》れさせるだけかもしれない。

（こうなったら、二人を信じるしかないか……）

翔珂は願うように瞼《まぶた》を閉じた。

「……なら、いいんだな。彼女をこのまま留任させて」

翔珂が最後に念を押せば、志輝ははっきりと頷《うなず》いた。

「ええ、彼女が望む限り」

「……分かった。なら、用は終わった。白哉、帰ろう」

「いいの？　本当に」

「志輝が納得してるんだ。蘭瑛はあいつに任せよう」

「ふうん、ならいいけど。まあ確かに、そこらの連中よりも雪花ちゃんの方が腕は立つしねえ」

そう言いながら、翔珂と白哉は立ち上がった。

　だが、志輝はぴくりと指を動かして翔珂を見上げた。――厳しく目を眇めて。

「……翔。今、どうして〝あいつ〟と言ったのですか」

「え？」

「それまでは〝彼女〟と言っていたのに。……まるで、雪花をよく知っているような言い方ですね」

　志輝に睨《にら》まれた翔珂は、思わずたじろいだ。

（……しまった。最後にやらかしてしまった）

　というか、そんな些細《ささい》な言動に気づくか、普通。だから嫌なんだ。言葉の端々まで聞き逃さない志輝を相手にするのは。

　どう弁明すべきか、背中に嫌な汗をかきながら翔珂は必死に考える。

　すると白哉が、何を思ったのかくるりと志輝を振り返った。にんまりとした笑顔を浮かべて志輝へと近づく。

「そりゃあ、よーく知ってるよ」

「白哉……？」

「だって、志輝が帰ってくるまで雪花ちゃんの話をしてたからね」

「は？」

「ねえ、志輝。今度、鯣《スルメ》を買ってきてあげるからね」

「……あの。まったく意味が分からないのですが」

なぜ、いきなり鯣《スルメ》なんだ。

脈絡のない台詞《せりふ》に、翔珂も志輝と共に怪訝《けげん》な面持ちになる。

白哉は困惑する志輝の両肩に手を置いた。腹が立つくらい爽《さわ》やかな笑みと共に。

「雪花ちゃんに噛《か》みつきたいのは分かるけど、ちゃんと順序を踏んでからだよ。それまでは、鯣《スルメ》でも噛んで我慢してな」

「…………な」

「じゃあね、志輝。また明日ー」

愕然《がくぜん》と固まった志輝に、白哉はひらひらと片手を振って退室する。翔珂は逃げるようにして彼の後を追った。

一方、一人残された志輝は、片付けに入ってきた杏樹を無言で睨む。……恨みがましい目つきで。

「……杏樹」

「紅家から、たちの悪い変質者を出すわけにはいきませんから。予防線を張るために、協力を仰いだまでです」

杏樹は有無を言わせない鉄壁の笑顔を張り付けて、きっぱりと言い放った。

「たちの悪い、変質者……」

散々な言われように、志輝は口元を引きつらせた。そして「あ……」と、翔珂たちが出て行った扉を睨んだ。

(……しまった。はぐらかされた)

翔珂は、自分と違って嘘《うそ》をつくのが下手だ。あの態度は、絶対に何か隠している。

白哉がうまく助け舟を出して、逃げて帰ったが――。

(隠しているのは、雪花に関することか……)

志輝は眉根《まゆね》を寄せて、しばらくの間、一人考え込むのであった。

＊＊＊

「蘭瑛様は、一体何をおつくりになっているのですか」

雪花は皆と一緒に、蘭瑛妃の私室をこっそりと覗いていた。中には部屋の主《あるじ》が一人、赤い編み紐《ひも》を手に取って悪戦苦闘している姿がある。

すぐに絡まるのか、「なによこれ、わけわかんない!」と吠《ほ》えて忌ま忌ましそうに唸《うな》り、しばし沈黙。そして頭をふって作業に戻る、ということをずっと繰り返している。

誰か手伝ってあげれば良いのでは、と思うのであるが、一人で頑張るから用がない限りは部屋に立ち入り禁止!! とでかでかと張り紙されている。明明《めいめい》ですら追い出されていた。

「おそらく、陛下への贈り物だと思いますが……」

相変わらず疲れ切った表情で、明明が答える。最近ますます疲労困憊《ひろうこんぱい》の色を隠せなくなっている彼女である。

「でも刺繍《ししゅう》は無理（絶望的）だから、商隊がやってくる時に何か購入すると仰《おっしゃ》っていませんでしたか」

「わたしもそうした方が良《い》いと、何度も申し上げたのです。針を持たせても、縫う生地が血まみれになってしまい可哀想《かわいそう》ですし」

それには皆が沈黙した。

確かに雪花ですら、あそこまで不器用な人は初めて見たかもしれないと感想を抱いた程に、蘭瑛妃は不器用であったのだ。

生地を縫うはずが、自身の指の腹にたくさんの穴を開けて流血させるほどに。

薬の調合や傷の手当に関しては誰よりも器用であるのに、なぜあそこまで裁縫の類《たぐい》に弱いのか謎である。

「今回はまあ……。針は使っていないようなので、一人にしても大丈夫でしょう。どんな作品になるのかは知りませんがね」

「まあまあ明明様、なんとかなりますよ」

「一水《いずみ》。こんな散らかった状況を見て、本当にそう思いますか」

皮肉をこめた乾いた笑いに、振り回されている明明も相当鬱憤《うっぷん》が溜《た》まってるなあと、雪花は密《ひそ》かに両手を合わせた。

すると、ひそひそ話が聞こえたのか、蘭瑛妃はギロリとこちらを睨み、反古《ほご》にした紙の裏に覗き見も禁止！　と書いて突き出し扉を閉めてしまった。

明明はため息をつき、とりあえずそっとしておきましょうと言って部屋から下がる。その後を皆で追いながら、雪花は首を傾《かし》げた。

「あの。陛下への贈り物って、何かあるんですか」

「もうすぐ陛下の御誕辰《たんしん》なんです」

「！」

明明に、そんなことも知らなかったのか、という呆《あき》れた視線を向けられた。

身内ならともかく、今まで関わりのなかった国王の御誕辰なんて知るはずもない。いや、関わりはあるといえばあるのだが。

「毎年、妃様《きさき》方は皆それぞれ、選《え》りすぐりの品を陛下にお渡ししているのですよ」

そういや翔様は、確か冬生まれだっけなあと、遠い記憶を思い起こす。

寒い冬の日に生まれたと、彼の母君が言っていた。やっぱり陛下は彼なのか、と妙に納得するしかない。

「例えば邑璃《ゆうり》様は毎年、自ら刺繍を施した美しい衣を差し上げているそうです。まさに妃の鑑《かがみ》ですね」

「麗娜《れいな》様は、装飾品を贈ってるみたいだよ」

「桂林《けいりん》様は、遠方からわざわざ取り寄せた、幻のお酒とか」

明明、鈴音《すずね》、一水がそれぞれ他の妃たちの情報を教えてくれる。

（幻の酒……。いいな、一口でいいから飲んでみたい）

心の声が顔に出たのか、明明が雪花の頭を叩《たた》いた。

「えーと……。で、蘭瑛様はいつも何を？」

頭を擦《さす》りながら雪花は尋ねた。

すると不思議なことに、ピクリと皆一瞬にして固まり、明後日《あさって》の方向を眺め出す現象が起きた。

明明に関しては、眉間《みけん》に皺《しわ》を寄せて思い出したくもありませんと言う始末。

（あ、これ聞いたら駄目なやつだった）

一体何を贈ったのか聞きたいところであるが、素直にすみませんと謝っておいた。

「でも、そういう雪花さん」

突然鈴音が、きりっとした表情でこちらを振り向いた。

「陛下の御誕辰も確かに大切ですけどっ。麗しい志輝様の御誕辰がすぐそこに近づいていること、知ってますよね……!?」

雪花は目を数回瞬《まばた》かせ、首を傾げた。

「え、そんなの知りませんけど」

「はぁぁあいぃいいいい!?」

いつもの可愛《かわい》らしい笑顔を消し去り、般若《はんにゃ》の形相で雪花の襟首を摑《つか》む鈴音。

「え、だって別に関係ない……」

「腕輪もらっといて関係なくない!!」

ぴしゃりと鈴音は言い放った。彼女の目は若干血走っており、鼻息がかかりそうなほど息巻いている。雪花は勢いに押され、仰《の》け反《ぞ》った。

「こないだだって、二人で密会してた癖に！」

「密会って、妙な言い方しないで下さい。あれは、鈴音が無理やり行かせた癖に」

「でも二人っきりでご飯たべたんでしょ!?」

「……まぁそれは成り行きで」

「ご馳走《ちそう》してもらったんでしょ!?」

「……それも成りゆ」

「何かお礼しなきゃだめだよね!?」

がくがくと雪花の体を揺さぶりながら、鈴音は一気に捲《まく》し立《た》てる。鈴音の有無を言わせぬ形相に、雪花は顔を引きつらせて小刻みに頷《うなず》いた。

「ていうかさー。ぶっちゃけた話、志輝様とどこまでいってんの？」

一水が、ここぞとばかりに、にやにやしながら顔を近づけてきた。その背後には星煉《せいれん》までもが控えていて、静かな目でこちらを窺《うかが》っている。明明も距離は詰めないものの、視線だけはこちらに向けているし。

申し訳ないが、そんなに見られても別にどこにもいってないし、いく予定もない。

「どこにもいってないとかいうの、無しだからな」

一水に笑顔で先手を打たれてしまい、雪花は押し黙った。

「付き合い申し込まれた？　それとも一気に結婚話まで？」

「えっ!?　そんな所まで……!?」

「だって鈴音、考えてみなよ。志輝様だって結婚適齢期なのに、今まで浮ついた噂《うわさ》これっぽっちもなかったんだよ。それが腕輪は渡すし、狩りの時はお姫様抱っこ。こりゃ本気以外のなんでもないだろ」

「そ、そんな……！」

「永遠の偶像《アイドル》なんかこの世にはいないんだから、諦《あきら》めな」

「えぇええぇっ。雪花、どうなのよー！」

鈴音が悲鳴にも似た声で叫ぶ。

「いやいや、そんなのないです。本当に」

思い出したくもないことを、今更掘り起こさないでほしい。

「ほんっとーに!? 告白もされてないの!?」

「……告白？」

「好きです、付き合ってください！ みたいなっ」

「ああ、ないですね」

「鈴音、あんた恋愛小説読みすぎ」

「だってぇえええ！ 乙女の夢じゃん！」

やいやいと騒ぐ一水と鈴音を尻目《しりめ》に、告白はされていないよな、と雪花は志輝とのやり取りを改めて思い返した。

物騒な〝宣言〟はされたが、好きとは言われていない。

そう、好きとは……。

志輝には悪いが、雪花はこのまま逃げ切ってしまいたいと考えていた。

獣のように飢えた、危なっかしいあの目。なぜそれを自分に向けるのか。彼にふさわしい女性はわんさかいるはずだ。飢えを満たしてくれる優しさや情熱を持つ、美しく賢い女性が。

それなのに恋愛に鈍く、不器用な自分に求められても困る。

風牙《ふうが》は直感で動けば良いのよ！ とか言っていたが、直感がないものだから全くもって謎である。

まあ確かに出会った当初と比べると、美男であってもそこまで嫌いではないと思う。勿《もち》論《ろん》苦手であることに変わりないが、彼の本当の姿が少しずつ見えてきてからは、多少話しやすくなった気がしないでもない。

「まあとにかく」

騒ぐ一水と鈴音を視線で黙らせると、明明は雪花に振り向いた。

「何かしら、お礼はするべきだとわたしも思うわ」

星煉も明明に同意して頷いている。

考えておきます……と、雪花は嫌々ながらもそう答えたのであるが……。

あの麗人相手に庶民が何を渡すべきなのか。考えても分かりそうになかった。

そして、別の場所では――。

「まあ……っ。芙蓉《ふよう》、これは本当なの!?」

「間違いございません。何人もの目撃者がいたので裏は取れています」

「ならば、本人より直接お話を聞かねばいけませんわ……！」

古琴を奏でていた麗梛妃は、紅薔薇会《べにばらかい》員よりもたらされた報告書に目を通すと勢いよく立ち上がった。

「副会長様もご本人より話が伺いたいそうよ」

「まあっ。では、お茶会の準備をしなければなりませんね」

「ええ、急いで日時を決めなければ。筆と紙を用意して！」

「了解ですっ」

小さな嵐が、雪花の元へやってこようとしていた。


短い秋も終盤を迎え、空気が肌を刺すかのように冷たくなってきた朝。

雪花は冷たい水で雑巾《ぞうきん》を絞り、せっせと床を磨いていた。かじかむ指が辛《つら》いが、仕事は仕事。借金返済のため、黙々と働くのみである。

「雪花ー、ちょっと来てちょうだいー」

蘭瑛妃が部屋の中から手招きして、雪花を呼びつけた。

どこかに出かけるのだろうかと、雪花は短く返事をして彼女の元に駆けつける。

「何か御用でしょうか」

蘭瑛妃の手には書簡が握られていた。

「麗梛からお茶会のお誘いが来てるの」

「はあ。お供すればよろしいのでしょうか」

「ううん。わたしにじゃなくて、あなたにお誘いがきているの」

「……え」

雪花は雑巾を持ったまま、固まった。

そして数日後。東梅宮《とうばいきゅう》に招かれた雪花は、とある部屋に通され、突然難題を突きつけられていた。

部屋の内装は可愛く彩られ、置かれている調度品の数々も愛らしいものばかり。おそらく宮の主人、麗梛妃の趣味に合わせているのだろう。乙女趣味というかなんというか。

今、雪花の目の前には、その麗梛妃が卓を挟んでにこにこと微笑《ほほえ》んでいて、自ら茶の準備に取り掛かっている。

さて、問題はここからだ。彼女のその横には、予想だにしない人物が控えていた。

麗梛妃とは対照的に、冬の凍《い》てつく様な空気を纏《まと》い、ツンと澄ました顔で座っている桂林妃が。

（……なんで彼女が？）

雪花は目を合わせないように視線をふよふよと泳がせていた。

目鼻立ちがはっきりしている美人なのであるが、なんせ目力が強すぎて睨《にら》まれているようだ。そもそもお茶会というのは、もっと和やかに進むものではないのだろうか。

「そんなに緊張なさらず、ごゆるりと寛《くつろ》いでくださいね」

相変わらずほんわかした柔らかい口調で麗梛妃は気を遣ってくれるが、今回ばかりは声を大にして叫びたい。

片やほのぼの、片や殺伐。そんな間に挟まれて、どうやって寛げというのか。中間はないのか。

そもそもだ。一体なぜここに桂林妃がいるのだろうか。蘭瑛妃とは仲が悪いのに、麗梛妃とは仲がいいだなんて聞いてない。一体どういう組み合わせだ。

「桂林様とお会いするのは初めてですか？　桂林様は、紅薔薇会の副会長を務めてくれていますの」

「……へ」

喉奥《のどおく》から、なんとも間抜けな声が出た。

「お兄様の魅力を伝えんとするわたしの同志なんですよ。しっかりしていらっしゃるから、色々と助言もして下さって」

麗梛妃の言葉に、彼女は頬を僅《わず》かに赤く染めて、ふいっと横を向いた。

（え……。何、今の反応）

雪花は失礼ながらも、二度見してしまった。

（もしや、照れてるのか……？　え、ていうか待て待て。副会長って、彼女も奴の信奉者《ファン》!?）

目をひん剝《む》いて、少々引いてしまった雪花であったが、桂林妃に鋭利な視線を向けられてしまい静かに居直った。

（わたし、もう抹殺されるんじゃないかな。ていうか、そのために呼ばれた？）

ついに私刑決行か。それとも、死刑になるのか。

雪花は自分の運命と、その原因である麗しい雇用主を恨んだ。奴は一体どれだけの女人を惑わしたら気が済むのだ。まさか、こんな矜持《きょうじ》の高そうな桂林妃までも取り込むとは、末恐ろしい奴である。

雪花の心情に全く気づかない麗梛妃は、機嫌よく洗練された所作で茶を差し出してくれた。西方の形式に従ってか、ご丁寧に碗皿《わんざら》つきだ。白い陶磁器に、紅色がよく生える。

「桂林様。そんなに気を張っていては、雪花さんが怖がってしまいますわ。はい、どうぞ。先日お土産で頂いた紅茶です」

「わたしが怖がらせているですって⁉」

「桂林様は、綺麗《きれい》な上に目力が強いですし」

「べ、べっつに、そんなお世辞は結構でしてよ！」

「お世辞じゃないですよぉ。あ、桂林様の言い方はきついかもしれませんが、大抵は照れ隠しなので、気になさらないでくださいね」

「あなた、庇《かば》うのか貶《けな》すのかどっちなの！」

「もちろん褒めているんですわ」

雪花は二人のやりとりに頬を引きつらせながら思った。もしや、桂林妃は――。

（巷《ちまた》でいう傲嬌《ツンデレ》、というやつなのでは……）

花街の客の間で、そういった性格の妓女《ぎじょ》は密《ひそ》かに人気があるという。それを知った姐《ねえ》さんたちが、わざと真似《まね》しようとして、帰蝶《きちょう》に怒られていたのも記憶に新しい。

さらに驚くべきことは、彼女の言動に振り回されない、麗梛妃の身の構え方である。

小動物のような外見の割に、意外と肝が据わっているというか、怖いもの知らずというか。まあ紅薔薇会などという恐ろしいものを発足させた時点で普通ではないが、意外と大物なのかもしれない。

「どうかなさいました？」

凝視しすぎたのか、麗梛妃が首を傾《かし》げたので、雪花は慌てて首を横に振った。

「い、いえ、なんでもありません。それより、その。今回はなぜ、わたしが呼ばれたのでしょうか……？」

すると、麗梛妃と桂林妃は顔を見合わせた。そして待ってましたと言わんばかりに、食器ががしゃんと揺れるのにも構わずに身を乗り出した。

お作法と礼儀はどこにいったのか、そう言いたい程に二人の鼻息は荒い。怖い、顔が近い。なんでこうも皆顔が近いんだ。

「そんなの決まっているでしょう！　あなた馬鹿なの⁉」

しかも、いきなり馬鹿呼ばわりされた。

口に出せば殺されるかもしれないが、桂林妃は罵《ののし》るのが似合うというか、違和感がない。本当にない。

呆気《あっけ》にとられて目を白黒させている雪花に、さらに麗梛妃がずいっと詰め寄る。

「雪花さん、隠そうったって無駄ですからね！　全て吐いてもらいますよ!!」

「え？」

「証拠《ネタ》はあがってるんです！　とぼけたって無駄ですからね！　志輝様との進展は、どこまで進んでいらっしゃるのか！　狩り場での出来事に然《しか》り、そのあとのお食事会に然り！！！　裏はしっかり取れてるんですから全部吐いてください！」

ふんっと一息に言い切った麗梛妃に、桂林妃も大きく頷《うなず》く。

――ここは軍の尋問室か何かか。

しかもまたこの話題だ。既視感を抱いて頭痛がしてきた。もう当の本人をとっ捕まえるなり突撃したりしてくれないかな。このお方たちならなんだってできそうな気がする。

俯《うつむ》き黙りこんだ雪花に、麗梛妃は何かに思い至ったのか、ハッと息を呑《の》んだ。

「も、もしかして……」

そして口元を手で押さえると、わなわなと震えながら、とんでもないことを言ってくれた。

「志輝様ったら、雪花さんの可愛《かわい》さと凛々《りり》しさに理性を忘れて、まさか一線を――！」

「なっ――！」

二人、顔を真っ赤にさせて雪花の方を凝視する。雪花は一瞬何を言われたのか分からなかったが、とんでもない誤解にさすがに慌てた。弁明すべく、すぐさま椅子から立ち上がる。

「越えてません！　何も、ひとっつも、どこも越えてませんから！」

「ほんっとーに!?　口づけも？　一線は越えてなくとも、服脱がさ……」

「接吻《せっぷん》もなければひん剝かれてもいませんし、未遂行為など一切ございません！」

噛《か》み付《つ》かれはしたが、それは言わないでおく。ややこしい事態になるのは必死である。

そもそも一線は越えてなくともってなんだ。服脱がされたりって言おうとしたよな、今。どこぞの官能小説だ。一体彼女はどんな物語を書いているのか、正直疑いたくなる。

「……むぅー。本当に？」

「本当です」

「じゃあ、何か言われたりはしてませんの？」

「何も」

じぃーっと麗梛妃は納得いかないような視線を送ってくるが、鈴音たちに説明したように何もない。そっとしておいてくれ、と願うばかりなのだが雪花は甘かった。

妃《きさき》二人相手に——いや、会長・副会長相手に、簡単には逃げられないことを。

黙っていた桂林妃は、麗梛妃の肩を叩《たた》いて身を引かせると、代わりに彼女自身が口を開いた。

「何もなかったかどうかは、わたしたちが決めますから。志輝様との間にあったこと、会話の内容・台詞《せりふ》。一言一句違《たが》えずに言いなさい」

「えっ」

桂林妃に激しく同意する麗梛妃は、コクコクと何度も頷いた。二人とも、視線を逸《そ》らすことを許さず、眼《め》の奥を鋭く光らせている。

さあ、吐け！

そう言わんばかりの空気を前面に押しだされ、雪花は窮地に立たされた。

結局どうにも回避できなかった雪花は、妃二人相手に、文字通り取り調べを受ける羽目になった。

「雪花さん、狩りでお怪我《けが》をなさった後、志輝様と二人で消えましたよね。お姫様抱っこで」

「……はぁ」

恥ずかしいことを、なんで思い出さなければならないのだ。それも人前で。雪花はげっそりとしながら答えていた。

尋問者は麗梛妃。調書を取るのは桂林妃である。

「その後、何と言われましたか」

「……特にこれといって」

「そんなはずはありません。志輝様は珍しく怒っていましたよね。何か怒られませんでしたか」

麗梛妃は卓を指で叩き、雪花に言葉を促した。

あの騒ぎの中、どこからそんな細かい所まで見ていたのだ。麗梛妃、やはり可愛い顔をしている割に侮れない。

「なんと怒られましたか」

「……勝手に傷つくなと」

「ちょっと、そこ詳しく。もっと大きな声で！　大事な部分でしてよ！　人払いはしているからはっきり答えなさいな！」

筆を持つ桂林妃の鋭い指摘が入る。侍女仲間は騙《だま》せても、妃二人の追及は容赦ない。

答えるしか解放の道はないと悟った雪花は、脂汗をかきながら、慎重に言葉を選んで答えていくのであった。

そして半刻後《はんとき》、ようやく雪花は尋問から解放された。

「これは何もなかったどころか、ありまくりじゃなくって？　ねえ麗梛」

「大進展ですわねっ！　やはりお話を聞いてよかったですわ」

書き記した調書を覗《のぞ》き込んだ二人は、頬を上気させて何やら話し込んでいる。

一方、恥ずかしさで廃人寸前の雪花は、妃を前にして悪いが卓に突っ伏していた。

噛み付かれたこととか、それに似たようなごにゃごにゃはなんとか隠し果《おお》せただけ救いかもしれないが、もう、穴があったら入りたい。

小さな蟻《あり》でも土竜《もぐら》でもいい。なんなら幼虫でもいい。

地中奥深くに潜ってしまいたい。陽の光なんて浴びなくていい。とにかく、もう帰してくれ。

「よくも何もなかったなどと……！　あなた、本当に馬鹿ね！　志輝様に対する冒瀆《ぼうとく》もいいところだわ！」

馬鹿だろうが阿呆《あほう》だろうがなんでもいい。桂林妃のきつい言い回しにも慣れてきた、好きに罵ってくれ。

高飛車な物言いだが、彼女は傲慢《ごうまん》ではない。多分、不器用なのだろう。人と意思疎通を図るのが。

冷え切った茶を流し込んで、雪花は深く長いため息をついた。口から魂が抜けていきそうである。

「それでっ？　雪花さんは志輝様のこと、ずばりどう思っていらっしゃるの？」

「……え。ずばり、ですか」

くるりと麗梛妃が振り向いた。

「はい。ずばり、ですわ」

雪花は天井を見上げて、僅《わず》かに首を傾げる。どうせこれも正直に答えないと、許してはくれないのだろうなと思いつつ。

（とりあえず、借金を肩代わりしてくれる金づる……？）

真っ先に頭に浮かんだ感想はそんなところであるが、さすがにそのまま口に出したら桂林妃に茶をぶっ掛けられそうなのでやめた。

何か巧《うま》いこと言えないものかと真面目に考えた結果。

「えーと……。太っ腹な雇用主、ですかね」

と呟《つぶや》いた。

しん……、と落ちる沈黙。桂林妃は額に青筋を立てて、碗をむんずと摑《つか》んで立ち上がった。

「あなた、歯ぁ食いしばりなさいよ……」

「えっ」

「ちょ、ちょっと桂林様、落ち着いてっ」

麗梛妃が彼女を押さえた隙に、雪花は椅子ごと後ずさった。

やばい、言い換えたのに本当にぶっ掛けられる。熱湯でないだけ不幸中の幸いか。

「そういうことを聞いてるんじゃないわよ！」

「す、すみません……。でも恋愛的にどうかと言われても、本当にわたしもさっぱりでして……」

「あなたの思考の方がわたしにはさっぱりだわ！」

「まあまあ、桂林様っ。とりあえず、雪花さんの話を聞きましょうよ」

麗梛妃が彼女を宥《なだ》めて席に着くよう促す。

「ええと……。雪花さん的には、志輝様は雇用主以上には見れないということですか？」

桂林妃の手から碗《わん》を取り上げると、麗梛妃は雪花に改めて向き直った。

どうやら麗梛妃は、真面目に質問しているようだ。

困ったな……。

雪花は視線を彷徨《さまよ》わせて、思案声を漏らした。

「えー、あー……。……本当に、分からないんです」

それは本当だ。自分でもどうすればいいのか分からない。

「正直な話、初めの頃の志輝様はいけ好かない人だなと思ってました。でもまあ借金返済のためなら、関わるのは仕方がないか、という感じで」

初めはただの雇用契約上だけの関係だったはず。それ以上でもそれ以下でもない、紙切れ上の関係。

「でも志輝様と関わる中で、少し見方が変わってきたのは事実です。なんていうのか……。外面と内面が不均衡というか。思っていたよりも、人間臭いというか」

二人の妃は口を挟まず、静かに雪花の言葉に耳を澄ませている。

「彼が、仮に、百歩譲ってわたしを望んでいるのだとしても。……正直、わたしには想像もつきません。身分も違いますし、育ってきた環境も違う。それになによりわたしは、誰かと一緒になる未来なんて考えたことがないんです。そんな資格すら、ない」

雪花は空になった白い碗に視線を落とした。

家族を皆失って、一人だけのうのうと生き残ってしまった自分。それも、風牙の人生を狂わせて。

彼はいつも騒がしくて、借金はたんまり作ってくるし、女たらしで時々男たらしにもなる自己中変態野郎だけど、実際は自分のことをどう思っているのか。

本当は怖くて聞けないのだ。

心の底では、わたしのことを恨んでいるんじゃないかって。

彼は一切過去を語らないけれど、何かを犠牲にしたのは事実だ。ずっと傍《そば》で彼を見てきた自分には分かる。

「それは一体……どういう意味なんですか？　資格すらないって」

「……人並みの幸せを願ってはいけない、ということです」

雪花は薄く笑うと、お茶のお代わりを頂けますかと碗を差し出した。

妃二人は顔を見合わせ、当惑して眉《まゆ》を顰《ひそ》める。

ひとまず麗梛妃は差し出された碗を受け取って、湯をもらうために部屋の外に出て侍女を呼びつける。

「……あなた、何か訳がありそうね」

桂林妃は腕を組んで、ぼそりと呟く。

「でもそんなの、あの臆病者と同じじゃない。じめじめ鬱々《うつうつ》。わたし、そういうの大っ嫌い」

「……え、あの、桂林様？」

「そういうの、無駄な遠慮。いいえ、むしろ迷惑な遠慮って言うのよ。あなたの主人もそうよ。勝手に一人うじうじ悩んで勝手に結論づけて、それで逃げて……」

何やら一人、顔に翳《かげ》りを作ってぶつぶつと恨み言を唱え出した桂林妃。雪花は怪訝《けげん》そうな視線を送るが彼女は気づかない。〝あなたの主人〟というのは、もしや蘭瑛妃を指しているのだろうか。

「何が凶華よ、ばっかじゃないの。そんなの気にしないって言ってるのに、一人、悲劇の女性気取りなわけ？」

「あ、あの……？」

確か二人は犬猿の仲、だったよな。でも桂林妃の鬱々した独語を聞いていると、もしや二人は昔からの顔見知りだったのだろうか、と思えてくる。

するといつの間にか、お湯の入った茶壺《ちゃつぼ》を持って麗椰妃が戻ってきた。

「お待たせしました、って。どうしたんですの、桂林様」

「あの女もあの女なら、侍女も侍女だってことですわっ」

ふんっ、と頤《おとがい》を逸らして桂林妃は唇を尖《とが》らせた。

「あら、もしかして蘭瑛様のことですか？　心配するくらいなら、そろそろ仲直りしたら宜《よろ》しいのに」

「なっ、べ、べべべべ別にわたしは心配なんてしてなくってよ！」

いやいや、今めちゃくちゃ吃《ども》ったし。しかも顔が真っ赤である。図星だ。

この妃は意外と面白いかもしれないなと、思わず生温かな目で見てしまう雪花である。

「とっ、とにかく！　あなたがうじうじ悩むのは勝手だけれどね、案外他人はどうも思ってないってことよ！」

つまりは悩むな、ということなのだろうか。分かりにくい励ましに、思わず笑みが漏れそうになる。

あの凶手は桂林妃の名を言い残したが、実際に彼女と話してみれば、どうにも彼女が指示したとは思えない。むしろ、蘭瑛妃を案じている。……演技でない限り。

「ね、可愛《かわい》らしいでしょう？」

茶を注ぎながら、麗梛妃は雪花の耳元でくすりと笑った。

麗梛妃は楽しそうに目を細め、温かい茶を差し出してくれた。礼を告げて受け取り、一口含んでほっと息つく。

「ふふふ。これでしばらく物語の妄想が膨らみそうですわ。最近中々筆が進まなかったけれど、材料《ネタ》は十分収穫ありましたし」

「……………」

例の恋愛小説か……。やはりそれの元になっているのは、奴なのか。乙女の愛用書《バイブル》になるとは、本当に恐ろしい御仁である。

そういえば、鈴音たちが続きをまだかまだかと待っていたのを思い出した。

麗梛妃のほくほくした様子を見ると、近いうちに続きが出来上がるだろう。――雪花の羞恥《しゅうち》のおかげで。いっそのこと、材料提供代を頂きたいくらいだ。

蘭瑛妃は変な薬をこっそり売りさばいているし、麗梛妃は小説を広めているし。皆、妃《きさき》という立場であるのに二足の草鞋《わらじ》を履いて大変なことだ。

「ああ、楽しかったですわ。これからもお茶会にお呼びするので、またお話を聞かせてくださいね」

え、嫌だ。雪花は顔を引きつらせた。

本当にやめてくれ。こんな身も心も羞恥で疲弊する会なんて嫌だ。やはり早く、後宮から脱出するしかない。

「ねえ、桂林様。志輝様のお相手が雪花さんで本当によかったですね」

「まあね。ころっと志輝様に靡《なび》いたり、誘惑するような性悪女だったら紅薔薇会総力を挙げて阻止するつもりだったし。あなたみたいに、平々凡々で一筋縄でいかない女の方が幾分かマシね」

「…………」

総力を挙げて何するつもりだったのか。怖すぎて聞けない。

「ねえ、桂林様。今度は蘭瑛様もお呼びしましょうよ」

「はぁあああ!? 嫌よ、絶対に！」

「そんなこと言っておいて、なんだかんだ気にしてらっしゃる癖にー。狩り場でも、落ち込んでいた蘭瑛様に活を入れてらっしゃったじゃないですかぁ」

「あっ、あれは!! っていうか、どこからそんなこと見てたのよ！」

「ふふふー」

あれは嫌味じゃなくて、活を入れていたのか。なんて分かりにくい。

「えっと……。桂林様と蘭瑛様は元々お知り合いなのですか？」

「まあね。でも！ 決して仲は良くなくてよ！ あくまで知り合い程度です！」

うん、仲は良かったんだな。なんとなく桂林妃の扱い方が分かってきた雪花は、勝手に言葉を脳内で変換することにした。

なぜ亀裂《きれつ》が入ったのかは分からないが、離れた今でも桂林妃は蘭瑛妃を気にかけているのか。

「……なによ。あなたの周りで何か言われているの？」

桂林妃はちらりと雪花を見て、少し緊張した面持ちで尋ねた。

雪花は幾ばくか逡巡したが、この際思い切ってかまをかけてみるかと、桂林妃に向き合った。

静姿《せいし》の死には緘口令《かんこう》が敷かれている。事実をそのまま告げるわけにはいかないが……。

「その……。あくまで噂《うわさ》で、気分を害されるかもしれないのですが」

「はっきり言いなさいよ。――もしかして、わたしが彼女を殺そうとしているって？」

「！」

桂林妃は雪花の考えを読んだように、先に言ってみせた。瞠目《どうもく》した雪花に、桂林妃は一笑する。

「図星ね。どんな噂が流れているのか知らないけど、わたしが彼女を殺すなら、誰かにやらせたりしない。自分でぶん殴りに行くわよ」

「ぶ、ぶん殴りに……」

「ええ」

当たり前といわんばかりの表情に、やはり桂林妃ではないな、と雪花は直感的に悟った。

雪花は深々と頭を下げて彼女に謝罪する。

「少しでも疑ってしまい、申し訳ありません」

「いいわよ。そういった噂は今に始まったことじゃないし。でも、当の彼女は真に受けてるんじゃなくって？」

「いえ、それは違います」

雪花は面を上げ、首を振った。

「蘭瑛様は、桂林様ではないと。桂林様がするはずがないと、真っ向から否定しておられました」

「………そう、なの」

雪花の言葉に桂林妃は瞠目した後、それだけ呟《つぶや》き横を向いた。平静を装っているようだが、眉根を寄せて何かを堪《こら》えているような表情だ。唇も引き結んでいる。

すると、麗梛妃がにやにやしながら桂林妃の顔を覗《のぞ》き込んだ。

「桂林様、泣くなら手巾《しゅきん》をお貸ししましょうか？」

「っい、いらないわよ！　誰が泣くのよ！」

「桂林様ですよ」

「っあのねえ！」

「というわけなので、やはり次の茶会は蘭瑛様もお呼びしますね」

「何がそういうわけなのよっ！　ちょっと麗梛、聞いてるの!?」

二人の仲の良い掛《か》け合いに、雪花はふっと口元を綻《ほころ》ばせた。

「皆様、仲が良いのですね。賢妃《けんぴ》様とも？」

「邑璃様？　そうですねえ、時々お茶会に招いて下さるからお邪魔しますけど」

「まあ時々ね」

「邑璃様はお上品で洗練されていて、まさに妃の鑑《かがみ》ですわ」

「ええ。……でもわたし、少し苦手かもしれないわ。なんか、完璧《かんぺき》すぎというか」

「そうですか？」

「何を考えているか分からないというか、感情を読ませないというか……」

「うーん。まあ、桂林様は感情分かり過ぎですからね」

「どういう意味よ！」

　この二人の掛け合いも中々小気味いいな。二人のやり取りを聞きながら、雪花はようやく落ち着いて茶を頂戴《ちょうだい》した。

＊＊＊

　一人の少年が、とある家の前に立っていた。それは町外れにある小さな家。決して裕福ではなく、至る所が傷んでいるけれど。どんなに裕福で豪奢《ごうしゃ》な家よりも、温かで優しい空気で満たされているのを彼は知っていた。

彼は逸《はや》る気持ちを抑えて、扉が開かれるのを今か今かと待ち構えていた。すると、木の軋《きし》む音とともに扉が開かれる。

『こら、また抜けてきたのか。懲りないねえ、君も』

少年を出迎えたのは、丸い眼鏡をかけた男だ。彼は少年のおじで、困ったように苦笑しながら少年の額を指で小突く。

『生まれた⁉』

『ああ』

『見せて！』

おじの脇をすり抜けて、少年は家の中へと駆け込んで行く。

温かな光が差し込む居間で、一人の女性が長椅子に座っていた。彼女の腕には、お包《くる》みに包まれた赤児《あかご》が静かに眠っている。足元では、赤児の姉である美桜《みおう》が人形で楽しそうに遊んでいた。

『あら、また来たのね』

『あー！　おにーちゃんっ』

『やあ美桜。ねえ、男の子？　女の子？』

『ふふふ、お姫様よ』

彼は嬉《うれ》しそうに駆け寄って来た美桜を抱き上げると、お姫様と呼ばれた赤児を覗き込んだ。赤児は騒がしい声に反応したのか、ぱちりと目を開けて小さく欠伸《あくび》をする。そして少年の顔をみると、手足を元気よく動かして暴れ出した。

『可愛い！……けど、なんか猿みたい』

素直な感想を述べると、少年のつむじに母親の軽い拳骨《げんこつ》が落ちた。

『いたっ』

『生まれた時はみんな猿なのよ』

『千珠《せんじゅ》、それ暴言』

戻ってきたおじが苦笑する。

『ねえ千珠、触ってもいい？』

『いいわよ』

彼女の横に座って人差し指を差し出すと、小さな手がキュッと握りしめてきた。頬紅を塗ったような桃色の、餅《もち》みたいにふっくりした愛らしい頬がむにゃむにゃと動いている。

『な、なにこれ。すごく可愛い……！』

初めて目にする赤児に、彼は目を輝かせた。

『ふふふ。凜、よかったわねえ―。可愛いだって』

『名前は凜っていうの？』

『そうよ。今度はわたしがつけたの』

『いい名前だね。あっ。目の色は千珠と一緒なんだね。琥珀《こはく》色だ！』

光の加減では金色にも見える不思議な色。母親譲りであることが一目瞭然《いちもくりょうぜん》である。

『可愛いなぁ』

『ふふ、これからいっぱい遊んであげてね』

『もちろん！』

ほんの僅《わず》かな時間でも、大好きな人たちに囲まれる温かで優しい時間。

少年にとって、彼らはかけがえのない光だった。


「──牙、風牙！　起きな!!」

「……あれ、帰蝶？」

寒さと怒号に目を開ければ、見知った顔が目くじらを立てて自分を見下ろしていた。

風牙は大きく欠伸《あくび》をし、寒さに身震いする。

被《かぶ》っていたはずの布団が、気がつけばどこかに消えているではないか。

「帰ってきて勝手に人の部屋で寝ないでくれないかな。すごく迷惑だよ」

もう一人の声は、爽《さわ》やかな笑顔とは裏腹に口が悪い楊任《ようにん》だ。片手に掛け布団を持っているところをみると、彼が剝《は》ぎ取ったらしい。

彼ら二人と風牙は、切っても切れない筋金入りの腐れ縁だ。

「あー……寝てたのか」

風牙は、長い前髪を掻《か》き上《あ》げて目を擦った。

そういえば昨晩帰ってきて、挨拶《あいさつ》をするにも皆は仕事中だったし、何より疲れていたから、楊任の部屋に転がり込んだのだった。どうやらそのまま寝ていたらしい。

「いきなり帰ってきて人の部屋で爆睡しないでよ」

「だって、女の子の部屋に転がり込んだら帰蝶怒るし」

「あんたの迷惑な色気に当てられる奴がわんさかいるからだよ!!」

「なによ迷惑ってー。この美貌《びぼう》は国宝級よ?」

「迷惑な時点で屑《くず》だね!」

帰蝶に容赦無く頭を叩《たた》かれ、さすがの風牙も声をあげた。寝起きでぼんやりしていた思考が一気に覚める。

「いったっ! 帰蝶、あんたってば毎度毎度……! 人の頭を太鼓か何かと勘違いしてんじゃないの!?」

「太鼓は打てば響くが、あんたはまったく響かないからそれ以下だね」

「何よこの減らず口! 泣くわよ!?」

「うっさい! 勝手に泣いてろ!」

「ひどい! 楊任、帰蝶がいじめるーっ」

「どうでもいいよ」

「この薄情者っ」

「それより風牙。雪花の件で、太保《たいほ》がこの間やってきたんだけど。君、何か知ってる？」

「……は？　あの狸爺《たぬきじじい》が？」

風牙は騒ぐのをぴたりとやめて、思わず二人を二度見した。

「なんで」

報告なら逐一しているはずだ。それこそ、この間奴の子狸《こだぬき》に伝えたところなのに。

「分からない。雪花が後宮にいるのは偶然か、それとも図ったのかって聞かれたよ」

「……どういう意味」

「わたしはてっきり、あの一件を蒸し返されることを嫌がっているのかと思ったんだけどね……」

「なに、違うの？」

いまいち歯切れの悪い帰蝶に、風牙は眉根《まゆね》を寄せる。

「さあね……分からないが、他に理由があるかもしれない。どうであれ、奴が直々にお出ましになったくらいだ。あの娘《こ》が自身の目で真実を知ることができればと思ったが……。危なそうなら、雪花を呼び戻すかい？」

風牙は指を顎《あご》に当てて黙り込んだ。

狸が何を考えているのかは知らないが、雪花に気を取られているのならば好都合だ。

彼は気づいていない。もう一人、後宮《そこ》にいることに。

「……いや、いいわ。そのうち直接迎えに行くから」

ならば、その隙に何としてでも彼女を止める。

「は？　迎えに行くって後宮に？　どうやって」

風牙は、片方の口角を上げて笑んだ。

「もちろん、正面突破よ」

しかしこの時、迎えるはずだった娘が向かう運命の歯車はすでに巡っていた。

＊＊＊

「ねえ雪花。外の空気を吸いに行きたいから付き合ってくれない？　肩が凝っちゃって」

蘭瑛妃に呼ばれて雪花が部屋を訪れると、彼女は目を真っ赤に充血させ、目の下に隈《くま》をつくっていた。髪も若干乱れている。

衣に編み紐《ひも》の房をくっ付けているところを見ると、陛下への贈り物を完成させようとまだ粘っているらしい。

「……その前に、一度身なりを整えませんか」

「……そうね」

さすがの雪花もこのままではまずいと思い、明明を呼びに行った。明明に身なりを整えてもらった後、疲労感たっぷりの蘭瑛妃と共に雪花は庭園にやってきて、大きな池の周りをなぞる様に歩く。

「あの、大丈夫ですか」

「ええ、大丈夫。ただ、自分が不器用だってことは分かってたけど、全く先に進まないのよ。間に合うかしら」

一体何を作ろうとしているのやら。深くは聞かずに、雪花は彼女の後ろをついて歩く。

庭園には赤い椿《つばき》や白い山茶花《さざんか》が咲き始め、冬の訪れを告げている。頬を撫《な》でる風も冷たく、雪花は外套《がいとう》の襟元を軽く押さえた。

「ああ、そういえば。この間のお茶会はどうだった？　麗梛からは、とても楽しかったと礼状が届いてたけど」

「……色々な意味で、憤死寸前でした」

端的に答えると、蘭瑛妃は噴き出した。

「何それ、ちょっと面白そうじゃない。憤死ってことは、志輝とのこと、根掘り葉掘り聞かれた？」

「……はい、まぁ」

「あははっ、わたしも聞きたいんだけど」

「麗椰様と桂林様から聞いてください」

「え、桂林……？　彼女も来ていたの？」

蘭瑛妃はくるりと振り返った。

（あ……、しまった）

二人の奇妙な関係を思い出し、雪花は首筋を指でかいた。

「ああそっか……。麗椰と彼女、変な会を立ち上げたんだっけ。……元気にしてた？」

「わたしを憤死寸前まで追い込むほどには」

「ははっ、相変わらずね」

蘭瑛妃は懐かしむように笑うと、再び前を向いた。

「彼女、わたしのことを嫌っているでしょう」

「え、あー……」

嫌っているというより、好きの裏返しの様にも思えるが。なんと返せば良いものかと雪花が言いあぐねていると、蘭瑛妃は足を止めて白い息を吐き出した。

「……わたしが〝凶華〟って呼ばれてること、知ってるわよね？」

「……はい」

「不吉な華。災いの華。案外嘘《うそ》じゃないのよ。わたしと関わった人は、皆、不幸になる」

彼女はその場に蹲《うずくま》ると、静かに池を眺めた。

「両親もそう、弟もそう。そして桂林も。……昔は本当に仲が良かったの。皆がわたしを避ける中、彼女は一人、手を伸ばしてくれた。でも、わたしと仲良くしたばかりに、彼女は死にかけた」

転がっていた石ころを掴《つか》むと、蘭瑛妃は池に投げていく。ぽちゃん、ぽちゃん、という音と共に水面《みなも》が揺れる。

「今よりもさらに寒い季節だったわ。一緒に外で遊んでいたんだけど、その最中に彼女が冬の池に落ちてね。彼女は風邪をこじらせちゃって……。彼女、昔は体が弱かったから。一時は予断を許さない状況だった。……周りから責められたわ。今後一切近づくな、とも言われた。――でも一番、自分が自分を許せなかった。……だから結局、彼女から遠ざかったわ」

雪花は水面に広がる波紋を眺めながら、桂林妃の言葉を思い返していた。

『何が凶華よ、ばっかじゃないの。そんなの気にしないって言ってるのに、一人、悲劇の女性気取りなわけ？』

そういうことかと、雪花は桂林妃の言葉の意味をやっと理解した。

蘭瑛妃は桂林妃のためと思い背を向けたが、桂林妃は勝手に離れていった彼女に歯がゆい思いをしているのだろう。

雪花は平たい石を掴むと、下から掬《すく》うようにして勢いよく投げた。石はぴょんぴょんと水面を跳ね、美しい波紋を作って沈んでいく。蘭瑛妃が楽しそうに目を輝かせた。

「わ、すごいわね」

「昔、水切りをして遊んでいたので。……あの、蘭瑛様。お節介かもしれませんが、今度お茶会にご一緒してみたらいかがでしょうか。麗梛様が計画すると仰《おっしゃ》ってましたよ」

「え……!?」

「桂林様も、まんざらじゃなさそうでしたし」

「……でも」

雪花は基本、面倒は嫌いなので人様の事情に自ら割って入ったりしない。でも今回だけは、不器用な二人の橋渡しとなってもよいかと思った。

渋る蘭瑛妃の背中を押す様に、雪花は言葉を続ける。

「桂林様も色々言いたいことがあるようでしたし、良《い》い機会なのでは？」

「……うん」

蘭瑛妃は迷いながらも、微《かす》かに頷《うなず》いた。

口元を綻《ほころ》ばせかけた雪花であったが、次の蘭瑛妃の台詞《せりふ》に途中で固まる。

「そうしたら、三人で雪花を問い詰めることができるしね」

蘭瑛妃が、悪戯《いたずら》っ子のように片方の口端を持ち上げていた。

いつもの元気を取り戻したらしい蘭瑛妃に、雪花は結局、深いため息をついた。

明明の気苦労が、なんとなく分かった気がした。

「ふふ、付き合ってくれてありがとう。ちょっとはスッキリしたわ」

「なら良かったです。戻られますか？」

「ええ」

裾《すそ》を叩《はた》いて、蘭瑛妃は立ち上がった。そして二人、庭園を後にしようとすると、数人の女官たちが何かを捜している姿が目についた。

蘭瑛妃が不思議に思って話しかけると、どうやら邑璃妃が飼っている犬が、女官たちが目を離した隙に逃げ出したらしい。彼女たちの顔は真っ青で、切羽詰まった空気がひしひしと伝わってきた。犬とはいえ、妃《きさき》の所有物に変わりはないのだから、お咎《とが》めのひとつやふたつあるのかもしれない。

大変だなと他人事《ひとごと》のように思いつつ宮に戻ると、蘭瑛妃から、手が空《す》いているなら彼女たちを手伝ってあげてと命じられた。蘭瑛妃も、女官たちを可哀想《かわいそう》に思ったようだ。

（でも、捜すったってなぁ……）

雪花は歩きながら首をひねった。このだだっ広い後宮内を限なく捜すなんて、どれだけの人出がいると思うんだ。女官たちには悪いが、見つからない気がする。

（でもまぁ、なんだか可哀想だしな）

とりあえず日が沈むまで捜してみるかと、雪花は白い息を吐き出した。

中央庭園には先ほどの女官たちがいた。なら自分は、手をつけていなそうなところから攻めてみるかと、人通りの少ない方へ雪花は足を向けた。

捜索ついでに、訪れたい場所もあったからだ。本当は後宮を出るまで触れないでおこうと思っていた場所。

雪花はすれ違う人々から犬の目撃情報を聞きつつ、四宮からどんどんと離れていく。次第に人気は無くなり、ついには雪花一人だけの足音が響くようになる。

雪花が目指しているのは追憶の場所だ。自分たちが少しの時を過ごした大切な場所。そして全てを奪われた悲しみの場所。

まだ存在しているのか、それとも既に処分されたのか。訪れたところで何がどうなるわけでもないけれど、生き残った者として、彼らをただ悼みたかった。

翔珂は生きていたことがわかったが、あれから彼と顔を合わせていない。彼は忙しいようで、後宮には渡っていないのだ。

もし顔を合わせたとしても、昔のように気軽に声はかけられない。彼は今や、一国の王なのだから。彼が反応を示してくれない限り、こちらから話しかけるなどできない雲の上の存在だ。

（それにわたしは、真実がどうであれ世間では罪人の娘。下手に動いて周りに感づかれた

くない。翔様が内情を分かっていても、今更どうしようもない)

翔珂の母親を弑逆《しいぎゃく》したとされ、両親は死してなお汚名を着せられた。

雪花は、あの悪鬼の正体をなんとなく察している。あれは、王家に連なる者ではないかと。

何せ先王と瓜二《うりふた》つの顔をしていたのだから、そう考えるのが妥当だ。そしてそれは、明るみに出れば王家にとって都合の悪いこと。誰かが情報を操作したのは目に見えている。

(……許せない、絶対に)

許せずとも憎むなと風牙は言ったが、思い出すだけでその感情に囚《とら》われそうになるのは、ここに戻ってきてしまったからか。

雪花は苦笑して立ち止まった。

雪花の目の前にはいつの間にか、木々が作り上げる大きな生け垣が立ち塞《ふさ》がっていた。

一見したところ、ただの行き止まり。生け垣は雪花の身の丈以上あり、先は見えない。

(……進むか)

雪花は周りに人がいないことを確認すると、生け垣に沿うようにして端まで歩いた。

すると、人一人通れるか通れない程の、木々が作り上げる狭い道がひっそりと開かれていた。

冷たい風が雪花の頬を撫でて奥に吸い込まれていく。枯れ葉が地面を転がった。

ここから一歩、足を踏み入れれば――そこは先王が作った迷路園だ。鳥籠《とりかご》に囲った母子を守るための。

雪花は深く息を吐くと、過去の記憶を頼りに足を踏み出した。

（表から入るときは、まず右。また、右）

伸びきった木の枝を搔《か》き分《わ》けながら雪花は進む。

昔、この迷路は自分たちの遊び場だった。隠れんぼをしたり、鬼ごっこをしたり。

過去に思いを馳《は》せれば、雪花の目の前を、子どもたちの幻影が笑って駆けていく。

『二人とも、こっちよ！』

姉の声がいつだって道標《みちしるべ》。わたしたちを引っ張ってくれる、優しい声。

「……待ってよ、美桜」

雪花は悲し気な呟《つぶや》き落とすと、過去の自分たちを追いかけた。

しばらくすると視界が開け、幻影が日の光の中に溶けるように消えた。懐かしい光景を、雪花に引き渡すようにして。

雪花は足を止め、呆然《ぼうぜん》と立ち尽くした。

もともと豪奢《ごうしゃ》な建物ではなかった。後宮内にありながらも、妃が暮らしていたとは思えない小さな宮だった。——でも、こんな姿ではなかった。

美しかった柑子《こうじ》色の瓦《かわら》はすっかり色褪《いろあ》せ、所々剝《は》がれ落ちて地面の上で砕け散っている。

白壁は至る所がひび割れて、土壁が露《あら》わになっていた。それだけではない。かつては四季が移り変わるたびに、梅や桜の花が咲いていた美しい庭。だが今では色を失って、雑草が蔦《つた》が、そこらじゅうを覆いつくしている。

懐かしさよりも、言いしれぬ悲しみと虚《むな》しさが押し寄せた。雪花はやるせない感情をどうすればよいのか分からず、言葉を失い、呆然と眺めるしかできなかった。

ここで過ごした日々はやはり遠い過去で、今では誰も存在しない見捨てられた場所。涙腺が緩みそうになり、雪花は拳を握りしめてぐっと目を閉じた。

しかしその時、土を踏みしめる音が聞こえ、反射的にそちらに振り向いた。

「――誰か、そこにいるのですか」

そう言って現れたのは、腕に白い犬を抱えた女だった。

「あなたは……」

彼女は、いつかの志輝と同じように目から下を覆面で覆っていた。名は分からないが顔は知っている。確か風呂場《ふろば》で会った、片頬に大きな火傷《やけど》跡がある女性だ。確か、賢妃の侍女だったはず。

「……何をしているのですか、このような所で」

彼女の目が細められ、雪花を厳しく射る。

「犬を捜していました。多分、それです」

彼女の腕に抱えられ大人しくしている、毛足の長い犬を雪花は指さした。小さな獅子狗《しいぬ》で、遊びまわったのか白い毛の所々には泥が付着している。

「庭園で皆さんが捜しておられたので、手伝うようにと蘭瑛様より仰せつかりました」

そう答えると彼女は警戒心を解いて、少しだけ表情を崩した。

「あら、そうなの……。それはごめんなさい。この子、よく逃げ出して皆を困らせるのよ。こんな所まで逃げ込んで。まったく、捜すのに手間取ったわ」

覆面の女は微かに笑って犬の頭を撫《な》でると、犬は気持ち良さそうに目を閉じて尻尾《しっぽ》を振る。どうやら彼女に懐いているようだ。

「あなたは貴妃《きひ》様の侍女ね」

「はい。雪花といいます」

「わたしは香鈴よ。確か、風呂場でもお会いしたわよね」

「はい」

「何か縁でもあるのかしらね」

そう言うと、彼女は廃屋を見上げた。

「でも、よくここまで来られたわね。ここは迷路みたいでしょ」

「あー……まあ、勘で歩いていたら。そういう香鈴様も、よく辿《たど》り着《つ》きましたね」

逆に雪花は尋ねた。このような場所、存在を知らなければ誰も訪れやしないだろう。

「ああ、わたし？」

香鈴は首を傾《かし》げた。

「わたしは、そうね……。ずっと前から、この場所を知っているから」

冷たい風が二人の間を駆け抜けた。風に攫《さら》われる木の葉たち。ふわりと舞い上がる、蝶《ちょう》の刺繍《ししゅう》が施された美しい覆面。露わになった彼女の横顔に、雪花は時を忘れた。火傷《やけど》のない頬、綺麗《きれい》な鼻筋、桃色の唇、顎《あご》から首筋にかけての美しい曲線。

それは幻か、現《うつつ》か。過去の面影となぜか重なる。

雪花は大きく目を瞠《みは》り、唇を震わせた。

「……み、おう」

雪花の声に、彼女は振り返った。彼女の瞳《ひとみ》は驚愕《きょうがく》に見開かれ、美しい顔は強張《こわば》った。全身が、自分と同じで戦慄《わなな》いているのが分かった。

二人は時を忘れ、互いに言葉を失った。呆然と、互いの姿をその目に映す。

まさか、そんなはずはない。彼女は崖《がけ》から落とされた。その瞬間を、薄れゆく意識の中で確かに見たのだ。

でも、心が告げる。彼女だと。彼女が美桜だと。おまえの姉だと、鼓動が波打つ。

「……あなた、まさか――」

先に口を開いたのは美桜だった。震えた言葉の最後は、掠《かす》れて途切れた。その言葉を紡ぐように、雪花は口を開いた。

「わたし……、凛だよ。あなたの、妹の……っ」

絞りだすように叫べば、彼女が息を呑《の》んだ。口元を押さえ、彼女は雪花を凝視する。

雪花の心の底が熱く泡立ち、目頭が一瞬で熱くなった。

会えた。二度と会えないと思っていたのに、会えた。

一歩、雪花は彼女の方へ踏み出した。そして震える指先を彼女に伸ばす。

「――っ」

だが、彼女は苦し気に眉根《まゆね》を寄せた。雪花の手を取らず、顔を俯《うつむ》かせて後ずさった。そして頭《かぶり》を振る。

「……違う。わたしには、妹なんていない」

「美桜！　なんで……!?」

「誰かと勘違いしているようね」

「そんなはずない！　ここでの暮らしも、あの日のことも！　全部覚えてるんでしょう!?　だからここに来たんでしょう!?　ねえ、ちゃんと顔を見て言ってよ！　美桜！」

雪花は感情のままに声を荒らげた。泣き叫ぶように。

彼女の腕の中にいる犬が、驚いて小さな鳴き声をあげる。彼女は腕の中の存在を強く抱きしめ、ゆっくりと顔をあげた。

「……悪いけど、人違いよ」

彼女は感情を消し去った表情で、真っすぐに雪花を見つめて告げた。それは明らかな拒絶で、雪花は唇を嚙《か》みしめる。

「わたしは汀《てい》香鈴。こんな醜いわたしが、あなたの姉であるはずがないわ」

彼女は雪花に背を向けて、歩き出す。

「もう戻るわね。邑璃様にこの子を届けないと。帰りは、一人でも大丈夫ね」

「美桜……！　どうして……!?」

「違うと言っているでしょう。迷惑だから、二度とその名前で呼ばないで」

雪花の声に振り返ることはなく、彼女は迷路の中へと姿を消してしまう。彼女を追おうと一歩踏み出したが、その背は近づくことを許さなかった。

「ど……して……？」

雪花は言葉を失い立ち尽くした。

人違い？　いいや、そんなはずはない。ただの他人ならなぜこんなにも、血が、心が騒ぐのか。

雪花は力を失い、その場に蹲《うずくま》って膝《ひざ》に顔を埋《うず》めた。頭が真っ白で、何も考えられない。動悸《どうき》を落ち着かせるように何度か深く息を吐き出すと、雪花は乾いた地面を見つめた。

（あれは絶対に美桜だ。でもどうしてこんなところに……）

ふと、嫌な予感が頭をよぎる。

以前、後宮に来て翔珂の存在に気づき始めた頃。心の奥底に眠っていた恐ろしい声が雪花に聞こえた様に……。彼女もそのような声に囚われて、後宮に居続けているのなら。

それに、片頰にある大きな火傷の跡。何があったのか分からないが、別れてから楽な人生ではなかったはずだ。

(復讐《ふくしゅう》でもしようというのだろうか……)

そんなはずはない。あれほど彼を可愛《かわい》がって、好いていたというのに。

雪花は頭を振って、よろよろとその場に立ち上がった。

すると雪花の足元に、風に押されて黄色い花びらが転がってきた。荒廃した庭とは不釣り合いで、疑問に思った雪花は風上へと足を向ける。宮の入り口には、白菊が添えられていた。冥福を祈る花だ。

(……あ)

美桜だ。彼女は、ここから姿を現した。

「何が、人違いだよ」

雪花は泣くように笑うと、その場で手のひらを合わせて目を閉じた。

一方香鈴は、腕の中にある小さな温《ぬく》もり——花蓮《かれん》を胸に抱きしめ歩いていた。花蓮は心配するように、彼女の顔を見上げている。

あの時、斬られて死んだはずの小さな妹が、確かに目の前にいた。生きて、目の前にいた。

幾度も幾度も、彼女が成長した姿を思い描いた。もし、生きていたならと。背はどれだけ伸びただろうか。あの不愛想で負けん気の強い性格は鳴りを潜めただろうか。慎みを持ち、柔らかさを少しは纏《まと》えるようになっただろうか。琥珀《こはく》色の瞳は、母と同じ輝きを放っているのだろうかと。

(生きてた……。凜が、生きていた)

自身の願望が見せた幻かと、信じられなかった。でも、大きくなった彼女は自分の名を確かに呼んだ。わたしを見つけた。

日の光を浴びて輝く、母と同じ琥珀色の瞳。背は伸びて、中性的な面立ちは変わらないけれど大人びた。

(神様……!)

今まで神などという存在を信じていなかったが、今、この時ばかりは――。

香鈴の目から、大粒の涙が零《こぼ》れ落《お》ちた。

(ごめん……。ごめんね、凜……)

抑え込んでいた感情が、堰《せき》を切って溢《あふ》れだした。

本当は抱きしめたかった。伸ばしてくれた手を昔のように引き寄せて、この胸に抱きしめたかった。会いたかったと。生きていてくれて、ありがとうと。

でも、すんでのところで我に返った。

わたしは汚れきっている。彼女に顔向けできる姉なんかではない。冷たく突き放したわたしを許さなくていい。詰《なじ》っていい。

この先、自分がすることに凛を巻き込むわけにはいかない。彼女は彼女の道を、日が照らす道を歩いて欲しいから。

(でも、今だけは許してほしい)

この迷路を出れば、もう振り返らないから。どうか今だけは。

愚かでも、醜くても。どうか彼女の姉でいさせてほしい——。

＊＊＊

「……ええと。わたしはただ一言、お尋ねできればそれでよかったんですけど」

日が沈みゆく夕刻、雪花は王都のすぐ傍《そば》を流れる亥江《がいこう》の畔《ほとり》に連れてこられていた。周りは寒さに負けず人混みで溢れかえっていて、油断すると連れ立っている人の姿を見失いかねない。

今宵《こよい》は年に一度の天灯祭《てんとうさい》。紙で作った小さな気球に一つだけ願いを込めて、一斉に夜空へ飛ばす冬の行事だ。

皆、会場となる水辺に集まって、それぞれ天灯を購入し準備を始めていた。

「せっかくの祭りなんです。いいじゃないですか。楽しみながら話を聞いても」

楽し気に囁《ささや》くのは、雪花の左手をしっかりと握りしめた志輝である。雪花の迷子対策（逃亡対策）と称し、馬車を降りてからというもの離してくれない。

何度か緩んだ隙に振り払おうと思ったのだが、離してくれるどころか無言の笑顔と共に力を込め、終《しま》いには引き寄せられかけたので諦《あきら》めた。

顔は美人であるが、やはり油虫並みにしつこい。

本日は覆面をしていて、割と目立たない地味な服装をしている（もちろん素材は一級品だろうが）。それでも綺麗な御仁であることは、露《あら》わになっている目元だけでもわかるらしい。すれ違う女たちが二度見ならぬ三度見をしている。これで覆面をしていなかったらどうなるのか。

（はは、覆面をとったら男も振り向いたりして）

なんてことを思っていたら、ぐいっと腕を引っ張られた。

「雪花。人の話、聞いてますか」

気が付けば、美麗な顔が自分を見下ろしていた。

しまった、聞いていなかった。

「すみません。考え事してました」

ものすごく上から睨《にら》まれている。なんの話をしていたんだっけ。

「……あなたが誘ってくださったんですから。一言で終わらすつもりなんて許しませんよ」

しかも、何やら不貞腐《ふてくさ》れているようだ。

(決して誘ってなんかいない。むしろ手紙でのやり取りで十分だったんだけどな)

なぜこのような事態になっているのか、自分で蒔《ま》いた種だが、雪花も困り果てていた。

一応、悩み抜いた末の止《や》むを得《え》ない行動だったのだが、志輝相手に物事はうまく進まないようだ。

というのも、あの迷路園での出来事以降、雪花は美桜について色々と考えていた。あの反応からして、彼女が美桜であるのは間違いないが、なぜ彼女は嘘《うそ》をつくのか。もう思い出したくもない、捨て去りたい過去なのだろうか。ならなぜ、ここに戻ってきたのか。あの火傷《やけど》の跡と、雪花を突き放した冷たい態度。胸騒ぎが止まないのはなぜだろう。全てを犠牲にして生き残った翔珂を許せないのだろうか。

賢い美桜のことだ。十中八九、翔珂の存在に気づいている。話を聞けば彼女は邑璃妃の侍女頭。翔珂とすれ違うこともあれば、彼の名を知ることも可能なはずだ。

逆に翔珂は？　雪花の存在には気づいたが、美桜に関してはどうなのだろう。

翔珂は美桜に懐いていた。彼女の存在に気づいているなら、放置するわけがない。あれほど姉を好いていたというのに。『結婚するなら美桜がいい』と、餓鬼がいっちょ前に口にしていた程だ。『えー、じゃあわたしは？』と頰を膨らませた自分が問えば、『凛は友達だから違う。がさつだし』と返された。

今思えば、ませた餓鬼である。なにかと『美桜、美桜』と後を追いかけていたし、美桜も自分に懐く翔珂が可愛かったのだろう、彼には優しかった。

まあ、人の気持ちなど移ろい行くものだから、現在二人がどう思っているのかは分からない。

ともかく後宮を出るまでに、確かめなければならない。おそらく美桜のあの態度だと、訪ねに行ったとしても素直に会ってはくれないだろう。

彼女はああ見えて、結構強情な部分がある。一度決めたことは簡単に曲げたりしない頑固者。

なら、翔珂に聞くべきか。だがそれこそ、彼と話す機会などない。人目のある場所で、自分から易々《やすやす》と声をかけることはできないし。

(——あ、待てよ)

そこでふと、奴のことを思い出した。翔珂の側近である、麗しくも禍々《まがまが》しい男を。

(志輝様に頼みこむってのはどうだ？——いやいや、ちょっと待て。早まるなわたし。奴に借りを作るのか？　それは危険性《リスク》が大きすぎやしないか。でも他に手は……)

色々考えた結果、それが一番無難というかそれしか方法がないというか。

蘭瑛妃に頼みこむことも考えたのだが、今は例の編み物修業に必死だし、あなたの夫と二人きりで会わせてくれと口にするのは憚《はばか》られた。

というわけで仕方がなしに志輝に頼んでみようと、相談がありますと文を送ってみた。

すると返事が来る前に奴が直接やってきて、なぜか祭りに連れ出された。

「大体要件だけで済ませたら終わりというのは、少し虫がよすぎやしませんか」

じとりと見下ろされ、うん、まぁそうだろうねと雪花は首裏を掻《か》いた。そりゃただで要望を聞いてくれる相手でないことくらい分かっていたが、まさかまた連れ出されるとは思っていなかった。

自分なんかと居て一体なにが面白いのだろうか。美男の趣味はやはり訳がわからない。

（……で、毎度毎度距離が近いんだよな）

鬱陶《うっとう》しい美貌《びぼう》を引き剝《は》がしながらふと気づく。美麗な目元に、薄《う》っすらと隈《くま》ができていることに。

「志輝様、もしかしてお疲れですか」

「仕事が少し忙しいだけです」

いつも神出鬼没で現れるからてっきり暇人かと思っていたけれど、よくよく考えてみれば志輝は仮にも陛下の側近だ。忙しくて当たり前だろう。しかも当主としての仕事もあるだろうし。それなのにわざわざ時間を割いてくれるとは……。

迷惑をかけてしまったなと、雪花は素直にすみませんと謝った。

「違います、別に謝って欲しいわけじゃありません」

するると志輝は、珍しく慌てた。

「むしろ気分転換になってありがたいくらいです。今回の事が終われば落ち着きますし。さあ、わたしたちも天灯をもらいにいきましょう。飛ばしながら話を聞きますよ」

そう言うと、志輝は雪花の手を引いて歩き出した。

(今回のこと？)

外宮《げくう》で何か揉《も》めているのかなと首を傾《かし》げつつ、引っ張られるようにして彼の後ろを歩く。

そういえば、陛下も忙しそうだと蘭瑛妃がぼやいていた。

志輝は人ごみをかき分けながら屋台の前までいくと、天灯を二つ購入した。店の傍には卓が設置されていて、その上には硯《すずり》と筆が準備されている。ここで天灯に願いを書いて飛ばすようだ。

「あんたらせっかくだから、なんか書いていきな」

「えー……」

「あんたら夫婦か？　なら子宝成就とか寸歩不離《すんぽふり》とかだなー」

「……断じて夫婦じゃないから」

雪花は低い声と共に店主を睨《ね》めつけておいた。一方志輝は、それはいいですね、などと目を輝かせて楽しそうにほざいている。

全然良くない。揶揄《からか》うのも大概にしていただきたい。

「なんだ、仲良く手なんか繋《つな》いでいるから」

「繋いでないと彼女に逃げられるんで」

「ひゅー。兄ちゃんがぞっこんなのか！　やい姉ちゃん、この色男の何が気に食わないってんだ！　こんな美男なかなかいないぞ！」

だからその顔とねちっこい性格がだよ、と歯をむき出しにして言いたくなったが、言ったら何をされるか分かったもんじゃないのでやめておいた。

「長期戦でいきますから」

「いいぞ兄ちゃん！　それでこそ漢《おとこ》だ！　大体、姉ちゃんの趣味おかしいんじゃないか？」

違う、この御仁の趣味がおかしいんだと、雪花は間髪を容《い》れず心中で返した。

とにかくこれ以上人目を引きたくないので、さっさと書きましょうと志輝を急《せ》かした。

「何を書くのですか」

「……秘密なので見ないで下さい」

「嫌です、気になります」

「しつこい男は嫌われますよ」

「もうあなたの中では十分しつこいでしょうからどうでもいいです」

「開き直りですか、いい性格してますよね本当に」

「あなた、最近本当に遠慮というものがなくなってきましたよね」

「誰かさんがまったく堪《こた》えないので、少しずつ心の声を出してやろうと思いまして」

「へえ。ならわたしも、どんどん真っ向勝負しかけていきましょうか」

「ははは、全力でお断りします。とにかくさっさと書きましょう」

「お先にどうぞ。見て待ってます」

「結局見るんじゃないですか！」

「ならあなたは、見られて困るものを夜空に揚げると？」

ああ言えばこう言う。こりゃ蘭瑛妃といい勝負するはずだ。

「ああもう分かりましたから。勝手にしてください」

露骨に嫌な顔をして言い捨てると、雪花は筆を構えた。

(願い……なんて今までなかったけど)

もし望めるのなら。

――もう一度、皆と会えますように。

それを見た志輝は、先ほどの意地の悪い態度を消し去って口を閉ざした。

雪花から筆を受け取ると、彼も自身の天灯に筆を滑らせる。

彼が書いたのは、たった二文字。〝前進〟だ。

二人は店主に天灯を預けると、その場を離れた。あとはまとめて、店主たちが空に放ってくれるのを遠目に眺めるだけだ。

既に夕日は沈み、屋台の提灯《ちょうちん》が明るく灯《とも》り始める。人込みから離れた河川敷《かせんじき》に雪花と志輝は腰を下ろし、静かに流れる川を眺めた。

「そろそろ話を聞きましょうか。相談とは？」

志輝が白い息を吐いて切り出した。雪花は外套《がいとう》の襟を引き寄せて、目線を地面にやる。

「……突然なんですけれど」

「はい」

「陛下に、拝謁したいのです。無理ならば文を渡して頂きたい」

志輝が驚いたのが空気で分かった。

雪花は面を上げて、真剣な眼差《まなざ》しを志輝に向けた。

「それは、一体どういう――」

「取り入りたいとか、決してそういうものではありません。陛下にお聞きしたいことがある。ただそれだけなんです。志輝様も同席してもらっても構いません」

「……先ほどの、願いと関係あるのですか」

「………………」

雪花は答えなかった。それが答えだ。冷えた軽風が二人の頬を撫《な》でた。

「……少し、時間を頂いても良いですか」

志輝は逡巡《しゅんじゅん》した後、それ以上は何も聞かずにただそう尋ねた。

「もう少しすれば落ち着くので。それ以降でよければ、場を用意しましょう」

「いいんですか……!?」

「その代わり、わたしも同席します。それと……。ないとは思いますが、陛下に色目なんか使ったら、その場で押し倒しますよ」

「そんなことしません。ていうかその発言怖いんですけど」

彼に対して色目なんて使うか。あの妃たちに殺《きさき》されてしまうじゃないか。

それに最後の発言はなんだ。麗梛妃あたりが聞けば興奮して叫びまくるのが容易に想像できるが、雪花にとったら恐怖でしかない。どこまで変態なんだ、こいつ。

顔が良ければ何を言っても、何をしても許されると思うなよ。

「……はあ。まさか相談で、他の男に会う手引きをしろと言われるとは思いませんでしたよ」

「いや、だからその言い方。語弊がありまくりです」

「わたしは寛容でしょう?」

「え、どこが――あ、嘘です嘘。寛容です、認めますから、なんでまた手を握ってくるんですか。離して下さいこの変態貴人。自分の手を握っていればいいでしょうが」

「どんどん口が悪くなっていませんか。塞《ふさ》いでやりましょうか」

「志輝様に塞がれるくらいなら自分で縫います」

「……本当に腹の立つ口ですね」

「あ！　ほらほら、天灯があがりだしましたよっ」

雪花は、無理やり志輝の顔を真正面に向かせた。

川べりから夜空へと、次々に舞い上がる無数の灯。人々の歓声がいたるところで沸き起こる。ふわりふわりと舞い上がり、人の願いを携え天に昇っていく姿は圧巻で、本当に幻想的な光景だ。次第に遠のく天灯は、まるで夜空に輝く星々のよう。

（――三人で、もう一度会えたなら……）

雪花はじっと、その灯《あか》りを見上げていた。

四章

「ヒサメ殿下、本当によろしいのですか」

「くどいぞカイ。せっかくの機会だ。これを利用する手はないだろう」

澄国《ちょう》標州《ひょう》を眼下に見下ろしながら、玻璃《ハリ》国第一王弟であるヒサメは、シャトランジの駒を一人で動かした。心配そうに口を挟むのは、彼の側近であるカイだ。

「澄国があの爺《じじい》の思惑通りになった暁には、あのぼんくらな愚兄を王座から引きずり降ろしてもらわないといけないからな」

「そう簡単にうまくいきますか？　大体グレン殿下だって、何を考えているか分かりませんし」

「はっ、あんな弟なんて放って置け。あいつには何もできまい」

「……そうでしょうか」

「何か文句あるのか……？」

「ま、まさかっ」

「ふん、俺が王座に就いた暁には澄も手にしてやる。あんな傍系に国を乗っ取られる国など、滅んでしまえばいい」

もう下がれ、と片手で追い払われカイはため息をついた。これはもう引き返せないのか……。何やら嫌な予感がする。

国王、ヒサメの兄が何も動きを見せないことも。ヒサメの弟であるグレンも沈黙を保ち干渉してこないことも。

そして何より怖いのは――。

澄国をひっくり返そうとしている畠《はく》家当主ではなく。彼が担ぎ上げている、息を呑《の》むほど美麗な男だ。

覆面を取らなくても、恐ろしく整った顔をしているのであろうことは目元ですぐにわかる。

彼は会合の場でも、一切の感情を読ませないのだ。

一見温厚そうにみえるが、どうもあの瞳《ひとみ》の奥に蠢《うごめ》いている何かを感じる。

決して粗野な言葉遣いではなく、どこまでも丁寧で物腰も柔らかそうなのに。

（明日、全ては決行される――）

果たして利用されているのは、一体誰なのか。

カイはきりきりと痛む胃を押さえながら、本日何度目かのため息をつくのであった。

＊＊＊

粉雪がちらつき出した冬本番のとある日。身も凍る寒さにも拘《かか》わらず、後宮はお祭り騒ぎに浮かれていた。その日は商隊と、女性で結成された雑技団がやってくるのだ。瑞花節《ずいかせつ》――澄の建国を祝う、年末お決まりの催事だ。

朝は商隊がそれぞれの宮に衣装や宝飾品を販売しに回り、昼からは雑技団の演目が中央庭園で上演される。ちなみに女官たちも買い物ができるようにと、中央庭園には簡易の市場が設けられている。

「蘭瑛《らんえい》様、お似合いですわ」

蘭瑛妃の身だしなみを整えた鈴音《すずね》は、一歩下がって感嘆のため息をついた。

「ん――……。でも、ちょっとこの辺りがきついのよねぇ」

彼女は、長衫《ちょうさん》を見事に着こなしていた。山吹色の生地には、大輪の白い花々が刺繡《ししゅう》で美しく描かれている。しかし今までの長衫と違うのは、身体《からだ》にぴたりと密着し、身体の曲線がくっきり浮き出ている点だ。

すると当然、彼女の豊満な胸元も強調されているわけで、童顔とあいまって何ともいえない妖艶《ようえん》さが漂っている。

「女神です、蘭瑛様。せっかくですし買っておきましょう！　絶対にこれから流行《はや》りますよっ」

お洒落《しゃれ》番長である一水《いずみ》は、鼻息も荒く蘭瑛妃を説得しにかかる。彼女の勢いに押され、まぁ一枚くらいいいかしらと、蘭瑛妃は購入することにしたようだ。

蘭瑛妃は服や装飾品に対してあまり関心がないようで、明明《めいめい》らに必要最低限のものを見繕うように指示を出して、自身は着替えるために別室へと消えていく。

皆、物色するのに集中していて、雪花《せっか》は蘭瑛妃の着替えを手伝いに後を追おうとしたのだが。

「わたしが参りましょう。皆様、熱中されているようですし」

女商人の一人が、苦笑して雪花を押し留《とど》めた。

皆、蘭瑛妃を着飾るための買い物には目が無いようだ。いかに主人を美しく輝かせることができるのか。侍女としての重要な役目であり、彼女たちの誇りでもあるから尚更《なおさら》力が入るのであろう。

ここは任せるかと雪花は軽く頭を下げ、期間限定とはいえ侍女なのだから、少しはお洒落《しゃれ》を勉強させてもらおうと、彼女たちの会話に耳を澄ませていた。

花街に帰ったら、流行に敏感な姐《ねえ》さん方に情報を提供してやろうと思いつつ。

そんなこんなで、あっという間に時間は過ぎてしまった。

昼になると、中央庭園に張られた巨大な天幕の中へ大勢の人が押し寄せていた。天幕の中で雑技団の公演が開催されるのだ。

妃たち一行は前方の席へ案内され、麗梛妃《れいなひ》と桂林妃《けいりんひ》の姿も近くに見えた。

（……美桜《みおう》は来てないのか）

邑璃妃《ゆうりひ》の姿は見当たらず、彼女に付き添う美桜の姿もここにはなかった。

雪花は嘆息すると、鈴音たちと共に席に着く。

「ねえ雪花。今回の目玉は、一度見たら虜《とりこ》になっちゃうくらいの絶世の美女なんだって！」

「へー」

「何よ、興味なし？」

雪花の無関心な様に、鈴音は頬を膨らませる。

「男装の麗人にもなれるんだって！　すごくない⁉」

その逆を知っている雪花は、特になんとも思わない。むしろ厄介な記憶しかない。

だがそうか。確かこの雑技団は女性だけで構成されているらしいから、演目でそういった役をやるのも仕方がないのか。

「あっ、始まるみたい！」

灯《あか》りが暗くなり、始まりを告げる二胡《にこ》の音色が聞こえてくる。皆、待ってましたとばかりに、盛大な拍手で歓迎した。

初めは二胡や古琴、哨吶《スオナ》らの盛大な演奏で幕を開ける。次第に音色は激しさを増し、そのままの流れで舞踏が始まった。

長い羽衣をはためかせ、女たちが寸分の差もなく天女の如《ごと》く舞っていく。

やっぱり玄人は違うなあと、思わず雪花も見惚《みと》れていると、あっというまに舞踏が終わった。感動も覚め遣らぬ中、銅鑼《どら》の音が大きく鳴り響いた。

次に始まったのは変面だ。一人の役者が仮面を纏《まと》って舞台の中央に立った。男物の黒い衣装を身に着け、赤い仮面を被《かぶ》っている。

音楽と共に、その者は扇を広げ力強く舞い始める。鮮やかな赤い衣が翻った瞬間に、その仮面は赤から緑へと一瞬で様変わり。会場にどよめきと拍手が沸き起こる。

「ど、どうなってんの!?」

鈴音と一水が両側から雪花に尋ねてくるが、一般人の雪花が知る由もない。

次から次へと変わりゆく仮面に忙《せわ》しなく拍手を送っていると、音楽は最高潮に達し、銅鑼が激しく叩《たた》かれ終局を迎えた。

沸き上がる拍手に、役者は大きく一礼して仮面に手をかけた。

仮面の下から現れた団員の顔に、会場はさらにわっと沸いた。黄色い悲鳴がいたるところから上がっている。もちろん、雪花の両脇からも。

だが雪花だけは、両頰を最大限に引きつらせて固まっていた。額には青筋が浮かんでいる。いつもは表情に乏しい雪花だが、この時だけは表情豊かであった。

(——あいつ、何やってんだ……)

美神の如く、眩《まばゆ》い輝きを放つ端整な顔立ち。その顔に美しい笑みを浮かべて観客に両手を振っているのは。

紛れもなく、雪花の養父——風牙《ふうが》であった。

(もしかして、男装の麗人っていうのは……)

雪花は握った拳《こぶし》を震わせながら、落ち着け、落ち着けと念仏のように自身に言い聞かせていた。

久しぶりに見る彼の美貌《びぼう》は健在だ。むしろ無駄な輝きが増している。というか、あれは絶対に楽しんでいる。今、この状況を。

声を大にして皆に叫びたい。

いいか、そいつは男装の麗人なんかじゃない。逆だ。男で、正しく言い換えれば女装の麗人で変態野郎だ。

今にも射殺しそうな目で睨《にら》む雪花に気づいたのか、風牙は雪花の名は呼びはしないが、パチンと目くばせを寄越《よこ》した。

その瞬間、黄色い悲鳴でなく殺意が湧きあがったのは言うまでもない。

「きゃあっ。わ、わたしの方みたぁあああっ!」

「違うって、わたしだって！」

横で鈴音と一水が何やら騒いでいるが、今、この場でなければ、奴に蹴《け》りを入れて叩きのめすところだ。

そんな雪花の心中を知らない彼は、くるりと回ってその場で一礼すると、次は団員が持ってきた大きな木箱の中に姿を消した。

何をするつもりかなんとなくわかってしまった雪花は、目を胡乱《うろん》にさせながら、両腕を組んで深く長い息を吐く。

太鼓が激しく叩かれ、そこから現れたのは。

（……やっぱり……）

女物の衣装に身を包み、化粧を施した風牙であった。さらに興奮する会場に、彼も満足そうな顔をしているのが尚更腹が立つ。

ある意味変面か、と毒づきながら、これは後から何としてでも締め上げねばなるまいと雪花は決意する。どこで何をやっていたのかは知らないが、相変わらず元気そうなことで。変わっている点とすれば、染めるのをやめたのか、髪は榛《はしばみ》色から黒色に戻っていることくらいだ。

熱狂する会場を落ち着かせようと、団員が何度か銅鑼を大きく叩いた。そして、司会者の一人が前に出て彼を紹介する。

「では改めてご紹介しましょう！　本日だけの特別出演！　最上級の美貌を持つ美麗《みれい》です‼」

どっと沸き起こる喝采《かっさい》の中、雪花は白けた目を向けていた。

美しく麗しい……？　よくもそんな自信たっぷりの名を考えついたものだ。色々自制できないんだから、名前くらい自制しろ。

「彼女は短刀投げも得意！　寸分の狂いなく、彼女は狙った的に短刀を投げつけます」

すると美麗こと風牙は、用意された的に向かって短刀を投げつけた。的の中央に、見事に突き刺さる。

「ご覧の通りこの腕前は確か！　では、せっかくですから会場の御一人に体験していただきましょうっ。さて美麗、誰を選びますか？」

なぜ危ない真似《まね》を体験しなけりゃいけないんだ。おかしいだろ、と突っ込みつつ、なんだか嫌な予感がする雪花である。すると風牙は司会者に耳打ちすると、司会者の女性は大きく頷《うなず》いた。

「そこの、不愛想な顔をしているあなたがいいそうです！」

司会者が指さしたのは、やはり雪花だった。周りからどっと笑いが起こる。

蘭瑛妃はぶっと噴き出し、明明は額を押さえた。星煉《せいれん》たちはなぜか羨望《せんぼう》の視線を送っている。

あけすけな物言いに、雪花は怒りで髪が逆立ちしそうだった。不機嫌なのは、間違いなく空気を読んでいないあんたのせいだと叫びたい。

静かな怒りをふつふつと立ち昇らせながら、雪花は壇上へ上がる。

「では、まずお嬢さんを板に張り付けます」

雪花は風牙を睨みながら、司会者に誘導され板に張り付けにされてしまう。

「そして、お嬢さんの頭の上に林檎《りんご》を置きます」

何を意図するのか分かった観客は、小さな悲鳴をあげる。最前列にいる麗梛妃なんて、わたしの模範《モデル》を殺さないでとか意味の分からないことを叫んでいる。

お願いだからその話はもう忘れて欲しい。

「まずは肩慣らしということで。お嬢さんの右腹をめがけて投げてもらいましょう。あ、衣装を傷つけてはだめですよ？　美麗」

もちろん、と笑顔で頷き返した風牙に、雪花はいらつきと激しい殺意を覚える。

彼は何も迷うことなく、ヒュン、と軽々と短刀を投げて寄越した。雪花も目を瞑《つぶ》ることもなく、不機嫌丸出しの顔を風牙に向けている。

短刀は見事、雪花の右腹横に突き刺さった。会場からは安堵《あんど》のため息と拍手が起こる。

「お見事！　お嬢さんも驚きで顔が強張《こわば》ってます！」

驚きじゃない、怒りで強張ってんだ。

「次は、左肩——」

と、次々と雪花の周りに短刀が突き刺さっていく。ドスドスと刺さっていく音を数えながら、同じ回数殴ってやろうと固く心に誓う。

「それでは最後！　頭上の林檎目がけて投げてもらいましょう！」

会場に悲鳴が走った。

太鼓が会場を盛り上げるように、今まで以上に激しく鳴り響く。そして音がぴたりと止んだ瞬間。風牙は手にした最後の短刀を一直線に投げ放った。

雪花の頭上で林檎が割れる音がした。

「お見事ぉおおおお！」

割れた林檎が壇上に落ちるのと同時に、拍手喝采が沸き起こる。拘束を解かれた雪花は、仏頂面のまま壇上の中央に案内された。

「ありがとうお嬢さん！　怖かったよね！」

「……はい」

「そんなあなたに！　美麗からの熱い抱擁とささやかな贈呈品を差し上げますっ」

そんなもの要らない！　と歯茎をむき出しにしそうになったが、風牙は動くのが早かった。勢いよく雪花に抱きつき、ぎゅうぎゅうと抱きしめてくる。鼻をくすぐるのは、懐かしい沈香《じんこう》の香り。間違いなく風牙である。

「会いたかった雪花っ……て！　痛い痛い痛いっ足、足っ」

耳元で風牙が囁《ささや》いたが、雪花は踵《かかと》で風牙の爪先《つまさき》をぐりぐりとすり潰《つぶ》す。

「何してるわけ」

「何よ、感動の再会じゃないっ」

「感動どころか怒りの再会だよ。で、何してるの。一応、生物学上はまだ男だよね？　それとも取ったの？　ここ、後宮だけど意味分かってる？　風牙の借金のせいでここにいること分かってる？」

「せっかく会いに来たのにっ！　何よ、ちょっと見ない間にあんた帰蝶《きちょう》に似たんじゃないの!?　そりゃ大事なとこは勿論《もちろん》あるわよって痛い痛い痛い！」

わあっと沸き上がる歓声に包まれながら、二人は小声で押し問答を繰り広げる。

「色々問い詰めたいことがあるんだけど」

「やーん怖い」

「鬱陶《うっとう》しい！」

「つ、冷たい……」

「身に覚え、たくさんあるでしょ」

「あーもぉっ。本当に後で聞くからっ。いい、雪花」

「なに」

「──ここから出ろ。なるべく早く。紫水楼《しすいろう》で落ち合おう」

風牙は声色を変えてそう言うと、雪花から身体《からだ》を離した。

怪訝《けげん》そうに目を細めた雪花ににこりと笑うと、司会者から贈呈品を受け取って雪花に手渡す。

「短刀をその身で受けてもらいましたので、記念に玩具《おもちゃ》の刀にしました」

どっと笑いが起こる会場。雪花はそれを受け取りながら、彼を訝《いぶか》し気に見遣《みや》る。

渡された刀──それは紫水楼に預けてきたはずの、雪花の愛刀だったから。

「今一度、彼女の勇気に大きな拍手を！」

拍手を受けながら、何を考えているのか分からない風牙を、雪花は片目で眇《すが》めた。

壇上から降りて席に戻ると、蘭瑛妃と明明の姿が見当たらなかった。休息しに宮へ戻ったようだ。

「雪花でも怖かった？」

一水に問われて、そりゃまぁ……と答えておいた。というかわたしでもって、どういう意味だ。

「次はいよいよ柔術滾灯《こんとう》かな。星煉は一番楽しみにしてるんだよね？」

「うん」

「わたしもだよ」

席に座ろうとしたが、狭い会場でどうにもこの刀が邪魔である。縦に抱えたら、後ろの女性に咳《せき》ばらいをされた。

「あの。ちょっとこれ、邪魔なんで置いてきてもいいですか」

「うん、行ってらっしゃい」

雪花は一水たちに断りを入れてから天幕を後にする。外に出れば雪が降り、薄《う》っすらと積もり始めていた。凍《い》てつく寒さに思わず身震いする。天幕の中は人の熱気のおかげで、さほど寒さを感じなかったのに。白い吐息を吐き出し、駆け足で雪花は北蘭宮《ほくらんきゅう》を目指す。

途中、商隊が市場を畳み、荷物を纏《まと》めて後宮から出る準備を始めていた。その光景を視界の端にとらえながら、いきなり現れた風牙のことを思い返す。

(風牙……。まったく、本当にびっくりした。一体何しに来たんだ？)

自分を連れ戻しにきただけなら、文でもなんでもよかったはずだ。

(もしかして、美桜のことか……？)

後宮で雪花以外に要件があるとするなら、彼女のことしかない。

もしや、彼も気づいているのか？　ここに彼女がいることに。

丹色《にいろ》の壁に囲まれた通路を進みながら、北蘭宮へと辿《たど》り着《つ》く。刀を携え宮の門をくぐろうとした時、異変を目のあたりにした雪花は立ち止まった。宮の警備に当たっている数人の衛兵たちが地面に倒れていたのだ。

「っおい！」

雪花は屈《かが》み、彼らの安否を確かめる。体はまだ温かいものの、皆、胸を一突きされて事切れていた。積もりだした雪を染め上げる鮮血と、鼻をつく鉄の匂い。雪花はごくりと唾を飲んだ。

（一体何が……――蘭瑛様！）

雪花は宮の中へと駆けだそうとした。だが、その必要はなかった。回廊の奥から人影が三人、ゆっくりと歩いてきたからだ。

「――あら。あなたはお招きしていないはずだけど」

紫紺色の襦裙《じゅくん》に黒い外套《がいとう》を羽織った邑璃妃は、雪花の姿をみとめると首を傾《かし》げた。その手には、血が付着した刀が握られている。彼女の後ろには蘭瑛妃、そして美桜がいた。

なぜ、彼女たちがここにいる。

雪花は顎《あご》を引き、警戒心を露《あら》わに邑璃妃を強く睨《にら》んだ。

「雪花、なんで――」

蘭瑛妃が驚いた目を雪花に向けるが、答えている余裕はない。

「……明明様はどうされたのですか」

付き添っているはずの明明の姿が見当たらない。まさか——。

するとと雪花の心の内を読んだ邑璃妃が、赤い唇で弧を描いてみせた。

「奥で眠っているわ。それはもう、深く……ね」

「っ！」

片眉《かたまゆ》をぴくりと動かした雪花に、蘭瑛妃が慌てて口を挟む。

「っ待って雪花！　明明は無事よ！　巻き込まないよう、わたしが眠らせたの」

「巻き込む……？」

状況が見えない雪花は蘭瑛妃に説明を求めた。彼女は一瞬言葉を詰まらせたが、観念したように口を開く。申し訳なさそうに、目尻《めじり》を下げて。

「実は、商隊の一人から文を渡されたの。申《さる》の刻、雑技の場を抜け出して宮にいろと。あなたたちを殺されたくなければ、一人で……ってね」

「！」

「だから、付いてきた明明を眠らせたの。そうしたら、この二人がやってきたわ」

蘭瑛妃は邑璃妃を睨むが、彼女は表情を崩さない。

「ふふ、そんな怖い目をなさらないで。外でお話がしたいだけなんです」

彼女は硝子《ガラス》のように透き通った美しい声色で、言葉を紡ぐ。

「蘭瑛様は、自分以外の誰かが傷つくのは嫌でしょう？　ですから、必ず話に乗ってくれると思っておりました」

「衛兵を殺しておいてよくも……！」

「邪魔者は消します。……予定を狂わせるつもりはありませんから」

スッと目を眇め、邑璃妃は入り口を塞《ふさ》ぐ雪花に視線を移した。

「——だから、そこを通して下さいな」

静かな声なのに威圧的な——まるで硝子の破片を喉元《のどもと》に突き立てるような声で、邑璃妃は命じた。

とんだ道化師だ、この邑璃妃という女は。

天女のように美しく、涼し気な顔をしておいて、身の内には得体のしれない何かを飼っている。

雪花は刀を抜くと鞘《さや》を放り投げて中段に構えた。

「お断りします」

「あら、残念ね。……でも、あなたとは一度手合わせを願いたかったから、まあいいかしら」

邑璃妃はそう言うと、上段に構えを取った。

二人の視線が交錯した。先に動いたのは邑璃妃だった。軽やかに間合いを詰めると、雪花の頭を真っ二つに割るように刀を振り落とした。

すぐさま雪花は、刃《やいば》を下から受けとめる。斬り結びながら、眉根を寄せた。しなやかでありながら、一切迷いのない剣――この女は、本気で自分を殺そうとしている。仄暗《ほのぐら》い瞳の奥に明確な殺意がある。

雪花は眉根を寄せると、刀を受け流した。流れるような動きで彼女の側面に回ると、今度は雪花が刀を振り落とす。

邑璃妃は素早く身を躱《かわ》して後ろへ飛んだ。ふわりと、蝶《ちょう》が枝に留まるように着地した。

「噂《うわさ》には聞いていたけど、随分と腕が立つわね」

邑璃妃は自身の腕を見下ろした。

彼女の袖《そで》は雪花の一太刀によって裂かれ、腕からは薄《う》っすらと血が流れていた。

「次はありません。蘭瑛様を返してください」

低い声で告げる雪花に、邑璃妃の顔に惨忍な好奇心が浮かんだ。

「あなた……良《い》い目をしてるわね」

「何……？」

「命のやりとりを知ってる目だわ。命を奪い、奪われる覚悟をしている」

「……刀を抜くというのは、そういうことでしょう」

「そうね。……でもね、あなただけじゃないの。わたしも、彼女も同じよ」

邑璃妃は片方の口端を持ち上げ、雪花の視線を自身の背後へ誘った。

そこには、美桜が蘭瑛妃の頸《くび》に短刀を添えている姿があった。静かで、揺るぎない目だ。

あの時のような、少しの動揺も見られない。冷たい目で真っすぐに雪花を見つめていた。

「なんで……」

悲しみとも取れない呟《つぶや》きが、雪花の口から零《こぼ》れ落《お》ちた。

「刀を捨てなさい。少しでも動けば、斬ります」

美桜は刃の切っ先を、蘭瑛妃の皮膚に突き立てた。ゆっくりと沈む刃に、蘭瑛妃の白い肌がぷつりと破ける。蘭瑛妃が息を呑《の》んだのがわかった。だが、彼女は取り乱さなかった。睫《まつ》毛《げ》を僅《わず》かに伏せたかと思うと、次には毅《き》然《ぜん》と面を上げた。有無を言わせない強い眼《ま》差《なざ》しで雪花を射《い》貫《ぬ》く。

「雪花、彼女の言うことを聞いて。あなたを、巻き込みたくないの」

「……っ」

雪花は蘭瑛妃と邑璃妃の顔を交互に見遣った。

邑璃妃の動きを止められたとしても、美桜――彼女がどう動くかわからない。底なし沼のような瞳――あんな美桜を、雪花は見たことがない。

逡巡《しゅんじゅん》した末に雪花は鞘を拾い上げ、刀を収めて邑璃妃に差し出した。

「物分かりが良くて助かるわ」

邑璃妃は雪花の刀を受け取ると、にこりと笑んだ。

だが、ここで素直に引き下がる雪花ではない。

「その代わり、わたしも連れていって下さい」

「え？」

雪花は敵意を眼差しに乗せ、挑発するように口を開いた。

みすみす逃がすわけにはいかない。自分は蘭瑛妃の身を守るためにここにいる。それに何より美桜──姉が一体何を思い、邑璃妃の手先になっているのか。知る必要があるのだ、自分には。

「ここにわたしを置いていけば、すぐに追っ手がかかりますよ。蘭瑛様と話をしたいだけなら、傍《そば》にいても構わないでしょう」

邑璃妃は目を瞬《まばた》かせると、面白そうに噴き出した。

「っふ……あはは！　この状況下でわたしを脅そうっていうのね。──いいわ、気に入った」

「邑璃様！」

美桜が止めるように声をあげるが、邑璃妃は気に留めない。

「あら、別にいいじゃない。手合わせしてくれたお礼よ。ただ、自由は奪わせてもらうけど」

すると、時を計ったかのように一台の荷馬車が到着した。

「さあ……迎えがきたわ。参りましょうか、皆様」

邑璃妃は荷馬車を背後にして、嫣然《えんぜん》と振り返った。

雪花と蘭瑛妃は荷馬車へと押し込まれると、後ろ手に拘束され、声を出さないようにと布を口の中に押し込まれた。

「——出しなさい」

そして商隊の列に交じり、荷馬車は雪の中、ゆっくりと走り出した。

＊＊＊

『ごめんなさいごめんなさい……ごめんなさい……呉羽《くれは》……』

ひたすらに許しを乞いながら、露台から身を投じた一人の妃《きさき》。薄紅色の衣がひらりと青空に舞った。

為《な》す術《すべ》もなく呆然《ぼうぜん》と見つめていたのは、引き裂かれた襦裙を辛《かろ》うじて纏っている一人の女性だ。地にぶつかる鈍い音。下から響く人々の悲鳴。

『……ら？』

彼女は人形のように首を傾げた。立ち上がると、おぼつかない足取りで露台へと向かう。細く白い足は震えていた。桜色の唇は色を失《な》くして青白く、顔には涙の跡。漆黒の髪は乱れて背中に落ちて。彼女——呉羽は露台に辿り着くと立ち止まった。

どこまでも青い空を見つめた後、視線だけを下に向けた。そしてまた、人形の様に首を傾げる。

『由良《ゆら》……？』

そこにあったのは、地に叩《たた》きつけられて変わり果てた友の姿だった。血の海があっという間に広がっていく。

『あ、あぁ……』

途端、彼女の細い身体《からだ》が大きく震えだした。何度も何度も首を振り、頭を抱えてその場に膝《ひざ》をつく。

『……ゆ……ら……由良ぁあああ！』

『呉羽！』

『いやぁああああアア‼』

心を引き裂くような叫び。血を吐くような慟哭《どうこく》。伸ばした手は振り払われ、激しい憎悪と悲しみに塗《まみ》れた双眸《そうぼう》が自分を射貫いた。

——この世で誰よりも大切だった女性が、悲しい鬼によって狂わされた瞬間だった。

鼎賢正《けんせい》は馬に跨《また》がり、あの日のことを思い返していた。あれから何年経《た》っただろうか。

彼女を地獄へと突き落とした悲しい鬼はもういない。

だが、悲しい鬼を生み出した先王を。それを許した先王の後見人——姫《き》家を。そして何より、憐《あわ》れな鬼の子のために。賢正は自身の手で裁くとあの日誓った。

狂い果て自ら命を絶った彼女のために必ず、卑しい血を引く偽りの王を排除し、正当な血を引く彼を王座に就けると。

そして一年前、絶好の好機が回ってきた。

玻璃《ハリ》国の要人と接触でき、互いの利害が一致したことだ。玻璃国第一王弟ヒサメは正妃の子であるにも拘《かか》わらず、側室の子に王座を奪われており、兄王を排除したいと考えていた。そのことを玻璃に放っていた密偵から聞いた賢正は、彼との接触を図った。そして提案したのだ。こちらの反乱に手を貸して玉座を取り戻すことができたら、次はヒサメの力になろうと。すると予想以上に彼が食いつき、話はつつがなく纏《まと》まった。

明日は建国を祝う瑞花節。今日から三日間、王都は祭り騒ぎで浮かれている。五家も集まるちょうど良い機会だ。――誰が真の王かを示す絶好の機会だ。

玻璃の軍勢と共に王都へ進軍し、夜に乗じて奇襲をかける。すでに、王都の内側に兵は忍ばせてある。辿《たど》り着《つ》けばうまく手引きしてくれるだろう。

やっとだ――。やっと、長年の悲願が成就される。

こうして実行に移せたのは、今まで沈黙を保ってきた彼が、反旗を翻す覚悟をしてくれたことだ。これで準備は整った。万が一の事態に備えて手も打ってある。

その鍵《かぎ》を握る我が娘はうまくやってのけるだろう。あの娘が自分の期待を裏切ったことはない。そのように自分が育てたのだから当然だ。

「行きましょう、志輝《しき》殿下」

横で馬に跨がる麗人を見遣《みや》ると彼は頷《うなず》いた。粉雪が舞い散る中、賢正は縹州軍を引きつれ進軍を開始した。

彼女が残した忘れ形見に王座を用意するために。

＊＊＊

（美桜、どこにいる？）

雑技団の天幕を抜け出した風牙は、気配を殺して後宮の中を歩いていた。手元にある地図を見ながら、今いる場所が西菊宮《さいぎくきゅう》で間違いないことを確かめる。だが宮の中は不自然なほど静かで、女官たちの姿は見えるが肝心の主人の姿がどこにもない。美桜は賢妃《けんぴ》付きの侍女頭だというから、彼女と共にいるはずなのに。

雑技団の天幕にいなかったため、ここにいるものと踏んでいたのだが……。

風牙に許された時間はあと僅かだ。それまでに彼女を見つけて連れ出さなければならない。

あの時救えなかった彼女を、今度こそ救い出すために。そして何より、彼女が愚かな真似《まね》をしでかす前に。香鈴と名を変え晶家にいるその理由は、おそらく復讐《ふくしゅう》に他ならない。だが当の本人が見当たらない。

（おかしい……）

宮の中にはいないと判断した風牙は、一旦《いったん》外に出て建物の陰に身を潜めた。

さて、どうするかと考えあぐねていると、塀越しに女の悲鳴が聞こえてきた。

隣の宮からだ。風牙は凭《もた》れている塀を見上げて、向こうの建物はなんだっけなと地図を取り出してみる。

（えーと、隣は北蘭宮……。ん、雪花がいるところか）

とりあえず様子だけ見に行ってみるかと、鉤縄《かぎなわ》を空高く放り投げて固定させると、風牙は塀を軽々とよじ登り、北蘭宮の敷地《しきち》になんなく着地した。雪が積もり始めており、滑らないよう足元に注意しながら悲鳴が聞こえた方向へと足を進める。

建物の角を曲がったところで、女が一人、地面に尻餅《しりもち》をついている後ろ姿があった。彼女の傍には、別の女二人が呆然と立ち尽くしている。

「っどういうことだよ……。何が起こった……！」

「――蘭瑛様は……？　明明様も、雪花も……！」

不穏な空気を察した風牙は、彼女たちの元へ駆け寄った。すると衛兵が数人、地面に倒れて血を流していた。確かめるもすでに体は冷たく、事切れている。風牙は顔を顰《しか》めた。

「何があったの」

浅い呼吸を繰り返し、震えている女の背中をさすりながら、風牙は彼女たちに問いかけた。

「あなたは、雑技団の……」

「悲鳴が聞こえたから、思わずね」

するとと、立ち尽くしていた背の高い女が胸に手を当て、自身を落ち着かせるようにゆっくりと説明し始める。

「雑技の途中で蘭瑛様が席を立ったから、ずっと見続けているのも悪いと思って、最後まで見ずに引き返してきたんだ。そしたら、人が、斬られてて……っあ！　明明様！」

すると宮の中から、壁を伝って歩いてくる女性がいた。顔色が悪く、足元がふらついている。女たちは、明明と呼ばれた女に駆け寄った。

「ご無事でしたか……！」

「星煉、大丈夫。蘭瑛様に、無理やり眠らされただけだから。……まだ、ぼんやりしてるけど」

星煉に支えられながら、明明は安心させるように頷いた。

「明明様ぁああ」

「鈴音、泣かないの。しっかりなさい」

「明明様、一体何が……。眠らされたって、どういうことですか？」

明明は説明しようと口を開いたが、見慣れない人物がいることに気づき、警戒を強めた。

「あなた、確か雑技団の……。美麗、でしたか。このような後宮の奥に、なぜいるのですか」

怪しむ明明に、他の女たち三人もようやく違和感に気づいて疑いの目を向けた。さすがに誤魔化《ごまか》しきれないと判断した風牙は、両肩を竦《すく》めて素直に白状する。

「ちょっと、色々理由があるんだけど……。わたしは玄《げん》風牙——玄雪花の養父よ」

両手を挙げて悪意がないことを示すと、彼女たちは警戒を解かないものの、まじまじと風牙の顔を眺めて目を細めた。

「雪花の？　借金こさえてとんづらした女装癖のある？」

「嘘《うそ》だろ、本当に綺麗《きれい》じゃないか。詐欺師で食っていけそうだな」

「賭博《とばく》で負けてばかりのどうしようもない人。……想像していたより、若いわ」

「……確かに、聞いていた特徴は全て合っているわね。不思議なくらい、ぴったり当てはまる」

「…………」

それぞれの感想に、風牙はひくりと口端を引きつらせた。

一体どんな紹介の仕方をしてるんだ、あの娘は。悪意をひしひしと感じるが、どれも本当のことなので反論できないのがまた悲しい。

「なんでそんな姿でこんな所に。ばれたら殺されますよ」

「んもう、そんなこと言われなくたって分かってるわよぉ。雪花と、他にも急ぎの用事があって、強行突破しただけ。それより、貴妃《きひ》に何があったの？　見たところ、雪花もいないし。それに明明、といったかしら。あなたさっき、眠らされたって……」

「…………」

明明は眉間《みけん》に皺《しわ》を寄せた。そして、悔し気に唇を嚙《か》む。

「宮についてすぐ、蘭瑛様が珍しい香を焚《た》いたんです。そうしたら、一気に眠気が……。体も痺《しび》れ出して……」

「じゃあ、貴妃も一枚嚙んでるってこと？」

「それは違うと思います。朦朧《もうろう》とする意識の中で、彼女はわたしに謝っていましたから、おそらく巻き込みたくなかったのでしょう」

「……巻き込みたくない？」

「ええ。意識が途切れる直前、邑璃様と彼女付きの侍女がやってきて、二人が蘭瑛様を脅して連れ出したのを確かに見ました」

「賢妃が貴妃を……。なるほど、それで見当たらなかったのね」

やはり晶家は動いたということか。ということは、外では今頃——。

予想していたが、まさか後宮内でも騒動を起こすとは考えていなかった。私怨《しえん》を果たすのに我が子を巻き込むとは、なんて愚かな。

風牙は顔を顰めて嘆息した。ということは、賢妃と共にいた美桜はここにいないか。

「それで、雪花はどうしたか分かる？」

「あ、それが……」

明明以外の女三人は、困ったように顔を見合わせた。

「雪花は先に途中で抜けて、ここに戻ったはずなんです。でも、姿が見えないということは――」

「賢妃たちと鉢合わせになった可能性が高いわね。……厄介な事態だ」

風牙は毒づくと、髪を掻《か》きむしって辺りを見渡した。

彼女たちはどこへ向かった。衛兵を殺しておいて、宮の中に潜んでいるとは思えない。外に出るとなれば――。

風牙は門の外に足を進めた。降り積もった雪の上に、足跡と車輪の轍《わだち》が残っている。

「あなたたちは歩いて戻ってきたのよね」

「は、はい」

「なら、この轍は何かしらね」

「「！」」

風牙の言わんとすることが分かった侍女たちは、顔を見合わせた。

「わたしは彼女たちの後を追うわ。護院《ごいん》に知らせるのはいいんだけど、門が閉鎖されちゃったら困るから、少しだけ時間をおいてから報告してくれる？」

風牙はそう言って、立ち去ろうとしたのであるが――。

「待って下さい！」

急いで立ち去ろうとする風牙の腕を、明明が摑《つか》んだ。

「荷馬車を使ったのなら、彼らが使ったのはおそらく四の門。近道を案内しましょう。わたしたちがあなたを逃がします」

「でも、まだふらつくんでしょう？　無理はしない方が——」

「今、動かなければもっと後悔します。それに休息なら、蘭瑛様が戻ったあと、がっつり頂きますので。そうよね、あなたたち」

明明の言葉に、皆は大きく頷いた。

強い女たちだな、と風牙は笑った。強い信念のある女性は嫌いじゃない。

「じゃあお願い」

風牙は走り出した明明たちの背中を追っていった。

＊＊＊

冬の夕暮れは早い。既に日が落ちた中、賢正たちは人目に付かない山道を突き進んでいた。人目につくため灯《あかり》を多く焚《た》けないが、雲間から覗《のぞ》く月のおかげである程度の夜目は利く。

狭い山道を抜けた先には、広い平野が広がっている。もともと大川が流れていたそうだが、今では細流と化し、眠っているように静かだ。

ここを越えれば王都はすぐそこだ。

目立たぬように崖《がけ》に沿うようにして歩んでいると、突如、矢が雨のように降り注いできた。

「――敵襲！」

悲鳴と共に、叫びが上がる。

賢正は頭上を見上げた。すると、崖上に次々と篝火《かがりび》が焚かれる。

「……読まれていたか」

賢正は忌ま忌ましげに呟《つぶや》いた。

寒風にはためくのは紫の旗。剣を飲みこむ黒龍《こくりゅう》の印が描かれたそれは――王直属の部隊、禁軍の軍旗に他ならない。動かすことができる人間はただ一人、王だけだ。

王である翔珂《しょうか》は隠れることなく、最前線に姿を見せていた。漆黒の鎧《よろい》を身につけ刀を佩《は》き、雄雄しい眼差《まなざ》しでこちらを見下ろしている。ただの小僧だと思っていたが、少しは鼻が利くらしい。

――だが、甘い。

闇に紛れていればよいものの、灯でわざわざ自分の居場所を教えるとは。夜戦において灯の使用は、極力使用しないことが好ましい。銃など火器の使用ですら禁じる者もいる。闇を利用し動きを悟られないことが、奇襲を成功させる確率が上がるからだ。

「晶賢正に告げる。──投降せよ。無意味な血を流したくない」

賢正は鼻で笑い飛ばした。

彼の横には護衛官の蒼白哉《そうびゃくや》の姿がある。だがもう一人、本来そこにいたはずの側近の一人はもういない。彼は今やこちら側だ。

「自ら、居場所を報《しら》せてくれるとは……。本当、馬鹿正直ですね」

賢正の横にいる志輝は、嘲《あざけ》るように呟いた。

刀の切っ先を翔珂へ向け、賢正は毅然《きぜん》と胸を張る。

「城から出てくるとは好都合……！　その卑しい血を、今ここで討ち果たす！」

その言葉に、志輝は声を忍ばせて笑った。底冷えした目で、銅鑼《どら》を鳴らせと合図を送る。

合図と共に、賢正たちは川を背後に後退しつつ、陣形を川の流れに沿うように横に広げた。と同時に、崖上を駆け上がる足音と馬の蹄《ひづめ》の音が鳴り響いた。

崖上にいる翔珂たちの側面を突くように、玻璃《ハリ》国の軍旗をはためかせたヒサメたちの部隊が急襲したのだ。

彼らは万が一の事態に備え、賢正たちとは違う道筋を歩んでいた別動隊だ。

「ははっ。志輝殿の言う通り、備えておいて正解だったな」

ヒサメは馬上で剣を振るいながら高らかに笑った。

「──ここで澄王もろとも崖から落としてしまえ！　下で切り刻んでくれるわ」

ヒサメの言葉通り、崖下では賢正たちが横陣を組んで構えていた。

「備えはしておくべし。……進軍する上で、地形を見落とすわけにはいきませんからね」

志輝の言葉に、賢正は鷹揚《おうよう》に頷《うなず》き髭《ひげ》を撫《な》でた。

やはり自分の目に狂いはない。血筋もさることながら、頭脳も明晰《めいせき》。

彼こそが玉座にふさわしい真の王だ。あのような下賤《げせん》の血を引く男など偽王でしかない。

「落ちてきたところを討て……。情けは要らぬ！」

賢正は馬上で口端を持ちあげた。

翔珂たちは崖を背に、白兵戦を繰り広げながら来るべき時を待った。じり、じりと相手に押されていく中で、翔珂は横にいる白哉に声をかける。

「おい、白哉。そろそろいいな……!?」

側面から現れた敵襲に、翔珂たちは崖を背に囲まれつつあった。

「うーん、そうだね。いいんじゃないかな。このままだと下に落ちちゃうし」

戦場にそぐわない、のんびりした声で白哉は答えた。正面から斬りかかってきた兵の胸を顔色ひとつ変えずに貫き、脇から飛びかかってきた別の兵の右腕を刎《は》ねた。返り血を浴びた頬を手の甲で拭《ぬぐ》い、白哉は笑う。

「本当、志輝は嫌な奴だよねえ。大親友の俺らを――」

夜風に紛れて聞き取りにくい呟きに対し、翔珂も心の底から同意した。

翔珂は将軍の一人に合図を送った。陣鐘が夜空に大きく鳴り響く。

すると、崖上にある林の中から兵が一斉に雪崩《なだ》れ込んできた。

翔珂たちが密《ひそ》かに待機させていた予備兵力——玻璃国、第二王弟——グレンの軍勢だ。

「っなんだ！　後ろから……!?　しかも、あれは——！　グレン殿下の旗じゃ……！」

翔珂たちの目的は、挟撃すること——それに尽きる。

翔珂たちは自らが囮《おとり》となって姿を現した。目立つようにわざと灯を焚いて。敵を自分たちに引きつけ時を稼ぐために。

「退路を断て！　兄上を決して逃がすな！」

グレンの号令に、彼らは羽を広げる様にして敏速に後方を塞いでしまう。

「な、なぜおまえがここにいるっ！　グレン!!」

「やあ兄上、元気そうで何より」

グレンは不敵な笑みを浮かべて前へ進み出た。突如現れた彼の姿に、ヒサメが率いる兵たちの間に、更なるどよめきが広がった。

月の光を集めたような眩《まばゆ》い銀色の髪、海を思わせる深く青い双眸《そうぼう》は、間違いなく第二王弟。動揺を煽《あお》るように、グレンは分かった上でさらに笑みを深めた。

「あんたが尻尾《しっぽ》を出すのを、シグレ兄上と共に今か今かと待ってたよ」

激昂《げきこう》するヒサメの横では、護衛であるカイが片手で顔を覆って「やっぱり……」と嘆いている。

「どういうことだ！」

「簡単な話さ。あんたが水面下で動いていた様に、俺も動いていただけのこと。あんたがいずれ反乱を起こすのは分かっていたからな。澄国の反乱分子と手を結ぶという報《しら》せを聞いて、それなら一緒に潰《つぶ》してしまわないかって向こうから持ちかけられたんだ。こちらも勝手に他国に介入する阿呆《あほう》を放って置くわけにはいかないし、江瑠紗《エルシャ》の脅威に備えるためにも澄国とは仲良くしておきたいし」

阿呆呼ばわりされたヒサメは顔を真っ赤にさせ、唾を飛ばす勢いで馬上から食ってかかる。

「だが！　どこから現れた!!　澄との国境はわたしの管轄下だぞ！」

「あー、それね。思い出したくもないけど、ゲロ吐きながら海路で運んでもらったんだよ」

「は!?」

「彼女にさ」

グレンは隊の真ん中にいる人物を指差した。そこには皆と同じ鎧を身につけ、馬上で刀を構える一人の人物がいる。

その顔を見て、ヒサメは本気で狼狽《うろた》えた。覆面をしていた麗人とそっくりそのままの同じ顔が、今目の前にあるのだから。髪型までも紅志輝《こう》と同じである。

「志輝殿……!? いや、は……？ 女……!?」

「そっくりだろ。彼女は紅珠華《しゅか》殿。志輝殿の姉で、貿易商を営んでいる。彼女が手配してくれた船で、俺の軍を少し運んでもらったのさ」

「どーもどーも。お金はちゃんと請求させてもらいますのでよろしくお願いしますね」

懐からちらりと算盤《そろばん》を覗かせてにこりと微笑《ほほえ》んだ彼女に、ヒサメは一瞬心を奪われそうになったが、首を振り正気を取り戻す。

美しい顔に騙《だま》されかけたが、やっている行動は何かおかしい。

「なっ、なんなんだおまえたちは！ もしや、志輝殿は──」

「気づくのが遅いな、兄上」

あんたじゃ志輝殿の相手は無理だと、グレンは冷笑を浮かべて崖下を指さした。

「待機していたのは俺たちだけじゃない」

けたたましい音を立て、賢正たちが進んできた山中から兵が押し寄せてきた。

山中で息を潜めていた残りの禁軍たちだ。彼らは平野に出るなり素早く隊列を組み、一斉に賢正たちに向かって突撃していく。逃げる時を与えず、統率のとれた機敏な動きで。

「というわけで兄上、おとなしく拘束されてね。シグレ兄上が、たいそう心配していたからねえ」

ヒサメは悔し気に歯ぎしりし、剣を突き付けるグレンを忌ま忌ましそうに睨《にら》みつけた。

志輝は混乱に乗じて、駆けてきた部隊と合流を果たしていた。ヒサメたちをグレンに任せた翔珂たちも、平野へ降りてくる。

「志輝様、なぜです！　あなたこそが真の王であるというのに！」

全てを悟った賢正は志輝に向かって叫んだが、志輝は冷めた嘲笑《ちょうしょう》を浮かべて、杏仁形《あんにん》の目を細める。

「賢正殿、あなたは何か勘違いされている様だ。まず初めに、わたしはあなたに言ったでしょう。わたしは、あなたが望む者ではないと」

「そんなことはない！　あなたは下賤な舞姫が産んだその者とは違う！　尊い血が流れているのだ！」

翔珂の片眉《かたまゆ》が動いたが、両者のやりとりを眺めるだけに留《とど》めた。このような侮辱を受けるのは、今に始まったことではない。

「中々面白いことを仰《おっしゃ》いますね。尊い血……？　やはり、あなたは分かっていない」

「……何がです」

すると、志輝は表情の一切を消し去った。彼から発せられる圧倒的な凄《すご》みに、賢正がぞくりと背を震わせる。

「わたしの父は紅陽明《こうようめい》、母は林《りん》呉羽。わたしにとって、それだけが事実。血の真実など誰にもわかりやしない」

「だが、あなたのその容姿はっ」

「容姿が誰に似ているのであれ、わたしには関係ありませんよ。まあ確かに紅家にも王家の血は多少なりとも流れているでしょうから、先王に似ているのはただの偶然じゃありませんか。あなたが抱いているのはただの妄想です。……周りを巻き込み、無用な血を流させるだけの」

志輝はにべもない態度で賢正を厳しく拒絶し、せせら笑った。

「血筋だけで人を判断しようとするから、わたしの性根の悪さに気づかないんですよ」

二人のやりとりを眺めながら、翔珂は先ほどの白哉の台詞《せりふ》を思い出していた。

――『本当、志輝は嫌な奴だよねえ。大親友の俺らを囮に使ってくれるんだから』

ここまでの全てが、彼の掌《てのひら》の上で転がされている。志輝はどこまで先を読んでいるのやら。

志輝は、畠賢正は手遅れだと言った。過去に囚《とら》われすぎて、彼を踏みとどまらせることはもはや不可能。水面下では、思っていたよりも事が大きく動いていると。

本音を言えば、争わずに事を収めたかった。甘いと言われようが、人の血が流れるのは嫌だ。皆、自分と同じ生きた人だ。誰かが死ねば、誰かが悲しみ、誰かが憎む。翔珂とて、身をもって知っていることだ。

だが、綺麗ごとばかりでは国は成せない。必ず、血はどこかで流れる。何も今回が初めてではない。すでに自分は、血に濡《ぬ》れた道の上に立っている。

だからこそ、逃げるわけにはいかないのだ。目を背けるわけにはいかない。

苦く思いつつも、翔珂は決断を下した。

ただ、せめて最小限の被害で済む様にと、志輝に裏側から手を回してもらった。

……まさか、自分たちを囮に使ってくれるとは思わなかったが。

翔珂は志輝の横に並び、賢正に視線を向けた。

「投降しろ、晶賢正。王都の内側に忍ばせた兵も、今頃制圧されている。もう、おまえの進む道はないんだ」

賢正はギリ、と奥歯を嚙《か》み締《し》めた。そして忌ま忌ましげに翔珂を強く睨むと、突如猛然と刀を振るって馬首をめぐらした。囲んでいた一人の兵の首が、胴から離れて地に転がった。一瞬の隙をつき、賢正は号令をかけると配下と共に包囲網を強引に突破する。

その目から戦意は失われておらず、黒い炎が全身から迸《ほとばし》っているような気迫を放っていた。

「なっ――」

「思いあがるな、偽王め！　おまえはその首を差し出す羽目になる！」

「決して逃がすな！」

翔珂の声に、弓兵が一斉に矢を放った。数人、馬上から放り投げだされたのが分かったが、賢正はまんまと逃れ遠のいていく。命を受けた隊がすかさず追いかけ、翔珂たちも後を追うべく手綱を強く握りしめたその時。

「――陛下！　陛下に至急取り次ぎをと、早馬がっ」

後ろから、使者が息を切らして進み出た。

「何だ！」

「恐れながら申し上げます！　後宮内で賢妃一派が北蘭宮を襲撃し、貴妃様とその侍女を攫《さら》い逃走した模様！」

「何だと⁉」

「これは、賢妃様から陛下へ宛てられた書簡でございます。宮の中に、目につくように置かれておりました」

使者は懐から書簡を取り出し、翔珂へと差し出した。翔珂は馬上から奪うように受け取ると、志輝と共に目を凝らす。

内容は手短に綴《つづ》られていた。

『貴妃様を晶家の別宅に招待致しました。茶会を開き昔話でもしながら、陛下のお越しをお待ちしております』

ご丁寧に、別宅を示す地図も添えてある。

先ほどの賢正の言葉を反芻《はんすう》する。ただの捨《す》て台詞《ぜりふ》だと思っていたが、もしや娘の邑璃と腹を合わせていたのだとしたら……。

「衛兵の死者も出ております。急ぎ、お戻りいただきたく……」

そこで、黙っていた志輝が何かに気づいたように顔をあげた。

「待ってください。さっき、貴妃とその侍女も、と言いましたか」

「はっ。確か、玄雪花という……」

翔珂は志輝と視線を合わせた。

志輝は息を呑《の》み、すぐさま側にいる駿《しゅん》に後の処理を伝える。一方、翔珂は使者に指示を出した。

「わたしはまだ後宮には戻れぬ。一旦《いったん》後宮を封鎖し、人の出入りを止めろ。関係者を集め、情報を整理させよ」

「はっ」

そして翔珂は、志輝と共に白哉を振り返った。

「……白哉」

「はいはい、分かってますって。志輝の代わりに、後片付けすればいいんでしょ」

全てを聞かず、白哉は分かったように両肩を竦《すく》めた。

「……すまない」

「いいって。でも、気をつけてね。窮鼠《きゅうそ》猫を噛むって言うだろ？　これ以上、油断したらだめだ」

「ああ」

「それと志輝。俺の代わりに行くんだから、必ず翔を守るんだよ。そして蘭瑛と雪花ちゃんを助けるんだ。——必ず」

翔珂と志輝は強く頷《うなず》くと、雪が降る中、小隊を引き連れ駆け出していった。

＊＊＊

雪花たちが荷馬車から降ろされた時には、既に日が沈みかけていた。案内されたのは、林の奥深くにある小さな屋敷《やしき》の一室だ。部屋には暖炉があり、薪《まき》が静かな音を立てて燃えている。

「どうぞおかけになって下さい」

椅子に腰掛けるよう邑璃妃に指示され、雪花は蘭瑛妃と共に大人しく従った。蘭瑛妃だけ全ての拘束を解かれ、雪花は不満を顔に出す。愛刀は書棚の上に置かれてしまった。

「そんな顔をなさらないで。あなたに暴れられると困りますから」

ゆったりと茶の準備をしながら、邑璃妃はわざとらしく困った顔をしてみせた。それがまた腹ただしくて睨んでみるが、彼女は全く気にも留めない。

洗練された作法で、淡々と茶を注いでいく。まるで感情を読ませない人形のような女だ。

「蘭瑛様、どうぞ。何も入れてませんからご安心を」

赤い唇に笑みを刷《は》いて茶を差し出した邑璃妃に、蘭瑛妃は鼻を鳴らして軽く睨んだ。

「衛兵まで殺した誘拐犯がよく言うわ」

「騒がれたら色々と厄介でしたので、申し訳ありません」

邑璃妃は自身も席に着くと、茶に口をつけてみせた。

「この通り毒は入っておりません。……といいますか、あなた様に多少の毒など意味をなさないでしょう？」

蘭瑛妃は露骨に顔を歪《ゆが》め、自身も茶を口に含んだ。

「……今まで、度々盛られていたのには気づいていたわ。——あなたが、静姿《せいし》を使っていたのね」

御名答、とでも言いたげに邑璃妃は笑みを深めた。

「非常に便利でした。あなたの一番近くにいて、確かな情報を得られたので」

静姿の最後を思い出し、雪花と蘭瑛妃はそれぞれに苦い顔をする。口を開きかけた蘭瑛妃に、邑璃妃は片手を使って押し留めた。

「もちろん、申し訳ないと思っています。言い訳はしません。でも、わたしは止まるわけにはいかなかった。……父の目を欺くためには、ああするしかなかった。だから、わたしはあなたの持つ〝凶運〟を信じていました」

どういう意味だと蘭瑛妃が問い詰めようとした時、扉が控え目に叩《たた》かれた。

「失礼します」

姿を現したのは、覆面をつけたままの美桜である。彼女は雪花と決して目を合わそうとしない。

「全部終わったのかしら」

「はい」

「そう、ありがとう……。香鈴、あなたも疲れただろうから、座ってお茶でも飲んでちょうだい。ここからは、長話になるわ」

美桜の分まで茶を淹《い》れると、邑璃妃は雪花たちに向き直って居住まいを正した。

「一体どこから話をすればよいのでしょうか……。全ての始まりは、おそらく先々王が犯した過ちからでした」

邑璃妃は長い睫《まつ》毛《げ》を伏せ、自身が知りうる限りのことを話し始めた。

――それは、先々王の統治時代。我が父、畠賢正がまだ若い時分の話です。

父は、病床にあった祖父からある秘密を打ち明けられました。

王の御子《みこ》は一人だけであるはずが、隠された御子がもう一人いることを。

彼らは双子で生まれましたが、互いに身を滅ぼすものと神官に予言されたため、彼らの父王は迷信を信じ、双子の片割れを亡き者にしようとしたそうです。

けれども王后の強い願いで命を奪うことができず、双子の弟は死んだものとされ、存在を外部に知られることなく後宮の奥深くで幽閉されていると。憐《あわ》れな弟王子を守ってほしいと、王后から直々に頼まれていたそうです。

つまりは陰としてしか生きられない弟王子の世話役——後見人ということです。病を抱えていた祖父には時間がありませんでしたので、父が王后の願いを引き継ぐことになったのです。

かくして、兄王子の後見には姫家が、隠された弟王子の後見には我らが畠家がつくことになりました。

そして父は、外界から完全に隔離された弟王子と初めて顔を合わせました。

父はわたしに言いました。初めて出会った、あの時の衝撃は忘れない……と。

幼いながらに、彼は兄王子と同じく恐ろしい程美しい容姿をしていたそうです。

しかし誰からの愛情も受けずに育った彼の目はひどく澱《よど》んでいて、底が見えない深い闇のようであったと。善悪の判断がつかず、感情の起伏も激しく、まるで赤子がそのまま育ったようだと。

片や王太子として育てられた兄、片や存在せぬ者として育てられた弟。

同時に生まれたというのに、順序が違っただけで運命はこれほどまでに歪むのか。父は彼を憐れみ、彼の元を度々訪れ、老師をつけ教育を施しながら密《ひそ》かに成長を見守っていました。

しかしある日、兄王子が偶然彼の存在を知り、二人は出会ってしまった。

そして互いに知ったのです。合わせ鏡の存在――もう一人の自分が存在することを。

『どうして君は自由なの。どうして自由に歩けるの？　どうして僕は出られないの？　同じ姿なのに、何が違うのかなあ。僕と君は』

弟王子は、兄王子に向かって尋ねたそうです。

『僕はずうっとここにいるんだ。ここしか知らない。でも、君は知っているんだね。どうして？　僕は何にも持ってない。でも、君は綺麗《きれい》なものをたくさん身に着けてる。どうして？』

まるで、兄王子の喉元《のどもと》を呪詛《じゅそ》で締めあげるように。

その後すぐ、先々王が崩御され兄王子が王位につくと、彼は牢獄《ろうごく》から弟王子を出したいと言いました。後宮という箱庭を用意し、自身の影武者として後宮での義務を果たさせるというのです。

〝余は子を作らぬ。誰も愛さぬ。王家の血が必要というのならば、彼が生《な》しても構わないだろう。余は日の王、彼が夜の王で良い〟

先王弟が何を思って言ったのか分かりませんが、頑《かたく》なに聞く耳を持たなかったそうです。

　先王弟といえば、知識の飲み込みは恐ろしい程に早く、天才的なものであったそうです。

ですが中身は感情の抑制が利かない、まるでただの赤子。彼を後宮内とはいえ外に出すことに、父は激しく反対しました。——何が起こるか分からないと。

けれども先王は取り合わず、彼の後見人であった姫家に何度訴えても同じ対応でした。

そして彼は、後宮に解き放たれたのです。


「蘭瑛様、ご存じでしたか？」

「……先王弟の存在は聞かされていたわ」

「陛下と志輝様が周りにいたのなら、知っていておかしくはないでしょうね。彼らもまた被害者ですから。そしてここにいる、香鈴も」

「彼女が……？」

蘭瑛妃は目を細めた。

「彼女は名と家族を奪われ、地獄を見た一人です」

話に耳を傾けながら、雪花は静かな視線を美桜に向けた。

まさか、あの悪鬼の話が今更でてくるなど思いもしなかった。やはり彼は、王家に連なるもの――。先王ではなく、彼こそが後宮の主人だったというのか。

だが、なぜだ。彼に後宮を与えておきながら、なぜ先王は、晶賢正に伝えていた自らの言葉を破り、翔珂の母――天羽妃《てんうひ》を娶《めと》ったのだ。

蘭瑛妃の実家も一枚噛《か》んでいたことも寝耳に水だ。

そして気になるのはもう一つ、今言った邑璃妃の言葉だ。

(翔様はともかく、なぜ志輝様まで……)

明かされる事実と共に、さらに深まる謎。邑璃妃は卓の上で手を組むと、話を続けた。

先王弟は監視付きで、後宮内での自由を認められました。

彼は、やってくる女たちにひたすら愛情を求めました。赤子の頃、与えられなかったものを求めるように。自分を愛して欲しいと言わんばかりに。自身の存在意義を探すかのように。

世離れした美しい容姿を持つ彼に、連れてこられた女たちはたいそう喜んでいたそうです。しかし次第に、彼の狂気に満ちた愛情に恐れを抱く様になる。

彼は気に入った女を次々に抱く一方、興味がなくなると際限なくいたぶったのです。

気に入らなければ首を刎《は》ねた。時には宦官《かんがん》たちに女を襲わせ、恐怖と憎悪に歪む顔を見るのを好んだそうです。

そのため後宮には、どこからともなく集められて来た都合の良い女たちがほとんどでした。金目当ての親に売られた娘や、口のきけない女たち。間違っても高官や貴族の娘など、入れる訳にはいかなかった。

そんな狂気に満ちた箱庭で、父——晶賢正が全てに対して憎悪を抱くきっかけとなった事件が起こりました。

売られてきた女たちの中に、没落した家のとある子女が交じっていたのです。

それは、全てが壊れていく始まりでした。けれどもその前に、少しだけ父のことをお話ししましょう。

＊＊＊

深々と雪が降り注ぐ中、ひたすらに馬を走らせる翔珂の横顔を、志輝はちらりと見た。

志輝にしては珍しく口を開くのを躊躇《ためら》っているようで、翔珂は視線を彼に向けた。

「……何だよ」

「……陛下に尋ねたいことがありまして。本当なら今回の件が落ち着いてからと思っていたのですが」

「分かってる。玄雪花のことだろ」

「！」

志輝の反応を見て、やはりそうかと、翔珂は再び前を向いた。

自分が凛《りん》に気づいたように、凛も自分に気がついた。彼女がもし行動を起こすなら、蘭瑛か志輝のどちらかを介するに違いないと踏んでいた。

志輝を介したならば、彼は自分と彼女の関係性に気づいたはずだ。

「……志輝はどこまで知った？」

「……あまり詳しくは。養父に引き取られてからのことしか調べられませんでした。ですが彼女自身の話と、陛下の昔の話を合わせると、ある仮説が浮かびました」

「仮説」

「はい」

「もしかしたら、彼女とあなたは乳兄弟ではないかと」

翔珂は一瞬間を置き、息を吐き出した。

やはり、志輝は全てを理解している。志輝が自ら辿《たど》りついたなら、これ以上自分が隠し通す意味はない。

「正解だよ、志輝」

「！」

「俺は正直、気づかないでいて欲しかった。……苦しまないでほしかったから。おまえにも、凛にも」

二人の行く先を憂えるように、翔珂は自身の心のうちを吐露した。

「凛……。彼女の本当の名は、凛というのですか」

志輝は噛みしめるように、その名を繰り返した。

「ああそうだ。彼女は颯凛《そうりん》という。短い間だったが、共に過ごした家族同然の存在だ」

「ならやはり……。先王弟が殺したのは、彼女の……」

翔珂は何も言えなかった。息苦しい沈黙が冷気と混じり合う。

志輝の顔には、苦悶《くもん》の色がはっきりと浮かんでいた。

＊＊＊

父は晶家の跡取りとして生まれました。晶家はもともと武と格式を重んじる昔気質《むかしかたぎ》の風習を持ちます。目上の命令は絶対。強い人であれと、皆から言われて育ちます。

父は幼い頃から次期当主として育てられ、厳格さを常に求められました。そんな父には決められた許嫁《いいなずけ》がいました。それがわたしの母です。

けれども父の心には、別の女性の存在がありました。幼馴染《おさななじ》みであった林呉羽様。

──志輝様の母君です。

母と一緒になってからも、父は呉羽様を密かに想《おも》い続けていたそうです。呉羽様が紅家に嫁がれてからも。

なぜ些細《ささい》なことを話すのか。──ここから幾多の偶然が重なって、悲劇が起きるからです。

それは、母がわたしを身籠《みご》もってすぐのこと。先ほど話した、没落した子女が後宮にやってきたのは。

彼女の名は由良様。彼女には、元々姉と慕う友人がいました。それが呉羽様です。

彼女たちは互いに文のやりとりをしていました。呉羽様も由良様を妹のように思っており、常に彼女の身を案じていました。

けれども由良様からの文が途絶え、年に一度の面会さえ許されず、心配した彼女はとある茶会で相談したそうです。するとその場に偶然、居合わせた人がいました。

「蘭瑛様。あなた様の母君──邱月香《きゅうげっか》様です」

蘭瑛妃はその言葉に、苦虫を嚙み潰《つぶ》したような表情を浮かべた。灰色の瞳《ひとみ》が一瞬にして冷え切った。

(確か、蘭瑛様を甚振《いたぶ》っていた実母のことか……)

志輝の話を思い出し、それが良い出会いでなかったことは容易に想像できた。

「彼女は呉羽様に、面会の場を設けると手を差し伸べたそうです。呉羽様は、絶望への誘いとは知らずにその手を取った」

彼女は姫家の力を使い、秘密裏に呉羽様を後宮に案内しました。そしてそこで、弱り、変わり果てた由良様を見つけました。逆に、呉羽様は先王弟の目に留まった。

美しい呉羽様に、王弟が彼女にもたらした仕打ちは想像がつくでしょう。彼は由良様の目の前で、呉羽様を凌辱《りょうじょく》したのです。

彼の行動の動機など分かりませんが、もしかしたら先王弟は、呉羽様を姉と慕う由良様を許せなかったのかもしれません。彼は、自分の所有物を他者に奪われることを酷《ひど》く嫌っていたそうですから。

一方、目の前で起きた惨劇に深く絶望した由良様は、露台から身を投じました。自身の死をもって罪を償うために、呉羽様の目の前で。

騒ぎを聞き父は駆けつけましたが、間に合いませんでした。

呉羽様は彼女の死を目の当たりにし、錯乱状態に陥ったまま後宮から帰されました。

父は姫家と先王を責めました。けれども何も状態は変わらないまま。後宮の出入りがさらに厳しくなったくらいでした。紅家にすら、詳細な説明がいったかどうか。

そして呉羽様は、翌年に美しい双子を出産しました。

「誰の子か、もうお分かりのはず」

「──っ」

雪花は言葉を呑《の》んだ。全身の皮膚という皮膚に粟《あわ》が生じる。いつかの彼の台詞《せりふ》が蘇《よみがえ》る。

『わたしを獣にしないでください……。何をするか、わかりません』

あの時、志輝と悪鬼の表情が重なったのは偶然なんかじゃなかったというのか。

志輝と先王弟の血が繋《つな》がっていた……？　そんな偶然があるというのか。

「紅家のことはよく存じあげませんが……。志輝様たちの父君は、全てを理解した上で彼らを自身の子として育てたようです。けれども呉羽様の精神的不調は悪化していくばかり。ついに彼女は耐えきれずに、由良様と同じく自ら命を絶ちました」

父はさらに悲しみに暮れました。そしていつしか悲しみが、先王と姫家に対する憎しみへと変わっていきます。

「……志輝と陛下の関係は知っていたけれど。まさか、あの人が志輝たちの母君まで狂わせていたのね」

「この事実は限られた人間しか知らないようですけど」

蘭瑛妃は膝《ひざ》の上で握った両の拳《こぶし》を強く握りしめていた。手入れされた長い爪が皮膚に食い込んでいく。

「きっと本当だわ。あの女は、人の幸せが許せない。他者の幸せを奪い自らと同じ奈落《ならく》の底につき落とすことしか、彼女の生きる意味はなかった。彼女も、大概狂っていたから」

「……だから、あなたが終わらせたのですね。姫家の凶華として」

蘭瑛妃はその言葉に仄暗《ほのぐら》い嘲笑《ちょうしょう》を浮かべると、彼女を見返した。眼差《まなざ》しをきつく凍《い》てつかせて。

「その話は今、関係ないでしょう」

「……失礼致しました。話を戻しましょう」

邑璃妃はわざとらしく肩を竦《すく》めた。

意味深な言葉が気になった雪花であったが、邑璃妃が話を続けだしたので、疑問は一旦《いったん》飲み込んだ。

「一方後宮内では、大々的に公表はされていませんでしたが御子《みこ》たちが数人生まれ、歪《いびつ》ながらも沈黙を保っていたのです。

ですが、それも長くは続きません。全てが壊れる時がやってきました。

誰一人妃を迎えないとしていた先王が、密《ひそ》かに一人の舞姫を娶《めと》っていたのです。そして間も無くして、彼女に御子が誕生しました。

——その御子が陛下です。

彼はひっそりと、後宮の奥深くで育てられました。舞姫であった母君と、彼女の身の回りを世話する乳母の家族と共に。

彼らは狭い箱庭の中で、非常に仲睦《むつ》まじく暮らしていたと聞きます。ですが成長するに連れ、いつまでもこのままの状態ではいられません。それに陛下の母君は病を患っていました。

そこで先王は、陛下と母君を後宮の外に出し、田舎町で庇護《ひご》する算段を立てました。王位争いなど血腥《ちなまぐさ》いものから母子を遠ざけ、田舎の静かな環境で妃が暮らせるようにと。

もしかしたら先王は、陛下を王家という枠の外に出してやりたかったのかもしれませんね。

しかしその計画が、どこからか漏れて父の耳に入りました。

知らされた父は、抑えつけていた怒りをとうとう抑えられなくなりました。先王が、一人だけ幸せを享受しているように見えたのでしょう。

そして――。

「父は、そのことを先王弟の耳に入れたのです。彼が、どのような行動を起こすのかを分かっていて」

雪花は卓の一点を睨《にら》みつけ、震えそうになる手を互いに必死に押さえつけた。それは怒りか、それともあの恐怖か。

『隠し事は、よくないよね。どうして、彼だけが許されるの？　後宮《ここ》はわたしの庭なのに。

どうして彼だけ、全て手に入れるの』

悪夢の夜が蘇る。狂った悪鬼がやってきて、全てを真紅で染め上げた。

(ああ……。彼は奪いにきたのか。先王を——彼が大切にしていた者たちを許せずに)

あの悪鬼が残した言葉の意味。彼は、兄である先王を憎んでいたのか。

「先王弟は監視の目を掻《か》い潜《くぐ》ると、陛下たちの箱庭を探し出しました。そして、妃様と乳母をその場で惨殺。陛下と乳母の子二人は、乳母の夫の手助けもあり逃げましたが。……追ってがかかり、陛下以外、命を落としました」

あの夜は、闇夜に舞う白雪が綺麗《きれい》で、雪花たち子供と天羽妃は庭先で眺めていた。天羽妃の侍医——雪花たちの父による診察を終えた彼女は、何かに思いを馳《は》せるように夜空を見上げていたのを覚えている。

悪鬼はそこに突然現れた。白い着流し姿で、血に染まった刀だけを手にして——先王と同じ顔で。

一瞬、先王《かれ》かと錯覚した。でも違った。青白い肌に、血走った目。奴は、にたりと禍々《まがまが》しく笑った。

『みぃつけた』

悪鬼は何の躊躇《ちゅうちょ》もなく、手始めに天羽妃の胴を薙《な》ぎ払《はら》った。音を立て崩れ落ちた天羽妃の体に、彼はさらに二度、三度と刃《やいば》を突き立てた。雪の上に赤が散った。

何が起きたのか分からずに、雪花たちは足が竦んでしまって動けなかった。声も出ず、喘《あえ》ぐような息が出るだけだった。

返り血を浴びた悪鬼が、顔をあげた。血まみれの刃を、今度は自分たちに突き付けて、にぃ、と舌なめずりした。

雪花たちは、ようやっと悲鳴をあげた。でも、振りかざされた刃に足が動かない。

異変に気づき駆け付けた母が、悪鬼から守るように雪花たちに覆いかぶさった。

途端、ズシャ、と肉を裂く音がした。

『っ行きなさい……！　早く、逃げなさい！　早く……！　今ならまだ、洪潤《こうじゅん》に追いつける……！』

母の口からどぷりと血が零《こぼ》れた。

『殿下を守りなさい！　そして、生き残りなさい……！』

母は刃をその身で受け止めながら叫んだ。

美桜がいち早く動いた。雪花と翔珂の手を掴《つか》むと、なかば引きずるようにして駆けだす。

彼女の手は、熱を無くしてひどく震えていた。

皆、泣きながら走った。何度も母を呼んだ。でも、母の声はついぞ返って来なかった。

後宮を後にしようとしていた父に追いつき、美桜は震えた声で彼に状況を伝えた。

父は血相を変え、一人で母の元へ引き返そうとした。けれど、近づいてくる複数の足音に顔を顰《しか》め、自分たちを連れて後宮の外へと出た。

皆で逃げては追い付かれると判断した父は、苦渋の決断を下した。

『美桜、凛を連れていけるかい。二手に分かれて逃げるんだ。紫水楼という妓楼《ぎろう》を目指しなさい。必ず助けてくれるから』

父の意図を素早く理解した美桜は、小刻みに頷《うなず》いた。

『凛、わたしと一緒に来れるわね。翔様を守るの。……できる？』

『……うん』

泣きながらも、雪花は頷いた。娘二人を、父は強く抱きしめた。美桜は機転を利かし、雪花と翔珂の羽織《はおり》を交換させる。

『美桜、やだよ。みんなと、いっしょにいたいよ』

首を横に振る翔珂に、美桜は屈《かが》んで視線を合わせた。そして安心させるように微笑《ほほえ》んでみせた。

『さあ、行って下さい。絶対に振り返ってはいけませんよ。生きて……、必ず生き延びて下さい。また会えますから、絶対に』

父は翔珂を連れて、雪花は美桜と共に囮《おとり》となって二手に分かれた。

それが、皆との最期の別れだった。

「その後は知っての通りだと思います。逃げ果《おお》せた陛下は、あなた様のご実家である姫家に保護されました。先王弟はというと……陛下を襲撃したその夜。ついに狂ったのか、自身の血を引く御子たちと、妃たちを自身の手で殺《あや》めたそうです。理由は今でも分かりません。そして最後には、彼は先王の手によって処刑されました」

わたしたち晶家は、先王弟を抑えることができなかった罪に問われることを覚悟していましたが、先王は何も沙汰《さた》を下しませんでした。父に悪意があったのにも拘《かか》わらず。晶家を罰してしまえば、存在を隠していた先王弟の存在が明るみにでます。今までの彼の所業も。

結局は王家の権威を保つため、上は先王弟の存在を最後まで公表しませんでした。

そして御子たちが亡くなったのは流行病《はやりやまい》とし、陛下たちを襲撃したのは、犠牲となった乳母一家だと体良く片付けたのです。

「……陛下はそのことについて、口を固く閉ざしていたけれど。よくもそんな真似《まね》を――」

蘭瑛妃が静かな怒気を揺らめかせたのを、雪花は視界の端で捉《とら》えていた。

あの鬼は先王弟。王弟を解き放ったのは先王。彼を使って襲わせたのは晶家当主。両親に罪を被《かぶ》せたのは、王家を取り巻く国の上役ども。

何を恨めば良いのか分からない。ただ、全てが憎いと雪花は思った。

「まるで作り話のようなあり得ない出来事。けれども本当にあり得た事。そして、沈黙を保ったまま時は過ぎていきます」

それからしばらくして先王が病で崩御し、王位を陛下に譲りました。そして陛下は即位します。志輝様を右腕に起用して。

一方沈黙を保っていた父でしたが、朝議で志輝様の姿を見ていち早く彼の血筋に気づいたのです。――彼は間違いなく、先王弟の子であると。

「そして、そこから父は妄執にかられていきます」

彼は亡き呉羽様の忘れ形見。彼女を苦しめ死に追いやった元凶――邱月香の代わりに、彼女の血を引く蘭瑛様を殺し、姫家に復讐《ふくしゅう》すること。陛下を廃位させ、志輝様を王位につけることが、呉羽様への償いであると。そして一切の存在を認められなかった、先王弟への手向けであると。

「父は志輝様に接触を図り、彼を真の王として擁立しようと画策しました。玻璃国にも手を回し、協力を得て。――そして今日。父は志輝様と共に兵を挙げ、反乱を起こしました」

「なっ……」

とんでもない発言に、息を詰め、雪花と蘭瑛妃は顔を見合わせた。

「ああ、でも安心なさって。父の筋書きでは、王都を簡単に落とせると思っていたでしょうけれど、志輝様はそんなに簡単なお方ではございませんわ。おそらく彼に良《い》い様に転がされただけでしょう。返り討ちにされて、今頃ここに向かって敗走している途中じゃないかしら。志輝様は中々の策士で、わたしと同じで性格も相当悪そうですから」

邑璃妃はくすりと笑った。嘲笑《あざわら》うように。

父親の命令に従っているはずなのに、他人事《ひとごと》のように傍観しているのはなぜなのか。敵なのに、何とも言えない違和感を覚える。

するとと蘭瑛妃が、両腕を組んで鼻を鳴らした。

「まあ確かに？　志輝は、ねちっこくて黒い腹で何を考えているのかさっぱり分からない意地悪い陰険な性格だけれど、玉座なんてものには一切興味はないわね。それだけは言えるわ。王なんて国一番面倒臭い役目だから、死んでも御免だと言ってたし」

言葉を飾らない蘭瑛妃に、雪花は口元を引きつらせた。いや、確かに彼女の言う通りなのだが、さすがに雪花でもそこまではっきりと口に出せない。

「……で？　そうしたら、わたしはあなた方の人質ってところかしら」

「ええ、その通りです。あなたは、父が陛下を殺し損ねた際の人質です。父はあなたの命と引き換えに、陛下の首を刎《は》ねるつもりですから」

邑璃妃は淡々とそう告げると、冷めてしまった茶を啜《すす》り一息ついた。

「――とまぁ、今話したことはほとんど事実ですが……。誤りがいくつかあります。わたしが最初に言ったことを覚えているでしょうか」

そう言うと、邑璃妃は横に座る美桜に視線をやった。

「彼女は名と家族を奪われ、地獄を見た一人だと。今の話、主には父から聞いたことですが、彼女から聞いた事実も入っていたんですよ」

「……どういう意味なの」

「彼女は香鈴と名乗っていますが、真の名は、美桜と言います。陛下と共に育った、殺されたはずの乳兄弟」

「み、おう……？」

感情の色を一切出さなかった美桜の双眸《そうぼう》が、名を呼ばれて初めて揺らめいた。

しかし誰よりも顕著な反応を示したのは、雪花ではなく蘭瑛妃であった。彼女は驚愕《きょうがく》し、立ち上がって卓に両手をつく。

「みおう……？　彼女が、美桜だというの……!?」

「ええ、そうです。蘭瑛様は、やはり知っておられましたか」

「陛下が少しだけ聞かせてくれたわ。でもどうして……！　なぜ陛下に黙っていたの！　それだけ全てを知っているなら！　覚えているでしょう？　後宮入りした時に、陛下はわたしたちに――」

「蘭瑛様！　お言葉ですが、彼女自身が望まなかったのですよ……！」

蘭瑛妃の言葉を遮るように、邑璃妃は声を張り上げた。

今まで隠してきた感情を放つように。

「あなたは彼女を何も知らない。言ったでしょう？　彼女もまた、地獄を見てきた一人。壊れて欠けてしまったものは、元には戻らない」

人形のような静かな微笑を取り払い、邑璃妃は真摯《しんし》な眼差《まなざ》しで蘭瑛を見返した。その目には静かな炎が揺らめいている。

「わたしが美桜の名を呼んだのは……。彼女と出会ったとき以来、今が初めて。この意味が分かりますか。彼女は、今、この時が来るまで、名を明かさないと決めていたのです。仇《かたき》の娘であるわたしの側に、彼女は何も言わずに居てくれた。わたしに力を貸してくれました。汀《てい》香鈴として、この時のために」

邑璃妃は立ち上がり、壁に立てかけていた刀を手に取った。美桜も邑璃妃の隣に並ぶ。

「……邑璃殿。あなたは一体、何をなさるつもりなの」

「蘭瑛様ならお分かりのはず。わたしも凶《わざわい》の華となる覚悟。――父を、討ちます。この手で」

「邑璃殿っ！」

蘭瑛妃の叫びと共に、雪花は立ち上がった。美桜の名を強く叫ぶが、口枷《かせ》が邪魔をして上手《うま》く言葉を成さない。

邑璃妃は鞘《さや》から刀を抜くと、刃《やいば》の切っ先を雪花の眼前に突き付けた。動くな、と雪花を牽制《けんせい》する。

「大人しくなさって下さい。邪魔立ては許しません」

雪花は眉根《まゆね》を寄せ、ギリ、と歯を食いしばった。その間に、美桜が蘭瑛妃の両手を体の前で拘束してしまう。

「陛下たちはじきに辿《たど》り着《つ》くでしょう。あなた方はそれまでここにいて下さい。本当は逃がして差し上げる予定でしたが、夜にこの雪では逆に危険です。本当に申し訳ありません」

「いけません、邑璃殿!!」

蘭瑛が必死に彼女を止めようとするが、彼女はやんわりと笑みを返すだけだ。

邑璃妃は刃の切っ先を雪花たちに向けたまま、ゆっくりと後退する。

雪花は呻《うめ》き、縋《すが》るように美桜を見た。

やめて、行かないで……。

すると、美桜はようやく雪花を見た。彼女は小さく首を横に振った。雪花を押し留《とど》めるように。

彼女の目の奥には、決して後には引かない強い感情があった。

「父はもはや晶家にとって、この国にとって害にしかなりません。親を止めるのは子の役目。……これは、わたしと亡き母との約束なのです」

邑璃妃は最後に寂しそうに、悲しそうに呟《つぶや》いて、美桜と共に部屋を出た。扉が音を立てて閉められる。

雪花は蘭瑛妃に、唸《うな》りながら目で必死に訴えた。口枷を外してくれと。

「雪花？」

蘭瑛妃はひどく焦った雪花の様子を察し、口枷となっている布を、縛られたままの両手で力を入れて引き下ろした。

同時に、扉の外から閂《かんぬき》を下ろした音が無情にも響く。

「——美桜！」

雪花は姉の名を呼びながら、扉へ自身の体をぶつけた。

「美桜、美桜！　やめて、お願いだから！　一人で背負わないで！　美桜!!」

「雪花……？　あなた、何を言って——」

「美桜、お願いだから……！　開けて、ここを開けてよ！——姉さん!!」

雪花は、声の限り叫んだ。


「——美桜、どういうことなの」

扉の外で、両耳を塞《ふさ》ぎ俯《うつむ》く美桜の姿。後ろから聞こえる悲痛な侍女の叫びに、邑璃妃は眉根を寄せた。

「確か、あなたには妹が——。まさか、彼女がそうだというの……!?」

「っいいえ、いいえ……！」

邑璃妃は美桜の両手首を摑《つか》むと、彼女の目を覗《のぞ》き込んだ。その目は必死に涙を堪《こら》えていて、苦痛と悲しみが容易に見て取れた。

「なんてこと……。やはり、だめよ。あなたは——」

「いいえ！　わたしは、あの時と覚悟は変わりません。わたしは、このために生かされていたんです！」

「違うわ。あなたが生かされたのは、この先を歩むため。妹と出会えたのも、そのためよ」

「何を今更おっしゃるのですか！　わたしとあなたは共犯者だと言ったではないですか……！　わたしは、絶対に後戻りなどしません！」

「美桜……！」

邑璃妃の手を振り払い、一人歩き出した美桜の背中を見つめながら、邑璃妃はゆるゆると首を振った。

「もう、十分。十分なのよ、美桜……」

「何か仰《おっしゃ》いましたか……っ!?」

振り向き様に、美桜は床にかくんと両膝《りょうひざ》をついた。美桜の視界が突然ぐらついたのだ。

視界の先にいる邑璃妃は、柔和な表情を浮かべていた。彼女の唇が「ごめんね」と動く。

「な、にを——」

「さっきのお茶に、一服盛ったの」

「!?」

「安心して、睡眠薬よ。ちょっと量が多めだけど」

邑璃妃は美桜の身体《からだ》をぎゅっと抱きしめると、その耳元で囁《ささや》いた。

「さあ、眠って。悪夢はもう終わるから」

「まさか、一人で——」

「あなたから奪った時間を返すだけよ。……ごめんなさい。そんな言葉では、許されないとは分かっているけれど。これがわたしのけじめ。ありがとう、側にいてくれて」

「まっ、て……!」

邑璃妃は彼女を壁にもたせ掛けると、刀を携え立ち上がった。艶《つや》のある黒髪を、髪紐《かみひも》で一つに括《くく》ると歩き出す。

「待っていてください、母上。もうすぐです」

もうこれ以上、犠牲になる者は必要ない。この大一番の勝負、絶対に勝たなければならない。

たとえ、刺し違えることになったとしても。

＊＊＊

常に慎《つつ》ましく淑《しと》やかで、誰よりも優美で楚々《そそ》とした彼女の姿。

立てば芍薬《しゃくやく》、座れば牡丹《ぼたん》、歩く姿は百合《ゆり》の花。

その言葉は、まさに邑璃妃のためにあるものだと皆が褒めそやし、誰もが彼女の存在に、立ち居振る舞いに憧《あこが》れた。

そして今。美桜の前から遠のいていくその後ろ姿も、凛々《りり》しく気高く美しい。一切の迷いはなく、前だけを見て。決して美桜を振り返らなかった。

畠邑璃――彼女は不思議な存在だった。

美桜は全てを知った瞬間から、必ず彼女の父親に復讐《ふくしゅう》すると心に誓った。

家族と大切な人たちを奪われ、自身は人としての尊厳をことごとく踏みにじられ、終《しま》いには人であるのか物であるのか分からなくなった。

深淵《しんえん》に落とされた美桜を生かしたのは、消えることのない憎しみだけだ。憎しみを糧に、生きてきたといっても過言ではない。

そんな美桜が抱える禍々《まがまが》しい思いを知っているにも拘《かか》わらず、彼女は美桜を拾い、名を与えて傍《そば》に置いた。いつ、美桜が裏切るか分からないというのに。

けれど不思議と、邑璃妃に対して恨みや憎しみといった負の感情は湧き起こらなかった。

彼女の首を取ろうと思ったことは一度もない。

邑璃妃は鎧《よろい》のような微笑の下で、父親を止めるために、静かな炎を燻《くす》ぶらせ続けていたから。側にいた美桜は知っていた。

邑璃妃の母親は、道を踏み外す夫を自身の命を以《もっ》て止めようとして死んだ。彼女は母親の遺志を継ぎ、父親に従順なふりをしながら、虎視眈々《こしたんたん》と機会を窺《うかが》っていたのだ。

彼女とは、同じ目的を抱いた同志。目的を果たすためだけに、協力し合ってきただけのこと。

なのに……。いつの間にか、友の様な、家族の様な、彼女は不思議な存在になっていた。

（わたしも、相当な馬鹿ね）

これだけ傍にいて、彼女の優しい企《たくら》みに気づかなかっただなんて。

薄れゆく思考に抗《あらが》いながら、美桜は胸元を探った。

（でもね、邑璃様。……わたしだって、今更後に引けないんですよ）

身の丈以上の望みは抱かない。抱いたところで、昔の真《ま》っ新《さら》な自分には戻れない。自身の心と体はひどく汚れきっている。

自分を慕ってくれていた翔珂に、今でも姉と呼んでくれる凜に、どうやって向き合えというのか。──何より、今までの自分とどうやって折り合いをつければいい。

ここで香鈴という名を借りてから、何年が過ぎ去っただろうか。

今この時、再びこの場に戻ってきたのはおそらく定め。彼女に名を返す時がやってきた。

だから止まるわけにはいかない。邑璃妃が意志を貫くように、自分も止まれない。

(あなた一人に、背負わせやしない……)

忍ばせていた短刀を取り出すと、美桜はしっかりと柄《つか》を握りしめた。

美桜は歯を噛《か》みしめ、自身の大腿《だいたい》目がけて真っすぐに振り下ろす。

「うぁっ……!」

途端、走る激痛。だが、遠くにあった意識が戻ってきた。意識を掴みとるように、美桜は刃をさらに深く食い込ませた。

＊＊＊

「雪花、あなた、今――」

扉に額を押し付け俯いた雪花に、蘭瑛妃は戸惑いの声をかける。

「……姉なんです、たった一人の」

「!」

「颯凛……それが、わたしの本当の名です」

雪花は悲しみを目に宿して蘭瑛妃を振り返った。

遠い過去に葬られた自分の名を口にすれば、どうしようもない侘《わび》しさと、封じたはずの怒りがふつふつと湧きあがってくる。

どうして行かせてしまったのか。雪花は唇を噛み締めた。彼女は全てを承知の上で、仇《かたき》を討つつもりだ。

『許さなくていい。だけど、憎むな……』

かつて、風牙と交わしたあの約束。奥深くに隠したはずの心に、憎しみがじわじわと巣《す》構《く》っていくのを感じる。　心が揺らぐ。

何が美桜をそこまで追い詰めた。彼女に何をした。彼女を壊したものは一体何だ。

「……雪花、血が出てるわ」

「あ……」

雪花の下唇から血が滲《にじ》み、蘭瑛妃が案じるように声をかけた。無意識のうちに犬歯で傷つけてしまったらしい。

雪花は舌で拭《ぬぐ》うと、心を落ち着かせるように深く息を吐き出した。

蘭瑛妃はそんな雪花に近づき、彼女の目を覗き込んだ。安心させるように、落ち着いた眼差《まなざ》しで。

「雪花……。色々と聞きたいこと、話したいことはあるけれど……今は、悠長に話している場合じゃないわ」

「……はい」

「邑璃殿はああ言ったけど、陛下たちが間に合う保証はどこにもない。とにかく出る手段を考えましょう。それに、あなたは美桜を追わなきゃ」

ゆったりとしながらも、冷静な声色だった。雪花は頷《うなず》き返し、まずはどうやって拘束を解くか考える。愛刀は手が届かない棚の上だ。

何か、縄を切れそうなものは――。

雪花は卓上に置かれた茶器に目を留めた。思いつくや否や、椅子を使って卓上に立ち上がる。そして、壁に向かって茶器を思い切り蹴り飛ばした。壁にぶつかった茶器が、音を立てて砕け散る。

(うまく割れたか……？)

雪花は砕け散った破片の中から一番鋭利なものを見つけると、後ろ手のまま器用に拾いあげた。破片を使って縄に切れ目を入れる。多少皮膚が傷つくが構いやしない。

ある程度切れ目を入れたところで、雪花は力任せに縄を引きちぎった。はらりと縄が解《ほど》けて床に落ちる。

「蘭瑛様、今すぐ解きます」

「ありがとう」

急ぎ蘭瑛妃の縄を解くと、雪花は愛刀を書棚の上から取り戻した。

扉は外から閉められてしまっている。なら残る手段は――窓から出るしかない。

雪花と蘭瑛妃は、二人で古めかしい半蔀《はじとみ》を持ち上げた。肌を刺すような冷気が一気に流れこんでくる。そして、刀を打ち合う音も。

雪花と蘭瑛妃は顔を見合わせた。

「雪花、急ぐわよ」

「はい」

雪花と蘭瑛妃は、二人揃《そろ》って外へ足を踏み出した。

＊＊＊

静かな屋敷《やしき》の中を歩き、邑璃は外へと出た。

屋敷にいた者たちは、皆去っていった。

皛家はもう終わりだ。捕縛されたくなければ今のうちに逃げろ、と美桜を使って彼らに大金を与えたから。

全て父の息がかかった者たちばかりだが、最後まで付き合う忠誠心を持つ者などごく僅《わず》かだ。目の前の金に目を眩《くら》ませ去って行ってくれた。

邑璃は一笑した。

人とはそんなものだ。欲に忠実で、保身が第一。それが人間の性《さが》なのだろう。

見上げれば、静謐《せいひつ》を湛《たた》える美しい満月が雲の切れ間から顔を覗《のぞ》かせて、空からは白雪が降り注ぐ。最期にしては、粋な舞台を天は用意してくれたものだ。

意外と心は落ち着いている。今まで父が望む姿であり続けたがそれも終わりだ。妃《きさき》という座を放り出した今、自分には何の枷《かせ》もない。

ここにいるのは愚かな父親を持つ、畠邑璃というただの娘だ。

（これで、やっと終われる……）

邑璃は、瞼《まぶた》を閉じた。

——わたしにとって、全ての始まりは母の死だった。

母は、物静かで優しい人だった。贅沢《ぜいたく》を好まず慎ましく暮らし、裁縫や刺繍《ししゅう》が得意で、わたしに一から手習いを教えてくれたのも彼女だ。

厳格で冷たい父とは違い、できなかったことが少しでもできるようになると、母は必ず褒めてくれた。

悩み、落ち込んでいる時には、嫌な顔ひとつせずに邑璃の言葉に耳を傾けてくれた。そして励ましてくれた。……どんな時も、優しく見守ってくれていた。

本当に優しい人だった。大好きだった。

そんな母は、畠家が存在する本当の意味も教えてくれた。

幼いわたしに、枕元で度々語ってくれたものだ。――澄を興した王と、彼を支えた五人の戦士の話を。

五人の戦士の末裔《まつえい》が今の五家にあたること。五家が貴族として存在を許されているのは、常日頃より王家と国のために尽くすため。有事の際は必ず前線に立ち、王家と民を守ること。立場に甘んじ、人の上に胡坐《あぐら》をかくようなことがあってはならないと。

謙虚にして驕《おご》らず――母が口癖のように、わたしに言い聞かせた言葉だ。

誰に対しても礼儀正しく接する母は、皆から慕われていた。決して華やかではないけれど、わたしにとって自慢の母であり、理想の女性だった。

けれど、父はそんな母に昔から無関心だった。

常に父の後ろを歩く母が、時折寂し気に、彼の背中を見つめていることに気づかない。振り返って、気づこうともしない。

父はいつも、遠い何かを見つめ続けているようだった。手の届かない何かを、必死に摑《つか》もうとするかのように。いつしか彼は一人、暗い闇の中を歩いてしまっていた。

そんな父を諌《いさ》めるべく、母は、彼の目の前で自ら頸《くび》を搔《か》き切って死んだ。

だが、父はそれでも止まらなかった。

血だまりに斃《たお》れた母を、父は冷え冷えとした目で見下ろして呟《つぶや》いたのだ。

『……馬鹿な女だ』

憐《あわ》れむ様に、そう一言。

耳にした瞬間、怒りが荒波となってわたしの全身に広がった。血が逆上して、頭が煮えたぎった。

母が握りしめている短刀を奪いとって、父を殺したい衝動に駆られたのは言うまでもない。

でも、堪《こら》えた。奥歯を噛みしめ、必死に殺意を押し殺した。

わたしを思いとどまらせたのは、誰でもない母の言葉だった。

『――邑璃。わたしがあの人を止めることができなければ、あなたが止めてくれますか？』

母は死の直前、父が水面下で進めている愚かな計画をわたしに告白した。それに至る経緯も、全て。

『晶家は白の一族。……古《いにしえ》より、清く、正しく、王家と国を支えることが何よりの役目。間違っても、私怨《しえん》で人心を惑わすことなどあってはならないのです』

驚き、言葉を失ったわたしの手を取って、母はわたしを真っすぐに見た。

――凪《なぎ》のように澄んだ目で。母の目には、清閑な決意があった。

『わたしは救いたい。……過去に囚《とら》われ、動けないあの人を。今まで、あの人の行動に口を挟みませんでしたが……。今となっては、後悔するばかり。ならば今こそ、晶家の一員として、妻として、できることをせねばなりません。……今ならまだ、間に合うかもしれない』

母はそう言って、父を諫めるためにわたしの前から立ち去った。

彼女の後ろ姿は、母親ではなく一人の女だった。凛《りん》として、真っすぐで、引き留めることを許さない。

この時初めて分かった。母は父を本当に愛していたのだ。だから、命を懸けてまで止めようとした。

なのに父は――。

わたしは掌《てのひら》に爪を食い込ませながら、断腸の思いで耐えることを選んだ。

怒りのままに牙《きば》をむいても返り討ちに遭うだけだ。力の差は、彼から剣を教わった自分が一番よく理解していた。

自分が死んでしまったら、母との約束を果たせない。

ならば心を殺し、父の懐で従順に振る舞うのだ。静かに爪を研いで、機会を待つ。

計画が始まっているのなら、父に加担している者たちがいる。たとえ父を止められたとしても、同じ考えを抱く者がいる限り国に害をなす。

内側から見極めろ。誰が奸臣《かんしん》で、誰が忠臣なのか。

止まれないというのなら、悪《あ》しき道を進めばいい。進めば進むほど、内にある膿《うみ》は膨らみ続ける。大きく膨らみ続けた膿は、いずれ自ら破裂するだろう。

そうだ……。膿は全て、出し切らねばならない。

畠家は白の一族。父が色を濁すというのなら、父を含め、濁す者全てなくなってしまえばいい。そうすれば、否《いや》が応《おう》でも白く戻る。どうせ謀反など、他の五家が許すはずがない。

──ただし、父はわたしが討つ。

母の死を無駄にするどころか、嘲笑《あざわら》った父をわたしは許せない。救うなどという、甘い考えでは止められない。

終わらせる。

それしか方法はない。全ての膿を出し切ったところで、必ず討つ。そのためならば、人の道理から外れようとも構いやしない。

わたしは床に流れる母の血に、そう誓ったのだ。

今思えば、心を殺しておいてよかったと思う。でなければ、様々な感情に囚われて動けなくなっていただろう。剝《む》き出《だ》しの心のまま進むのは、ひどく疲れるから。

……でも、己の心に正直で、真っすぐに歩もうとしている人間がいることを知った。

鳳《ほう》翔珂──年下の若き少年王。外見だけは大人とそう変わらないが、中身はまだまだ青臭い男。だが、一途《いちず》で優しい男だった。

彼は、昔からの変わらぬ想《おも》いを大事に抱き、けれども父の様に執着するわけではなく、抱きながらも前へ進む強さを持っていた。

当初、後宮にあがったばかりの自分たち四夫人に、彼が告げた言葉がある。

あまりに正直すぎて呆《あき》れた。でも、嘘《うそ》偽りのない率直な性格は憎めなかった。逆に、眩《まぶ》しかった。故人をそこまで大切にできる彼が。

(美桜……。あなたは生きなきゃ。あなたには、待っている人たちがいる)

まさか、彼女の妹までこの舞台で揃うとは思っていなかったが、それも天の思《おぼ》し召《め》しだ。

美桜を彼らに返すための。

白い息を吐き出し優しく笑うと、邑璃は刀の柄《つか》を握りしめた。

わたしは、ここで役目を果たして潔く散ろう。

父に従順なふりをしたがために、蘭瑛妃を傷つけ、彼女を慕う者を口封じに殺した。

他にも、傷つけた人間はたくさんいる。……どんな理由があろうとも、許されるはずがない。そんなことは百も承知だ。

それでも母との約束を果たすため、父に報いを受けさせるためには、地獄に落ちる覚悟だった。

邑璃は前を見据えた。雪の中、こちらに向かってくる複数の光が見えた。

息を切らし、血走った目で暗闇から現れたのは、身体《からだ》の至る所に傷を負った父の姿だった。松明《たいまつ》を雪の上に投げつけ、彼は馬から下りる。彼の後ろには、二、三人配下が残っている。

「父上、お帰りなさいませ。御無事で何より。志輝様にこっぴどく振られたようですね」

邑璃は紅を引いた唇で弧を描いてみせた。

「邑璃、おまえ……！　おまえは知っていたのか！」

「まさか。でも、志輝様が父上に協力するはずなんてないとは思っていましたよ」

「っ！　おまえまで、わたしを愚弄《ぐろう》するのか!!」

「事実を告げているだけですよ。……父上、もう潮時です。素直に罪を認め、投降されてはいかがですか？　これ以上足掻《あが》いても、より一層惨めになるだけです」

「何をぬかすか！　あの女を連れてこい！　あの女を殺してやる！」

唾を吐き捨て叫ぶ賢正に、邑璃は首を横に振った。

「父上。蘭瑛様は彼女の母親――邱月香ではありませんせん」

「うるさい！　あの女狐《めぎつね》と同じだ！　親の罪は子が引き継ぐべきだ！　許すわけにはいかん！」

その言葉に、邑璃の顔に陰りが生じた。

「……なんて愚かな」

「何を言っている、早くあの女を――！」

邑璃は刀を構えた。そして父である賢正に刃《やいば》の切っ先を向ける。

彼女の目には迷いはなかった。ひたすらに真っすぐ、父親である賢正を射貫《いぬ》いていた。

賢正は眉間《みけん》に深い皺《しわ》を刻み、顔を歪《ゆが》ませた。

「……わたしに、刃を向けるのか」

「もう終わりにしましょう、父上。あなたは過去に囚われすぎて何も見えていない。わたしたちで、畠家を終わらせましょう」

賢正も刀を抜いた。

「おまえに剣を教えたのが、誰なのかを忘れたか」

「……覚えておりますとも。でも、わたしは父上の人形ではありません。あなたの娘として、果たさねばならないのです」

「──愚か者めが!!」

両者の刃が激しくぶつかり合った。邑璃は刃を受け流し、激しく切り込んでいく。賢正は彼女の速さに防戦一方であったが、刃を絡めとると力強く薙《な》ぎ払《はら》った。重い太刀に後ろへと押された邑璃は、地面に手を突き彼を見遣《みや》った。

随分と白くなった髪、顔に走る幾つもの皺。父は老いた、そう思っていたが……。

彼の剣の強さは、邑璃に剣術を自ら教えていたころと変わらない。力強く、真っすぐな剣だ。

『邑璃、おまえには剣の才があるな』

だが、そう言って頭を撫《な》でてくれた父は、もうどこにもいない。

二人は刀を構えなおすと、間合いを取った。息を止め、全てを刃に乗せて邑璃が先に足を踏み込んだように見えた。――が、彼女の動きを感知した賢正が僅《わず》かに先に動いていた。邑璃が上から一打を振り落としたが、刃は空を斬った。振り落とされるよりも早く、賢正は前へ――邑璃の脇へ跳んでいた。彼の刃が邑璃の脇腹を容赦なく斬った。

鮮血が辺りに飛び散った。邑璃は刀を地に突き立て、焼かれるような痛みに顔を顰《しか》めて片膝《かたひざ》をついた。

「愚かな娘だ……。母親と同じ運命を辿《たど》るとは」

冷ややかな目で邑璃を見下ろし、賢正は暗い声で呟いた。

「賢正様、裏から香鈴が出てきました」

二人の様子を窺《うかが》っていた配下の一人が、賢正の横に進み出た。

「……斬れ。娘に加担していたはずだ。そして姫蘭瑛を探し出して連れてこい」

「っは！」

配下が皆、屋敷《やしき》の方へ駆けていく。邑璃は歯ぎしりした。今ならまだ走り出せる。だが、目の前にいる賢正が許さない。背を向ければ間違いなく斬られるだろう。

どうすればいい、どうすれば美桜を――。どうすればこの男を――！

「恨むなら、己の弱さを恨むことだ」

賢正はそう言うや否や刀を振りかざした。思考を巡らせていた邑璃は、僅かだが反応に出遅れた。咄嗟《とっさ》に地に突き立てていた刀を振り上げようとしたが、賢正の刃はすぐそこまで迫っていた。

誓ったのに。どうして自分の剣は、想いは彼に届かない。一矢報いることすらできないのか。これがわたしの限界なのか。

(母上……!)

漠然と死を覚悟した。けれども、その刃は邑璃の体には届かなかった。

目の前に立ちはだかる大きな人影。刃が強くぶつかり合う音。

「——自分の娘に何してんだ!」

邑璃の目の前には朱色の派手な衣。夜風に揺れる濡《ぬ》れ羽色《ばいろ》の髪。

「誰だおまえは! どこから湧いて出た!」

賢正が怒声をあげた。男は賢正の刃を力強く払いのけるとそのまま踏み込んだ。賢正の片頬を鋭い切っ先が掠《かす》める。

一際強い風が吹いて雲が流れた。月明かりに照らされるのは、他者を圧倒するような美《び》貌《ぼう》を持った男だ。男の正体に思い至った賢正は目を極限までに見開く。

「おまえは! 生きていたのか……!!」

「へえ、覚えていてくれたとは光栄だな」

「……おまえのような顔、一度見れば嫌でも記憶される」

「ははっ、そりゃどーも」

「何をしに来た。黎《れい》家の小僧――黎飛燕《ひえん》!!」

賢正にそう呼ばれた男は、悠然と笑った。

「そういや、そんな名もあったな。だが、今は風牙と名乗っててね」

風牙は他人事《ひとごと》のように言うと、刀を肩に担ぎ上げた。

「……質問に答えろ。何をしに来た」

「俺？　大切なもんを取り返しにきただけだ。大体あんたこそ何してる。正気か？　自分の娘を斬りつけるなんて」

悔し気に奥歯を噛《か》みしめる邑璃を見下ろし、風牙は賢正を睨《にら》んだ。

「親に刃向かう娘に躾《しつけ》をしていただけだ」

「はっ、躾ねえ……。どう見ても、この娘はあんたを止めようとしてたみたいだが？」

「今更止められん。こうなっては姫家の娘を殺さない限り、わたしの復讐《ふくしゅう》は果たされない」

深い翳《かげ》りを帯びた賢正の双眸《そうぼう》に、風牙は顔を顰めて呟《つぶや》いた。

「……なるほど。狸《たぬき》の言う通り、あんた、相当いっちまってるな」

「何を訳の分からぬことを言っている！」

「相当狂ってるって言っただけだ。……おい、お嬢さん。美桜と雪花は無事なんだろうな」

風牙は背に庇《かば》った邑璃に尋ねた。

邑璃は訝《いぶか》し気に彼の顔を見上げながら、荒い息を吐きながら答える。

「彼女に、父の手下が迫ってる……」

「何……？」

風牙は辺りを見渡した。男たちが数人、屋敷の方へ足を向けていた。その先には美桜がいる。風牙は舌打ちしそうになったが、視界に入り込んできた光景に瞠目《どうもく》し、風牙は狙いを改めて賢正に定めた。

「わたしは構いません……！　お願いです、どうか彼女を助けて……！」

必死に懇願する邑璃に、風牙は大丈夫だと答えた。

「あいつが来た、安心しろ。あんたは腹をちゃんと押さえてな」

風牙の視線の先を追えば、美桜の背後から、彼女を追うようにして雪花と蘭瑛妃が姿を現したのだ。

邑璃は信じられないように目を見開いた。

（どうやってあの部屋から……。それに美桜、どうして起きていられるの）

困惑する邑璃に構わず、風牙は担いだ刀で肩を叩《たた》いた。そして可笑《おか》しそうに笑う。

「ははっ、まったく……。因果な顔ぶれが続々と集まったもんだ。……やっと、あんたを遠慮なくこの手で討つことができるよ」

「何……？」

乾いた笑みを浮かべたまま、風牙は刀を構えた。

「……おじたちの仇《かたき》だ」

「どういう意味だ」

「気づかないか？　今の陛下を育てた乳母は、おじの妻だ。二人とも、あんたに殺されたがな」

「――！」

風牙はそれだけ言うと、刀を繰り出した。すかさず賢正は刃を受け止める。

「くっ……！　だがあの者たちの姓は――」

「おじは黎家から出たんだよ。〝颯〟は千珠《せんじゅ》の姓だ」

「馬鹿なっ！　それならなぜ、黎家は黙っていた！」

「おじは黎家の枠を出た。だから黎家は何も言わないだけだ。黎家を飛び出した俺のこともな……！」

両者とも激しい打ち合いになり、ぶつかる度に小さな火花が散るようだった。初めは拮《きっ》抗《こう》していた両者であるが、風牙が徐々に力で押していく。

あり得ない、と邑璃は瞬《まばた》きを忘れ、食い入るように見つめていた。

父は長年、西の国境を守ってきた。国の武術試合において、幾度も上位に名を馳《は》せてきた武人だ。その彼に後れをとらず、むしろ攻め込んでいくとは……。

よく見れば、風牙という男は恐ろしいほど流れるような動きをする。無駄な動きが一切ない。派手な美貌に似合わず静かな目で、一切の表情を消し去って斬りこんでいく。

そして賢正の刃を絡めとると、風牙はすかさず彼の背後を取った。躊躇《ためら》いなく、彼の背中を斜めに大きく斬った。

「ぐ……！」

「雪花は、幼くして同じ傷を負ったんだ」

刃を地に突き立て倒れ込むのを耐える賢正の背を、風牙は冷ややかな目で見下ろした。

雪が赤く染まっていく。

「あの時駆け付けた俺は、怒りで目の前が赤く染まったよ。……間に合わなかった自分を、おまえを、関わった奴ら、全てを恨んだ」

風牙は血振るいをすると、柄《つか》を強く握りしめた。込み上げる感情を必死に抑えこむ様に。

「本当は殺してやりたい……。だが、それは俺の役目じゃない。おまえを裁くのは、法だ」

「は……ここまで追い詰めておいて、殺さないというのか」

嘲《あざけ》り笑う賢正に、風牙は苦し気に眉根《まゆね》を寄せた。

「たとえ昔の件で裁けずとも、今回の件では逃げられない。……それに、おまえを殺してしまったら、俺は雪花に顔向けできない。憎しみは新たな憎しみを生み出すだけ。負の連鎖はどこかで断ち切らなければ、次に誰かの憎しみを駆り立てる。……あいつとの約束は、俺自身に言い聞かせた言葉でもあるんだ。……あの獣のような目を、俺はもう、二度と見たくはない」

一瞬、風牙の意識が過去に逸《そ》れた。賢正はその隙を見逃さなかった。

鬼の形相で、賢正は力を振り絞って刀を振り上げた。間一髪で風牙は防いだが、賢正は風牙の腹に重い蹴《け》りを入れて後ろへと突き飛ばす。

賢正は身を翻すと、血を雪の上に落としながら蘭瑛妃たちに向かって走り出した。しかし、彼の目的にいち早く気づいていた邑璃が、刀を握り直して立ちはだかっていた。

「行かせない‼」

「そこを、退《ど》け――――！」

賢正は真っすぐに、刀を邑璃に向かって突き出した。

絶対に、行かせるものか。やはり、この男はここで仕留めるべきだ。裁きなどを待つ必要はない……！

身を貫くならば貫けばいい。ただし離すものか。ここは絶対に通さない……！

邑璃は一歩も後ろへ引かなかった。

次の瞬間、肉を裂く、鈍い音がした。

＊＊＊

時は少しだけ遡《さかのぼ》る。美桜は裏口から屋敷の外へ出た。

屋敷の表から、刀がぶつかり合う音が聞こえる。急ぎ屋敷の角を曲がり表へ出ると、賢正が邑璃に向かって刀を突き付けていたところだった。

彼女の腹からは赤黒い血が流れ出ている。遠目でも分かる程に。美桜は顔を顰めた。

（やはり一人で……！）

すると、美桜の存在に気づいた賢正の配下たちが向かってきた。

こちらは短刀一つ。相手は三人。美桜に勝ち目はない。だが、諦《あきら》めるわけにはいかない。

「……裏切り者め」

一人の男がそう吐き捨てながら、美桜に向かって駆けてきた。美桜は、気丈にも鼻で嗤《わら》った。挑発するように。

「悪いけど、初めから仲間じゃないから」

「この女め……！」

男が大きく振りかぶった瞬間、美桜は男の懐に一気に跳びこみ、間合いを詰めようとした。だが、その必要はなかった。

美桜の後ろから駆けつけてきた雪花が男の刃《やいば》を薙《な》ぎ払《はら》った。間髪を容《い》れず、空いた男の胴に風穴を開ける。男は血を吐いて斃《たお》れた。

「……美桜に近づくな」

雪花は冷ややかな殺気を纏《まと》って美桜の前に立ちはだかった。鋭い目は黄金《こがね》色を帯びて光り、男たちをその場に縫い付けるように牽制《けんせい》する。

驚く美桜の肩を、息を切らした蘭瑛妃が後ろからそっと摑《つか》んで横に並んだ。

「追い付いたわよ、美桜……」

「どうして……」

美桜は呆然《ぼうぜん》と、蘭瑛妃と雪花の顔を見比べた。

「美桜、行ったらだめだ」

雪花は正面を見つめたまま言った。懇願するような、縋《すが》るような声色だった。美桜は戸惑い、苦悶《くもん》の色を浮かべる。

すると視界の先で、賢正が何者かに斬られて膝《ひざ》をついたのが見えた。雪花も気づいて「風牙……」と驚きの声をあげる。

「わたしの養父が来た。だからもう、大丈夫。美桜が手を下す必要はないんだよ。もう、いいんだ」

雪花は刀を構えながら、何も答えない美桜に必死に言葉を紡ぐ。彼女を引き留めるように。もう二度と、存在を見失わないように。

男二人の足が、じり、じり、と雪花たちにゆっくりと近づいてくる。雪花は刀を中段に構え、二人を守るために気を張り詰めた。

大きくなった妹の姿に、美桜は泣きそうに眉《まゆ》を顰《ひそ》めた。

美桜の中にある天秤《てんびん》が揺れる。ぐらりと、目の前の愛《いと》しい存在に傾きかけた。

けれど再び前方に視線を向ければ、荒い息を繰り返している邑璃の姿がある。彼女の腹から流れ出た血が、雪をさらに赤黒く染めていた。

(邑璃様……)

美桜は静かに瞼《まぶた》を閉じた。

決めただろう、最期まで彼女と運命を共にすると。その彼女が傷を負っている。ならば傍《そば》にいなければ。彼女が自分を守ろうとするように、自分も彼女を守るのだ。

これは二人で始めた物語。どんな結末を迎えようとも、終わりを迎える時は二人一緒だ。

美桜はゆっくりと目を開き、肩を摑んだままの蘭瑛妃の手をそっと退《ひ》かせた。二人を安心させるように、次には柔らかく微笑《ほほえ》んで。

「凛……」

美桜は、雪花の背に自身の額をコツ……と押し当てた。

「……見つけてくれて、ありがとう」

美桜は囁《ささや》いた。慈愛に満ちた優しい声で。

「でも……ごめんね。わたし、行かなきゃ。一人にしたくないの」

驚き振り向いた雪花に、美桜は笑みを深めた。翳《かげ》りのない、清らかで眩《まぶ》しい表情だった。

雪花は目を瞠《みは》り、無意識に美桜の腕を握りしめようとした。

だが迫りくる足音に気づき、振り向きざまに男の一人を袈裟《けさ》斬《ぎ》りにした。返り血が飛び跳ね、雪花の頬を濡《ぬ》らす。

斃れた男の向こう側で、賢正が刀を振り上げ、風牙と呼ばれた男を蹴り飛ばした。

いち早く気づいた美桜は笑みを消し去り、蘭瑛妃を突き飛ばして一直線に駆け出した。

「──美桜!!」

蘭瑛妃が叫んだ。その声に焦りを覚えた雪花は、もう一人の男の突きを躱《かわ》すと、太刀を素早く横に薙いだ。男の頸《くび》から血が噴き出した。

雪花は激しい焦燥に駆られて振り返った。胸騒ぎに思わず伸ばした手。だが、雪花の指先は何も摑めなかった。

視界に映るのは、白い世界に駆けていく美桜の後ろ姿だった。

雪が舞う。あの日と同じように。また、白く掻《か》き消《け》していく。

「美桜──!」

雪花は声の限り叫んだ。しかし、美桜は二度と振り返らなかった。

美桜は歯を食いしばりながら駆けた。

自分を呼ぶ妹の声は、今にも泣き出しそうだった。切なくて、胸が張り裂けそう。今ならまだ戻れるのに、凛の元へ。その体を抱きしめてあげられるのに。でも、引き返せない。体が勝手に走り出す。

なんて残酷な姉だろうか。必死に伸ばしてくれた手を振りほどくなんて。わたしが手を伸ばすのは、どうして凛ではないのだろう。

人は自分が選んだ道の上でしか生きられない。はじめは凛と同じ場所にいた。しかし、道は既に分かたれている。これは間違いなく自分の道だ。

だって、不思議と今になって生きていると感じるから。血が全身を巡って、心の臓が熱い。走れ、走れと心が叫ぶのだ。憤然と立ち上がる邑璃を守れと。

邑璃に狙いを定めた刀身が、月明かりを受けて白く輝いた。

美桜は雪を強く蹴った。前だけを見て。そして、美しき相棒の腕を強く摑んだ。

驚きに見開かれた彼女と視線がぶつかる。美桜は一笑した――鮮やかに。

彼女を自らの方へ引き寄せ、背に庇《かば》い前へ出る。

(ごめんね、凛。守ってもらっておいて、勝手なことをして)

刃が眼下に迫った。美桜は目を閉じなかった。

賢正の凶刃が、美桜の胸を貫いた。邑璃は瞬きを忘れ、大きく目を見開いた。

「なぜ、おまえが――！」

「っ、つ、かまえた……！」

美桜は血を吐きながら笑うと、信じられない強さで賢正の手を柄ごと掴み込んだ。

一人で無理なら、二人で為《な》すまで……！

「――邑璃様!!」

力強い美桜の声に、邑璃は弾《はじ》かれたように動いた。歯を強く嚙《か》みしめ、手にしていた刀で賢正の脇から胸を貫いた。

「ゆ……り……」

両目を引《ひ》き攣《つ》らせて邑璃を睨《にら》んだ賢正であったが、娘の表情を見て言葉を失《な》くした。

邑璃は、刃を突き立てながら泣いていた。両頰を伝い落ちる涙、苦痛に歪《ゆが》められた泣き顔。

賢正は力を失くし、美桜と共にその場に倒れ込んだ。

邑璃は大粒の涙を零《こぼ》しながら、美桜をその胸に抱きしめる。

「美桜、どうして……！　どうして、庇ったの……！」

「抜け駆け……は、だめですよ……。二人で、決めたじゃないですか……。それに、あなたも、傷、やられたくせに……」

美桜は力なく笑うと、瞼を閉じた。邑璃は嗚咽《おえつ》を堪《こら》えながら、ひたすらに涙を流す。

「……なん、で……？」

呆然と立ち尽くしていた雪花は、幽鬼のように美桜たちに近づいた。ゆらり、ゆらりと。

琥珀《こはく》色の目から落ちた涙が、頬に飛び散った血と混ざりあって落ちていく。

雪花は斃れた賢正の元へ辿《たど》りつくと、刃の切っ先を喉仏《のどぼとけ》めがけて真っすぐに振り落とした。なんの迷いもなかった。

殺せ、この男を、この手で……！

「──雪花、やめろっ!!」

だが、その切っ先が僅《わず》かに皮膚に食い込んだところで、風牙が雪花の刀を掴んで止めた。

雪花は憎悪に塗《まみ》れた目で風牙に吠《ほ》えた。

「放して風牙……！　こいつだけは、こいつだけは……!!」

「──凛!!」

風牙にかつての名を呼ばれ、雪花はくしゃりと顔を歪めた。

赤い血。刃を握りしめる風牙の掌《てのひら》から、血がぼたぼたと落ちていくのに気づいた。

「なんで……どうして！　なんで、また奪われないといけない……！　なんで、わたしたちばかり……!!　なんで、わたしは大事な人を守れないの……！」

雪花は叫んだ。血を吐くように。

風牙は雪花から刀を取り上げると、自身も苦し気に顔を歪めて雪花を強く抱き寄せた。

「すまない、雪花、すまない……。俺が、油断したばかりに……」

「なんで風牙が謝るの……！　こんな男、いくら切り裂いても足りない！　こいつはわたしたちを滅茶苦茶《めちゃくちゃ》にした!!」

暴れようとする雪花を力ずくで抱きとめながら、風牙は叫ぶ。

「雪花！　おまえに剣を教えたのは、人を殺すためじゃない。守るためだ。だからその手を私怨《しえん》で汚してくれるな……！」

雪花は葛藤《かっとう》するかのように、風牙の胸元を強く握りしめた。苦し気に低く呻《うめ》いて、額を風牙の胸に押し付ける。

「あの時、約束しただろ」

「……でも、無理だ……」

「無理じゃない。それに、この男はもう罰を受けた。……もう、死んでる」

賢正の呼吸は、いつの間にか止《や》んでいた。

「……り……ん……」

するとか細い声が聞こえ、雪花は風牙の胸から顔を上げた。刃《やいば》が刺さったままの美桜が、うわ言のように雪花を呼んでいた。

「美桜、美桜……！」

雪花は邑璃妃と入れ替わり、彼女の手を必死に握りしめた。美桜は震える手で覆面を取ると、嬉《うれ》しそうに微笑んだ。

「凛……。大きく、なったわね……」

「美桜……！」

すると、林の中から馬が駆けてくる音が聞こえてきた。いくつもの松明《たいまつ》の光がこちらに近づいてくる。

「――蘭瑛、無事か……！」

それは翔珂たちだった。

一人呆然と立ち尽くす蘭瑛妃を不審に思った翔珂は、彼女の視線の先を辿った。

そして言葉を失くした。呼吸が止まるほどの衝撃だった。

「……嘘《うそ》、だろ……」

翔珂の視線を捉《とら》えたのは、事切れた賢正の亡骸《なきがら》でも、屈《かが》みこんだ邑璃の姿でもなかった。刃をその身に受けて倒れている、一人の侍女頭と、泣いている雪花の姿だった。

覆面の侍女頭の存在は、ずっと前から知っていた。けれども、これは見間違いか何かだろうか。どうして、その顔は。自身の知っている思い出と重なるのか。

「――美桜……！」

翔珂は脇目もふらずに彼女たちに駆け寄った。そして雪花と美桜を挟むようにして、震える手で美桜の手を握りしめた。

「美桜……？　本当に、美桜、なのか……？」

「……翔、様？」

美桜は一瞬驚くと、困った様な微笑を浮かべる。

「……見つかって、しまいましたね……」

その言葉に、翔珂は叫んだ。泣きそうな声で。

「なんで、どうして……！　こんなに近くにいたのに、どうして俺は――！」

「……言わない、つもり、でしたから……っ！」

美桜は咳《せ》き込んで血を吐いた。息が荒くなっていく姿に、雪花は涙を浮かべながら首を振る。

「美桜、喋《しゃべ》らないで！」

「今、しかない……の……」

美桜は荒い息を吐き出しながら、雪花の頬を細い指でなぞった。血に塗れた手を強く握りしめ、雪花は涙を溢《あふ》れさせた。琥珀色の目から、幾筋も涙が伝って雪に吸い込まれていく。

「こんなに嬉しいこと、ないわ……。最期に、二人に、会えるだなんて……」

「いやだ……！　せっかく会えたのに、なんで……！」

「会えた、じゃないの……。それだけで、いいのよ、凛……」

「美桜っ！　どうして、言わなかった！　俺が、そんなに憎かったのか……？」

美桜は首を横に振った。

「違いますよ……。ただ、わたしは、もう、汚れています、から……。昔の様には、戻れません……」

美桜は泣くように笑った。その表情に、翔珂は顔を歪めて、何度も首を振る。火傷《やけど》を負った頬を愛《いと》しそうに撫《な》でながら、彼は必死に言葉を紡ぐ。

「美桜は、綺麗《きれい》だ……。昔と変わらない。外見がいくら変わろうとも、俺の知ってる美桜だ……！　ずっと好きだったんだ、美桜……！」

翔珂が叫ぶようにして言葉にすると、美桜の目に涙が浮かんだ。そして翔珂に向かって、手を伸ばす。

「……嬉しい……です。わたしも、ずっと、翔様を……」

握り返してくれた温《ぬく》もりに、美桜は花咲くような笑みを浮かべた。

「お慕い、しておりました……」

火傷の頬に、一筋の涙が流れ落ちた。

翔珂は自身の目元を乱暴に拭《ぬぐ》うと、握りしめる手に力を込めた。血と涙で濡《ぬ》れた彼女の唇に、そっと自身の唇を重ねる。

「……未来《さき》で待ってろ。必ず、探し出すから」

「……嬉しい……」

美桜は笑んだまま夜空を見上げた。月明かりに照らされた無数の雪は、夜空に輝く星のようだ。

――ああ、綺麗だ。夜空をこんなにも美しいと思えるのは、いつぶりだろうか。

思い出す、あの頃の幸せを。太陽の様に、胸を明るく照らす人たちを。

幸せだと思う。最期に思い出すことができて。二人に会うことができて。二人の手を、今一度取ることができて。

――でも、このまま逝くのはだめだ……。二人を、泣かせたままだなんて。

伝えるんだ。二人が過去に囚《とら》われず、前を向いて、彼らの道を歩めるように。

笑顔を忘れず、未来へと向かえるように。それがわたしにできる、二人への餞《はなむけ》だろう。

最期まで使え、命を、自分を……！

「前を、向いて……笑って……」

美桜はうわごとのように呟《つぶや》いた。

意識が遠のいていく。雪の星空が暗闇へ変わる。

「美桜……？」

「……俯《うつむ》かない、で……顔を、上げて……」

「美桜、もういい、もういいから……！」

二人の声が聞こえない。自分の声は、音を成しているだろうか。伝わっているだろうか。

「……進ん……で……」

あぁ、分からない。でも、これでいい。最期に願うことができた。

──二人が歩む未来が、どうか……。明るく、優しいものでありますように。

美桜の手から力が抜け落ちた。花が散るように、彼女は息絶えた。

「美桜……！」

翔珂は顔を俯《うつむ》かせ、肩を震わせた。

雪花は彼女の手を必死に揺さぶり、何度も彼女の名を呼んだ。しかし、美桜の目が二度と開くことはない。

「美桜、いやだ……置いて、いかないで……！　一人に、しないで……！」

雪花の慟哭《どうこく》が、冬の夜空に響き渡った。

美桜の骸《むくろ》にしがみつき、泣き続ける雪花の背を風牙はそっと擦《さす》っていた。

しかし、あることに気づく。邑璃の姿がいつの間にか消えていることに。

「──おい、あの娘はどこにいった……！」

風牙の言葉に、翔珂は赤い目を擦り辺りを見渡す。すると屋敷《やしき》の中から、紅蓮《ぐれん》の炎《ほのお》があがっていた。

「邑璃、まさか……！」

翔珂は立ち上がると、同じく呆然《ぼうぜん》と立ち尽くしていた志輝と共に屋敷の中に駆けていく。

口元を袖《そで》で覆いながら、翔珂は彼女の名を呼んだ。

「……陛下」

邑璃は燃え盛る炎の向こう側に立っていた。

「邑璃、こっちへ来い……！」

翔珂は手を伸ばしたが、彼女は長い睫毛《まつげ》を伏せ、できませんと首を横に振った。

「陛下、志輝様……。此度《こたび》は皛家が大罪を犯してしまい、申し訳ありません」

「後から聞く！　ともかくこちらへ早く来い!!」

「いいえ……！　陛下、時間がありません。わたしの言うことを、よくお聞きください」

「邑璃っ！」

「わたしはいずれにせよ、死にゆく運命。けれども美桜は……。あの娘だけは、必ず陛下にお返しするつもりだったのです。……それが陛下と美桜にできる、唯一の償いだったのです」

邑璃は悔し気に唇を嚙《か》んだ。心の底から、悔いている声だった。

翔珂が足を踏み出そうとしたが、目の前で天井の一部が崩れ落ち、志輝がとっさに彼の腕を引いた。

邑璃は斬られた脇腹を押さえながら、必死に言葉を紡ぐ。

「……わたしの部屋に、陛下へ献上する衣を用意しております。そこに、今回関わった者たちの名を全て記した文を隠しております。どうか、今後のために役立てて下さい」

「おまえは、初めからこうなることを予測していたのか……？」

翔珂は苦し気に眉根《まゆね》をよせて邑璃に問えば、彼女は力なく頭《かぶり》を振った。

「……それで晶家の罪が許されるとは思っておりません。ですがもし、晶家の存続が許されるなら、分家に朔馬《さくま》という者がおります。彼ならば、晶家の舵《かじ》を取れるはずです」

ぱらぱらと崩れ落ちていく天井。勢いを増す炎。

邑璃は二人に向かって優雅に頭を下げると、背を向けて炎の中へと消えていく。

「陛下、これ以上は危険です！」

「――っ」

志輝は翔珂の腕を摑《つか》み、無理やり外へと連れ出す。翔珂は振り向きながら、紅蓮の炎に隔てられ、見えなくなった彼女に叫んだ。

「邑璃――すまなかった……！」

届いているのか分からなかったが、それでも、翔珂は言わずにはいられなかった。

そんな翔珂の声をしっかりと耳にしていた邑璃は、開かずの間——かつて香鈴が眠っていた寝室へと足を踏み入れた。

炎がすぐそこまで迫っている。邑璃は床へと倒れこみ、やっと終わったと、呟いた。

「結局……。陛下は、最後までお人好《ひとよ》しだったわね……」

国王たる者が、謝る必要などどこにもない。むしろ、彼は被害者であったというのに。

優しい男だ、本当に。自分に、他者に対しても真っすぐで、偽ることを厭《いと》う。

『でも、だからこそ、邑璃は好きだったんでしょう？』

突然頭上から降り注いだのは、懐かしく可愛《かわい》らしい声。邑璃は驚き、顔を上げる。

そこには幼い日の香鈴が、寝台に腰かけて穏やかな表情で邑璃を見つめていた。その姿は、遠き日の思い出の中に生きる彼女そのものだ。

『恋、してたんだね』

どうしてと邑璃は一瞬驚いたが、すぐに理由に思い至った。自分はもうあの世の境にいるのかと。

「……さあ、どうかしら」

邑璃は灼熱《しゃくねつ》の業火の中で笑みを零《こぼ》した。

『ふふ、可愛くないねえ』

「元々こんな性格よ」

『そうね。全部背負って、いっつも貧乏くじ引いて。――お疲れ様、邑璃。ゆっくり話をしましょ。こっちよ』

香鈴が邑璃の手を取って歩き出した。

『あなたを、ずっと見守っていたの。おば様と』

香鈴は足を止めた。炎に包まれていた世界が、いつの間にか白い景色に変わっている。

邑璃の視線の先に、一人の女性が立っていた。

彼女は優し気に微笑《ほほえ》み、両手を広げて邑璃の名を呼ぶ。

『……邑璃。ごめんなさい、辛《つら》い役目を背負わせてしまって』

邑璃は両目から涙を溢れさせた。もう、我慢する必要はない。背伸びする必要はない。

心を、殺さなくていい。

『――母上！』

邑璃は彼女の胸に飛び込んだ。

こうして、畠家の反乱は畠邑璃の死をもって幕を閉じた。

それぞれの胸に、消えることのない傷跡を残して。

＊＊＊

雪花たちはその後、近辺の街に引き返し、宿で一晩を過ごした。

泣き疲れたからか、何年か振りに雪花は熱を出してしまい、風牙が心配そうにあたふたしていた。

終《しま》いには、皆の前で「はい、あーんして」などと粥《かゆ》を匙《さじ》で突き出してくるから、両目尻《めじり》を吊《つ》り上げ、彼から奪い取って叩《たた》いておいた。

いつも以上に彼がうるさいので、おそらく気を遣っていることはすぐに分かったのだが、そこはいつも通りにしておいてほしい。

雪花の体調を考え翔珂たちは行程を変更し、途中から雪花は蘭瑛妃と共に馬車で送られることになった。

確かに精神的に落ち込んではいるものの、ただの熱で重病人扱いは止めてほしかった。しかし心配性の翔珂と志輝が許さなかった。風牙も、うちの娘にこれ以上無理させやがったらまじ許さねえ、とか妙な威圧感を与えるし……。あんたにも言えた台詞《せりふ》だよ、と言ってやりたかったが、いつも以上に風牙が過保護なので、色々と面倒くさくて放っておくことにした。

そして蘭瑛妃を後宮に送り届ければ、侍女の皆が、目の下に大きな隈《くま》を作って彼女と雪花を出迎えてくれた。

明明は蘭瑛妃を目にするなり、こんこんと説教を繰り出した。さすがの蘭瑛妃も、今回ばかりは大人しく聞いていた。明明を不意打ちで眠らせたことに対し、少しは反省しているらしい。

その後は、麗梛妃がわんわん泣きながら蘭瑛妃と雪花を突撃したこと。一緒に駆けつけた桂林妃も、馬鹿じゃないのと目を真っ赤にさせて、分かりにくい愛情の罵《ののし》りを炸裂《さくれつ》させていた。皆、それぞれ心配してくれていたようだ。

一方雪花といえば、全てが解決したため晴れてお役御免となるわけで、風牙と共に紅家に身を寄せていた。ゆっくり休息してほしいという志輝の心遣いだそうだ。

当の志輝は後始末に追われて忙しく、屋敷には戻っていない。その代わり、彼そっくりの姉である珠華が相手をしてくれた。

彼女はまあ、なんというか……。志輝よりもある意味豪快というか、すごかった。それはまた別の話だから置いておくとして、珠華は雪花に一つ、頼みごとを持ち掛けた。彼女の弟、志輝のことでだ。

正直、彼女の頼みに応《こた》えることができるとは思わない。なんせ、志輝とはろくに会話を交わしていない。先日の一件以来、彼は雪花を避けているようだったから。

「雪花さん。馬の用意ができたってさ」

「はい」

志輝の姉、珠華が身支度を終えた雪花を呼びに来た。扉を開けた先に、雪花は白い喪服を着て立っていた。そして風牙も、白い装束に身を包んでいる。

今日、やっと、美桜を埋葬できるのである。

遅れた理由は、翔珂たちが同行を希望したからだ。

彼らは後処理に追われて中々時間がとれなかった。雪花としては早く埋葬してあげたかったが、彼も一緒に見送ったほうが美桜も喜ぶかと思い、承諾した。

風牙と雪花は用意された馬に跨《また》がり、紅家の屋敷を出た。美桜が眠る棺《ひつぎ》と共に。

空は青く澄みわたり、風は穏やかだ。彼女を見送るには最良の日だった。

美桜を埋葬するのは、父と母の墓標がある山奥と決めた。といっても彼らの墓標は空だ。亡骸《なきがら》はない。澄に戻ってきた数年前に、ようやく風牙と彼らの墓を建てることができたから。

山道の入り口で、すでに翔珂たちが待っていた。翔珂と志輝、白哉、そして蘭瑛妃。彼らと馴染《なじ》みになってしまったのが不思議である。

彼らに会釈すると、雪花と風牙が先導する。この山は雪花が一度死にかけ、風牙が助けてくれた場所。美桜と離れ離れになった場所だ。

半刻程《はんとき》馬を歩かせると、雪花たちは墓標の前に辿《たど》り着《つ》いた。

墓標の傍《そば》には桜の大樹がある。春になると薄紅色の桜が見事に咲き誇るのだ。

「……お父さん、お母さん。美桜が帰ってきたよ」

雪花と風牙は両手を合わせ、断りを入れると円匙《えんし》で土を掘り起こした。志輝たちも手伝ってくれ、あっという間に深い溝が掘れた。棺を下ろすと、二人がかりで蓋《ふた》を開ける。

雪花と翔珂は二人、目を見合わせた。どちらからともなく自身の髪を一房、刀で切り落として美桜の胸元に添える。髪は魂の一部。冥界《めいかい》へ旅立った美桜の傍に、昔のように傍にいられるように。彼女が寂しくないように。美桜の手に、二人は共に手を重ねた。

「……美桜、安らかに眠ってね」

志輝たちが献花を添えたあと、雪花は風牙と共に棺の蓋を閉じて黙禱《もくとう》を捧《ささ》げた。

美桜の顔はとても穏やかだった。全ての苦痛から解放されたように。

雪花は彼女に生きてほしかった。もう一度、一緒にいてほしかった。聞いて欲しいこと、聞きたいこと、たくさんあった。

何より、もし望んでいいのならば、翔珂と幸せになってほしかった。

だが彼女が頑《かたく》なに正体を明かさず、雪花を突き放したことを考えると……。彼女は既に決めていたのかもしれない。──目的を果たし、この世を去ることを。

雪花は刀を鞘《さや》から抜いた。研がれた刀身が、陽光を受けてきらりと輝きを放つ。風牙は龍笛《りゅうてき》を取り出し、地面に胡坐《あぐら》をかいた。

（……お別れだ）

雪花は刀の切っ先を地に向けて、龍笛の音色と共に舞いだした。

鎮魂の舞――。各地を歩いてきた中で、とある人から教わったものだ。

地を踏みしめることで邪気を追いたて、地から出た邪気を剣で薙《な》ぎ払《はら》う。そして気を浄化させ、亡者の魂を天に導くのだ。

魂が迷わないよう、彼らが求める先へ辿りつけるように――。

幾度も舞ってきたが、まさか美桜のために舞うことになるとは思わなかった。

（美桜、待ってて。いつの日になるか分からないけれど、わたしが会いにいくまで）

すぐには行けない。前へ進めと、あなたが先の未来を指さすから。

果たして、どんな未来が待ち受けているのか。でも、どんな道だとしても進み続けよう。

駆け抜けた美桜のように、自分も最期まで生き抜くのだ。

辛《つら》くても前へ。俯《うつむ》きそうになったら上を見上げるから。小さな歩幅でも、足を踏み出すから。

だから、どうか安らかに――。


「……彼女は、ずるいわね」

白哉の横で、蘭瑛妃がぽつりと呟《つぶや》いた。翔珂は志輝と共に、もの悲しい舞を見つめている。

「わたしがどれだけ翔を想《おも》おうとも、彼女には敵《かな》わない」

「蘭瑛……」

「悔しい……。完敗じゃない」

そう言いながらも、彼女は吹っ切れたような表情を浮かべていた。

「わたしたち四夫人が後宮入りした際、翔はわたしたちに言ったのよ。……彼らしく、馬鹿正直にね」

「……何て？」

蘭瑛は翔珂の背中を見つめて言葉を続けた。

「〝皆に等しく、心を注いで大切に慈しもう。ただ、特別な何かを求められても、おそらく自分には返せない。もはや叶《かな》わぬが、心に決めた人がいるから〟……ってね」

蘭瑛妃の言葉を聞いた白哉は、困ったように笑って翔珂を見た。

「……一途《いちず》だねえ、翔は。本当に馬鹿正直すぎ」

「でしょう？　本当、呆《あき》れてものが言えなかったわ」

蘭瑛妃も苦笑すると、瞼《まぶた》を伏せた。

「……初めから、敵わなかったの」

白哉は何も答えなかったが、代わりに彼女の頭をくしゃりと撫《な》でた。

美桜を見送ったその日の夜、志輝は屋敷《やしき》に戻ってきた。彼はその足で、湯を浴びたばかりの雪花の元を訪れ、話があります、と彼女を居間へと連れ出した。

こんな夜更けに年頃の娘を連れ出すだなんてと風牙が睨《にら》んでいたが、大丈夫だから、と彼を説得して部屋を後にした。

雪花としても、一度彼とは向き合わなければならなかった。

今後のこともあるが、もっと、大切なことを。

居間では暖炉に火が焚《た》かれ、沈黙の中で静かに音を立てている

いつかのように、卓を挟んで降りる沈黙。ちらりと志輝の顔を見た。彼は思いつめたような顔で、自身の手元を睨んでいる。

(少し、やつれたか……?)

目の下には隈があり、美しい顔には深い翳《かげ》りがさしている。考えれば、水面下で賢正と翔珂たちの間を行ったり来たりしていたのだろう。その後は事後処理に追われ、休む時間などなかったはずだ。

「……志輝様」

彼の名を呼ぶと、びくりと彼が怯《おび》えたのが分かった。

「体調が、優れないのではありませんか? 話は今度にでも……」

「いえ……! 大丈夫です、違うんです。ただ、色々と考えて……」

そこで彼は言葉を切って、再び押し黙った。

いつもの似非《えせ》紳士の表情を失《な》くし、大人びた空気は鳴りを潜めている。まるで、年相応

の……いや、小さな子供の様だ。

彼が何を考え、何に苦しんでいるのか。雪花にはもう分かっていた。

彼はおそらく、自身を責めているのだろう。雪花の家族を殺した、先王弟の血を引く彼自身を。

雪花は大きく息を吐きだした。

「志輝様」

「はい……」

志輝が、緊張に体を強張《こわば》らせた。

「……うざいです」

雪花は一言、ぴしゃりと言い放った。

「は……？」

「うざいです、そう言いました」

「う、うざ……？」

戸惑う彼の表情は新鮮で、雪花はふっと噴き出した。

張りつめた空気の中、そんな言葉が飛んでくるとは思わなかったのだろう。というか今までの人生の中で、女から言われたことすらないんじゃないか。

（いや……。蘭瑛様なら言ってそうだ）

なんとなく面白くて、もう一度「ええ、うざいです」と言ってやった。

それから、雪花はため息交じりに言葉を紡ぐ。

「もう、全て終わったことです。あなたがたとえ、先王弟の血を引いているのだとしても、あなたがわたしの家族を奪ったわけじゃない」

「！」

「だから、自分を責めないで下さい」

「……許して、くれるのですか？」

彼は縋《すが》るように雪花を見た。

「許すも何も……。わたしがあなたを許す理由も、責める理由もない。ただ――」

雪花は珠華の言葉を思い出していた。

『ねえ、雪花さん。あなたに頼みがあるんだ』

『はい？』

『……志輝を、弟を解放してやってくれないかな。わたしの言葉じゃ駄目なんだ。わたしがあの人に救われたように。もしかしたら、あなたなら――』

珠華は、一縷《いちる》の望みを雪花に託した。

どんな言葉をかければいいか分からない。考えたところで分からなかった。

どれもありきたりな、口にしたところで薄い紙切れのような言葉だ。

だから志輝と対峙《たいじ》してから、なるようになれとこの場に臨んだ。

雪花は立ち上がり、卓を回って彼の傍に膝《ひざ》をついた。彼は拒まなかった。

彼の美しい顔を隠す、絹のような長い前髪をそっと退けた。

ただ怯えるように、その双眸《そうぼう》は小さく揺れている。

──全ては、心が導くままに。

亡き母の口癖を思い出し、雪花は言葉を続けた。

「あなた自身が、あなたを認めてやってもいいんじゃないですか？」

「──っぁ……」

その言葉に、黒曜石の瞳《ひとみ》は時を止めた。はらりと、透き通った熱い滴が落ちる。

『志輝はさ……まあわたしもだけど。生まれたこと自体、ずっと疑問だったんだよ。生まれなければ、皆、幸せだったのにって。だからわたしたちは、自身の幸せなんて望んじゃいけないって思ってた』

それは、自分の存在を常に否定してきたということだ。

誰も寄せ付けない蠱惑《こわく》的な微笑はまるで鎧《よろい》。身の内に抱え込んだ暗い闇を見せつけない。

『志輝様は、孤独だから』

麗梛妃の言葉が蘇《よみがえ》る。

ああ、だからこんなにも彼は、色んなもので雁字搦《がんじがら》めになって……。自分自身を縛り続けていたのか。

彼は雪花に手を伸ばした。そして震える手で、彼女を強く引き寄せた。

雪花は戸惑ったが拒まなかった。彼の背中に手を伸ばし、ぎこちない手つきでその背を摩《さす》る。泣きじゃくる子をあやすように。

声を押し殺して泣く志輝が落ち着くまで、雪花はずっと抱きしめていた。


「……すみません、ありがとう」

志輝がようやく雪花を胸から離して顔を上げた。周りには誰もいないというのに、吐息のような声で。

雪花は別に……と言いかけ、目の前にある彼の顔に、うっと息をのんだ。

何かが吹っ切れた彼は、なんというか色々なものが駄々漏れだった。

いつもの計算しつくされた似非紳士の笑みではなく、純真な笑顔だった。

こいつの意地の悪い性格のせいで忘れていたが、志輝が美青年であることを忘れていた。

思わず雪花は、彼から距離をとり胸を押さえる。

(ま、眩《まぶ》しい……。見慣れないものをみると、心臓に悪い)

今わかった。自分には、いつもの意地の悪い笑みで十分だということが。それでうまいこと、色んな意味で色んなものの均衡は取れていたのだ。均衡は大切である。

「あの……？」

「な、なんでもありません」

こっちを見るなと思いつつ頭《かぶり》を振ると、雪花は深呼吸を繰り返した。

手短に自分の要件も言って、早く部屋に下がらせてもらおう。風牙が今か今かと部屋で待ち構えているはずだ。

雪花の本当の要件は、ここからだ。

「あの、志輝様」

「はい」

「明日、風牙と共に花街に帰ろうと思います。いつまでも、ここにいる訳にはいきませんし」

「え……!?」

志輝は驚き、雪花の顔を振り返った。その顔は、なぜか捨てられる子犬の様な表情だ。

自分がひどいことをしている様な気になるのはなぜなのか。

「任務が終われば、それで終了だと言ったのは志輝様です」

「それはそうですけどっ」

「ですから！」

雪花は負けない様にきりっとした表情を作ると、例の念書を懐から差し出した。

「これにて借金をチャラにしてください」

志輝の目は一瞬、点になった。次にはいつもの禍々《まがまが》しい笑みを浮かべて、口元を引きつらせていた。

エピローグ

「やーん、お世話になりましたぁ」

紅《こう》家の玄関先で、笑顔を浮かべているのは女装を完璧《かんぺき》装備した風牙《ふうが》である。

彼は志輝《しき》と握手を交わしているが、ぎちぎちと音がしそうな程、お互い笑顔で強く握りしめているのはなぜだろうか。

（……面倒くさそうだから放っておこう）

雪花《せっか》は横目で眺めながら、荷物をせっせと馬車に詰め込んでいく。金の他にも、珠華《しゅか》が他国の珍しい土産をたくさんくれたのだ。花街の皆が喜びそうだ。

「もう少し、お嬢さんをゆっくりさせてあげてもいいんじゃないですかね」

「だめよお。変な虫がついたら困るじゃないの」

「こんな冬に、ましてや我が家にそんなものはいませんよ」

「うふふそうかしらぁ？　わたしには、特大の害虫が目の前にいるように見えるんだけどお。てかてか光ってしぶとい奴」

「それはとんでもない幻覚ですね。腕の良い医師を紹介しましょうか」

「大丈夫よお。わたし、目はすこぶるいい方《い》だから」

両者の間には、いつの間にか火花が散っている。鬱陶《うっとう》しいなあと思いつつ、雪花は風牙の袖《そで》を引っ張った。

「自分の荷物は自分で積んで」

「あっ、そうね！」

ふんっと風牙は鼻を鳴らして乱暴に手を振り払うと、自身の荷物を積みに馬車へ向かう。

そんな風牙の姿を不機嫌そうに睨《にら》んでいた志輝であったが、挨拶《あいさつ》をしに来た雪花を認めると彼女に向き直る。

「お世話になりました」

「いや、こちらこそ……。本当に、戻るのですか」

「はい、これ以上お世話になる理由はありませんから」

では、といって背を向けた雪花の腕を、志輝は摑《つか》んだ。

「雪花、忘れ物があります」

「え？」

そしてなぜか、馬車に荷物を積み上げる風牙をちらりと見たと思ったら。

「………」

身を屈《かが》め、雪花の唇に自分のそれを重ね合わせた。

雪花は一瞬何が起きたのか分からず、目をぱちくりさせる。

目の前には長い睫毛《まつげ》。美しい柳眉《りゅうび》。鼻をくすぐる白檀《びゃくだん》の香り。

音を立てて離れてから、ようやく志輝に唇を奪われたことに気がついた。

（こいつ……）

彼は悪戯《いたずら》が成功したと言わんばかりに、片方の口端を持ち上げている。雪花はこめかみをぴくりと動かした。

「――このくそ餓鬼！」

股間《こかん》でも蹴《け》り上げておくかと考えた矢先、風牙が先に声をあげた。いつもの女言葉も忘れ、風牙が鬼の形相を浮かべて大股《おおまた》で近寄ってきて、そこらにあった壺《つぼ》を手に取った。

そして怒りのまま志輝の顔面目がけて投げつける。しかし志輝は涼しい顔のまま、軽い身のこなしでひょいと避《よ》けた。となると壺は壁に激突し、無残に砕け散ることとなる。

「どいつもこいつも、人の娘に――！」

風牙は志輝の胸倉を掴むが、志輝は表情を変えずに風牙と対峙《たいじ》した。むしろ、にやりと笑う。……嫌な予感がした。

「今の壺、姜氏《きょうし》の中でも最高級の一品なんですよねぇ……」

瞬時に、雪花の表情がぴしりと凍った。

この流れ、この既視感。どこかで経験した。なんで、また壺なんだ……。

「借金追加、ということでいいですかね？」

志輝は、にっこりと微笑《ほほえ》んだ。

（さ、最悪だ……）

雪花の目が一瞬にして死んだ。

だが、今回はそれだけでは終わらない。新しい小さな嵐はすぐそこまで迫っていた。

「ただいまぁ、志輝。殿下が志輝に会いたいって言うから連れてきたんだけど」

晴れやかな姿で現れたのは珠華だ。

「え、どうしたの。修羅場？」

志輝の胸倉を掴む風牙の姿。割れて砕け散った壺。廃人となっている雪花。

「まあ色々とありまして……」

「お邪魔しまーす。今後のことで色々、志輝殿とも話しておきたくって……。あらま、取り込み中でしたか」

珠華の後ろから、白金色の眩《まばゆ》い髪をした青年が顔を覗《のぞ》かせた。玻璃《ハリ》国第二王弟、グレンである。彼は状況をいち早く察知すると踵《きびす》を返《かえ》そうとしたのだが、ある存在——雪花を発見して驚きの声を上げた。同時に風牙も、グレンの存在に気づいて顔を顰《しか》める。

「あー!?」

「げっ、おまえは害虫その一!!」

風牙には見向きもせずに、グレンは雪花を見て表情を嬉《うれ》しそうに綻《ほころ》ばせた。

「約束通り会いにきたぞ！　雪花！」

「え……。えっ！　グレン!?」

放心状態の雪花は、自分の名を呼ばれてようやく意識を取り戻した。

グレンはそんな雪花に駆け寄ると、彼女を勢いよく抱きしめた。そして、当たり前の様に雪花の頬に口づけた。

突然の小嵐到来に、風牙と志輝のこめかみに青筋が立ち、どす黒い殺気が立ち昇っていた。

＊＊＊

部下から報告を受けた太保《たいほ》——李慧《りけい》は、蜜柑《みかん》を頬張りながら気だるげに外宮《げくう》の回廊を歩いていた。

これで畠《はく》家は大人しくなるだろう。国の害にしかならない者は、必要ない。ましてやこの時期に、内乱で手をこまねいている時間はない。

それよりも——。

(颯美桜《そうみおう》か……)

彼女の存在は知らなかった。まさか、生きて後宮に潜んでいたとは。

おそらく風牙は知っていたのだろう。秘密裏に彼女を助け出そうとしていたところをみると。

だが皮肉なものだ。彼女自身がその道を選ばなかった。命を賭《と》して仇《かたき》を討った。女にして、見事な最期。

(死んだ彼女には申し訳ないが、これでいい。王家に近づいてはならない、彼女たちは)

しかし、もう一人残っている。

颯凛《りん》——彼女を生かしたことは、果たして正解か否か。まだ、その問いに答えを出せずにいる。

すると、回廊の角から一人の女性官吏が歩いてくるのに気が付いた。

背筋は真っすぐに伸び、隙の無い歩き方。肩のあたりで切《き》り揃《そろ》えられた短い黒髪。

彼女は昔から中性的な容姿をしていて、女性用の官服ではなく男性用のものを身につけていた。ずば抜けた美しい容姿は昔から衰えることはなく、一部の人間からは妖女《ようじょ》と称される。

しかし何より恐ろしいのは、誰にも一切の容赦をしない苛烈《かれつ》な性格だ。彼女は小柄であるが、身に纏《まと》う鋭い冷気と圧倒的な凄《すご》みから、その存在感は抜きん出ている。

「これはこれは。まだ生きておいででしたか」

「相変わらず手厳しいのう、黎春燕《れいしゅんえん》」

彼女は黎春燕——五家の一つ、黎家の現当主である。二人はどちらからともなく足を止めた。

「今回の騒動、あなたが皛賢正《はくけんせい》を焚《た》きつけましたね。昔と同じように」

「……面白いことを言うの」

春燕は鼻先でせせら笑うと、声を潜めた。

「あなたにとっての主《あるじ》は、昔から先々王ただ一人。弟を解放するために、彼を密《ひそ》かに弑《しい》逆《ぎゃく》した先王を、あなたは許せなかったのでしょう？　だから、皛賢正と先王弟を使って罰を与えた。そして今回は、皛家が邪魔になった。こんな時期に内乱の火種を抱えていては、外への対処ができなくなる。皛家を刈り取るついでに、紅志輝の腹の内も見極めたかったのでは？　不要と判断すれば、あの小僧もついでに排除するつもりだったはず」

彼女の言葉に、李慧は眼鏡の奥で僅《わず》かに目を細めた。だがすぐに、大げさに両肩を竦《すく》めて見せる。

「さーての、なんのことやら。随分と突拍子もないことを考えつくもんやなあ。想像力豊かで結構なことや。いっそ、物書きにでもなったらどうや」

「はっ……。相変わらずの狸《たぬき》っぷりですね。早く迎えがくればいいのに長生きなことで」

「そりゃおおきに。迎えはまだこんから仕方ないわ」

「憎まれ狸は世に憚《はばか》りますからね。死にたくなれば、いつでも喜んで介錯《かいしゃく》してさしあげますよ」

「心強いのう」

冷ややかな空気が流れ、二人の視線が交錯する。

「のう。おまえさんは、彼女の存在をどうするつもりや」

「……誰のことを仰《おっしゃ》っているのか、分かりかねますね」

「上手《うま》いこと名をつけたものだ。玄《げん》雪花——玄はおぬしたち、全てを飲み込む黒。方角は北。雪は六花、花は六花《りっか》の紅一点。そして風牙は、〝颯〟の志を継ぎ、彼女を守る風の牙か」

すると春燕のふっくらとした唇に、嘲笑《ちょうしょう》するような奇妙な笑みが浮かんだ。空気が鋭く張り詰める。

「さて……。どうするつもり、とはこちらの台詞《せりふ》。利用するならすればいいでしょう。変態孔雀《くじゃく》を利用したように。けれど、どう生きるかを決めるのは彼女自身。奴が命を懸けて育てた娘……一筋縄ではいきませんよ。六花と同じく彼女は彼女の道を行くでしょう」

春燕はそう言って嗤《わら》うと、彼の脇を颯爽《さっそう》と通り過ぎた。

回廊の外では鉛のような雲が広がり、小雪がちらつき始めていた。

富士見L文庫

花街《はなまち》の用心棒《ようじんぼう》 二《に》
雪《ゆき》が宮廷《きゅうてい》の闇《やみ》を照《て》らす

深海《ふかうみ》 亮《とおる》

2021年1月15日　初版発行
2024年5月20日　3版発行

発行者　山下直久
発　行　株式会社 KADOKAWA
〒102-8177　東京都千代田区富士見2-13-3
電話　0570-002-301（ナビダイヤル）

印刷所　株式会社 KADOKAWA
製本所　株式会社 KADOKAWA
装丁者　西村弘美

定価はカバーに表示してあります。
◆◇◇

ISBN 978-4-04-073911-3 C0193